MARVEL
MILES MORALES
HOMEM-ARANHA

SIGA NAS REDES SOCIAIS:

- @editoraexcelsior
- @editoraexcelsior
- @edexcelsior
- @editoraexcelsior

editoraexcelsior.com.br

MARVEL

MILES MORALES
HOMEM-ARANHA

JASON REYNOLDS

São Paulo
2023
EXCELSIØR
BOOK ONE

© 2020 MARVEL. All rights reserved.
Miles Morales: Spider-Man

Tradução © 2020 by Book One
Todos os direitos de tradução reservados e protegidos pela Lei 9.610 de 19/02/1998. Nenhuma parte desta publicação, sem autorização prévia por escrito da editora, poderá ser reproduzida ou transmitida sejam quais forem os meios empregados: eletrônicos, mecânicos, fotográficos, gravação ou quaisquer outros.

Primeira edição Marvel Press: agosto de 2017

2ª reimpressão – 2023

EXCELSIOR — BOOK ONE
TRADUÇÃO *Rafaela Caetano*
PREPARAÇÃO *Aline Graça*
REVISÃO *Tássia Carvalho e Rhamyra Toledo*
ARTE, ADAPTAÇÃO DE CAPA
E DIAGRAMAÇÃO *Francine C. Silva*

MARVEL PRESS
CAPA ORIGINAL *Maria Elias*
IMAGEM DA CAPA *Kadir Nelson*
LETTERING DO TÍTULO *Russ Gray*

Dados Internacionais de Catalogação na Publicação (CIP)
Angélica Ilacqua CRB-8/7057

R355m	Reynolds, Jason
	Miles Morales : Homem-Aranha / Jason Reynolds – São Paulo: Excelsior, 2020.
	208 p.
	ISBN 978-65-87435-08-4
	Título original: *Miles Morales: Spider-Man*
	1. Homem-Aranha (Personagens fictícios) 2. Super-heróis 3. Ficção norte-americana I. Título
20-2095	CDD 813.6

Para Allen

Usamos a máscara que sorri e mente,
Que esconde nossas bochechas e encobre nossos olhos
Pagamos esse preço à astúcia humana;
Com corações rasgados e ensanguentados, sorrimos
E falamos com uma miríade de sutilezas.

— *Usamos a Máscara*, de Paul Laurence Dunbar

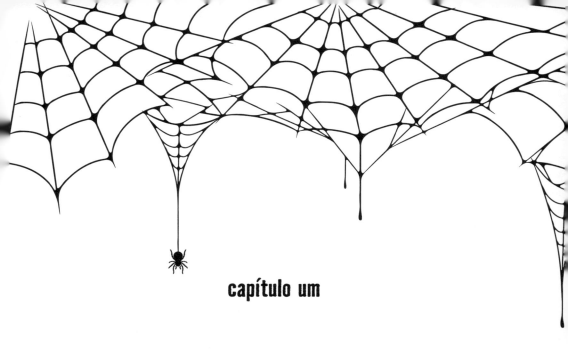

capítulo um

Miles colocou os pratos bons na mesa. A porcelana branca tinha detalhes azuis na superfície – flores ornamentadas e sofisticadas imagens de vilas chinesas que ninguém em sua família jamais havia visitado. *Boa porcelana*, seu pai dizia, herdada de sua avó e usada apenas aos domingos e em ocasiões especiais. Embora fosse domingo, era também uma ocasião especial para Miles, pois era seu último dia de castigo.

– Minha sugestão para você, filho, é que ponha tudo para fora antes da aula dele – disse a mãe de Miles, levantando a janela e abanando a fumaça do forno com um pano de prato. – Porque, se for suspenso de novo por algo assim, juro que vou jogar você pela janela.

Miles foi suspenso porque precisava fazer xixi. Bem, por *dizer* que precisava fazer xixi. Quando seu professor de História, o sr. Chamberlain, disse não, Miles implorou. E, como o sr. Chamberlain disse "não" outra vez, Miles levantou-se e saiu. Assim, Miles foi suspenso por sair da sala. Mas há um detalhe importante – Miles não queria fazer xixi. Nem aquela *outra coisa*. Miles precisava resgatar alguém.

Pelo menos ele achou que precisava. Na verdade, seu sentido aranha estava descompensado ultimamente, mas Miles não podia correr o risco – não podia ignorar o que considerava sua responsabilidade.

– Nem sempre tenho tempo para fazer xixi antes da aula, mãe – respondeu Miles. Ele enxaguava os garfos e as facas na pia enquanto a mãe pendurava o pano de prato na porta do forno e mexia nos pedaços de peito de frango que fritavam na gordura.

– Você dizia isso toda noite e adivinha? Molhou a cama mais do que qualquer criança que já conheci.

– O garoto deve ter batido um recorde – concordou o pai enquanto folheava a edição de sexta-feira do *Clarim Diário*. Ele só lia as edições de sexta-feira; sua teoria era de que se fosse ler o jornal todo dia, nunca mais sairia de casa. Criaturas por toda parte ameaçavam a civilização; e esses eram apenas os artigos que falavam sobre os *reality shows* da tv. – Miles, você era a criança mais mijona do Brooklyn. Naquela época, eu comprava esse jornal toda manhã só para forrar o seu colchão à noite. – O sr. Davis fechou o jornal, dobrou-o ao meio e balançou a cabeça. – E *aí* você chegava ao nosso quarto, cheirando à limonada vencida há duzentos anos, dizendo: *aconteceu um acidente.* Um *acidente*? Vou te dizer uma coisa, *mi hijo*: agradeça à sua mãe, porque, se dependesse de mim, você ia dormir no molhado até o molhado ficar seco.

– Fique quieto, Jeff – disse a mãe de Miles, colocando o frango na travessa.

– Estou mentindo, Rio? Você estava sempre salvando ele.

– Porque ele é o meu bebê – disse Rio, pondo um guardanapo de papel na primeira camada de frango para absorver a gordura da pele brilhante. – Mas você não é mais um *bebê*. Então arranje um jeito de manter seu traseiro naquela cadeira.

Miles já havia decidido que aquilo não seria um problema. Ele ficaria naquela cadeira na aula do sr. Chamberlain e ignoraria a "colmeia" em sua cabeça toda vez que as abelhas lá dentro começassem a zunir. Seu sentido aranha sempre foi seu alarme, a coisa que o avisava quando havia perigo por perto ou quando alguém precisava de ajuda. Mas, desde o início do ano letivo – o primeiro ano na Brooklyn Visions Academy –, seu sentido aranha parecia estar... arruinado. Era como se seus poderes estivessem acabando. Ele vinha saindo repetidas vezes das aulas de sr. Chamberlain sob falsas desculpas de ir ao banheiro, disparando pelos corredores e pela porta principal, apenas para encontrar… nada. Nenhum monstro. Nenhum mutante. Nenhum maluco. Apenas Brooklyn sendo Brooklyn, o que o forçava a inventar desculpas constrangedoras para justificar sua demora no banheiro.

Talvez, para um garoto como ele, ser um super-herói tivesse prazo de validade. "Não valia a pena ser colocado de castigo pelo pais, reprovado ou expulso da escola, se não havia a garantia de que ainda seria o Homem-Aranha na graduação".

A campainha tocou quando Miles terminou de pôr a mesa para quatro pessoas. Ele passou pela mãe, que tirava arroz amarelo da panela e o servia em uma tigela, e colocou a cabeça para fora da janela.

— Não sei por que você olha para ver quem é, como se já não soubesse de quem se trata — afirmou o pai de Miles, lavando as mãos na pia. Ele beijou a mãe do garoto na bochecha. — Que cheiro gostoso, querida. Cheira tão bem que o amigo tonto do nosso filho pôde sentir do outro lado do Brooklyn.

— Seja legal. Você sabe que ele está passando por uma fase difícil — disse a mãe de Miles.

— Estamos passando por uma fase complicada também, contando as moedas. — O pai esfregou o dedo indicador no polegar. — Eu amo o garoto, mas não podemos alimentar outra boca nessa mesa.

A mãe de Miles fitou o marido, suspirando ao colocar as mãos no peito dele:

— Amar é doar, *papi*. Não é coisa da boca pra fora. — E deu-lhe um beijinho nos lábios.

— Ei! — Gritou Miles do parapeito, constrangido pelo comportamento dos pais. — Aguenta aí. — Do outro lado da sala, ele apertou o botão para liberar a porta de entrada. Em seguida, abriu a porta que dava acesso ao prédio, ouvindo o som de passos pesados subindo as escadas.

— E aí? — disse Ganke, quase caindo dentro do apartamento. Ganke, um menino coreano gordinho, era o melhor amigo de Miles, e também seu confidente e colega de quarto na Brooklyn Visions Academy. Ele logo inspecionou o rosto e as bochechas de Miles, sussurrando antes de cumprimentar os pais do amigo:

— Você está bem? Estou surpreso que seus pais não te mataram. Oi, senhora M., senhor Jeff. O que temos para o jantar?

MILES MORALES: HOMEM-ARANHA

– Não sei, Ganke, mas adivinha quem sabe? *Seus* pais – respondeu o pai de Miles. A sra. Morales deu um tapa no braço do marido.

– Ah, eu sei o que eles vão comer no jantar, senhor Jeff, eu já comi – disse Ganke, dando de ombros.

– Ah, Ganke, lave as mãos e sente-se. Você sabe que é sempre bem-vindo aqui, mesmo se for seu segundo jantar. Hoje teremos *chicharrón de pollo*.

Ganke olhou confuso para o pai de Miles, que agora estava de pé atrás da cadeira na ponta da mesa.

– Frango frito – ele explicou, com o rosto expressando ora simpatia, ora irritação.

– Ah, bacana.

– Não que isso importe – cutucou o pai de Miles, puxando a cadeira e sentando-se à mesa.

– Com certeza, senhor Jeff.

Miles colocou o frango, o arroz e a salada na mesa e sentou-se em seu lugar. A mãe pôs colheres grandes nas tigelas de arroz e salada e o pegador na travessa de frango. Então, sentou-se junto aos demais.

– Faça as bênçãos pela comida, Jeff – disse a sra. Morales. Miles, seu pai e Ganke recolheram os braços, que estavam em direção às tigelas, e se deram as mãos.

– Opa, sim, é claro. Baixem as cabeças, meninos – orientou o pai de Miles. – Senhor, por favor, ajude nosso filho, Miles, a se comportar na escola, porque, se ele não se comportar, esta poderá ser sua última refeição caseira. Amém.

– Amém – disse a mãe de Miles seriamente.

– Amém – repetiu Ganke.

Miles rangeu os dentes e olhou feio para Ganke. O amigo, por sua vez, inclinou-se para pegar o frango.

Jantares de domingo eram uma tradição na casa de Miles. Ao longo da semana, o garoto ficava longe, residindo no *campus* da Brooklyn Visions Academy, e, aos sábados, bem... Até mesmo os pais de Miles sabiam que não havia nenhum garoto de 16 anos no Brooklyn que quisesse passar a noite de sábado com os pais. Mas os domingos eram perfeitos para uma refeição em família. Era um dia preguiçoso para todo mundo. Apesar de ser acordado pela mãe para a missa dominical da manhã, Miles geralmente tinha o restante do dia livre para ficar à toa e assistir a filmes antigos de ficção científica com o pai, rezando para que a mãe fizesse seu jantar favorito – *pasteles*.

Contudo, este domingo não fora tão relaxante. Nem o fim de semana. Com sua suspensão na quinta-feira à tarde, o padre Jamie havia pedido que ele rezasse algumas Ave-Marias como penitência e fosse para casa. Mas o "padre Jeff" deu a ele alguns sermões e o mandou para o quarto.

Tudo começou na sexta-feira, quando Miles foi acordado às seis da manhã e arrastado para fora pelo pai.

– O que estamos fazendo aqui fora, pai? – Perguntou. Ele vestia uma camiseta amarrotada da BVA, uma calça de moletom furada e chinelos. Latas e sacos de lixo permeavam a calçada, alguns rasgados por gatos à procura de comida, outros revirados por catadores de lixo que buscavam latinhas e garrafas para trocar por algumas moedas.

O pai não respondeu – pelo menos, não de cara. Apenas permaneceu sentado no degrau mais alto, segurando um guardanapo e tomando goles de café.

– Então... sobre a suspensão. – Engoliu mais café. – O que exatamente aconteceu? – Sua voz estava fria e firme como metal.

– Bem, hum, eu... Minha cabeça estava... Eu tive uma... uma sensação – gaguejou Miles. Seu pai sabia do segredo e o escondia da mãe há algum tempo. Mas seu pai ainda era um... pai. Não do Homem- -Aranha, mas do Miles Morales. Ele deixava aquilo claro para o filho sempre que possível.

– Então era uma questão sobre salvar alguém, hum? Bem, deixa eu te perguntar uma coisa, super-herói... – Ele tomou outro gole de sua caneca. – Quem vai salvar você?

Miles permaneceu sentado em silêncio, buscando uma resposta que pudesse satisfazer seu pai e, ao mesmo tempo, rezando para que o rumo da conversa mudasse.

O sol começou a nascer, uma linha de ouro riscando os tijolos vermelhos nas fachadas dos prédios, quando o milagre veio na forma de caminhões de lixo. *Estou salvo*, pensou Miles, enquanto sua atenção e a de seu pai se concentravam nos garis que se moviam lentamente na rua – um dirigindo e outros dois caminhando próximos ao caminhão, arremessando sacos, despejando o lixo das latas e as colocando de volta na calçada. Garfos de plástico, ossos de frango e forros de assento para vasos sanitários escapavam pelos buracos dos sacos e ficavam pela calçada. Após dez minutos, Miles ainda não sabia o que ele e o pai estavam fazendo ali. Até que o caminhão de lixo foi embora.

– Quer saber, vamos falar sobre isso mais tarde. Por ora, filho, por que você não arruma tudo isso?

– Como assim?

O pai de Miles levantou-se esticou as pernas e tomou outro gole. Ele apontou para cima e para baixo na rua.

– Está vendo todas essas latas? Seja um bom *herói* e coloque-as de volta no lugar. Ajudar seus vizinhos é a coisa mais heroica que você pode fazer, certo?

Miles suspirou.

– Ah – seu pai continuou. – E recolha todo o lixo que nossos maravilhosos garis deixaram para trás.

– Com o quê? – Miles perguntou, sentindo nojo. Ele desejou estar com um dos lançadores de teia para não ter que tocar ou nem chegar perto dos saquinhos de cocô de cachorro e tripas de peixe. Mesmo assim, não é como se ele pudesse lançar teias usando pijama.

– Arrume um jeito, filho.

E esse foi apenas o começo do castigo. Depois disso, Miles teve que limpar o apartamento, levar e trazer várias mudas de roupa da lavanderia e cozinhar o próprio jantar, que consistiu em macarrão instantâneo com molho picante e torradas. No sábado, seu pai levou-o para cima e para baixo no quarteirão, batendo na porta dos vizinhos e perguntando se precisavam de ajuda com alguma coisa. Miles teve que tirar um colchão velho do porão da sra. Shine – onde seu filho viciado, Cyrus, costumava morar –, pendurar quadros na casa do sr. Frankie e levar para passear os cachorros da vizinhança que precisavam dar uma volta. E foi preciso recolher muito cocô. Muito mesmo.

E assim seguiram os dias, cheios de atos – heroicos – na vizinhança. Tarefa chata após tarefa chata. Trabalho após trabalho. Macarrão instantâneo após macarrão instantâneo.

Agora, no jantar de domingo, Miles estremecia ao se lembrar dos últimos dias e completava o prato com arroz, pela segunda vez, e outro pedaço de frango. Pelo primeiro domingo em muito tempo, ele estava comendo mais que Ganke e o pai. E não era apenas por conta da deliciosa comida de sua mãe. Era também pelo doce sabor de seu castigo – ou tortura – ter chegado ao fim.

Até que o pai de Miles resolveu atualizar o jantar com as notícias do momento.

– Li mais cedo no jornal que há crianças por aí apanhando e tendo os tênis roubados – disse o pai, aleatoriamente. Ele colocou a salada na boca, mastigou e engoliu. – Estou falando com você, Ganke.

– Eu?

– Sim.

– Bem, eu não tenho tido problemas. Tenho vindo de trem para cá, como sempre faço, e ninguém parece se importar – respondeu Ganke.

O pai de Miles inclinou-se para o lado a fim de ver os tênis de Ganke.

– Não, estou achando que talvez você seja o ladrão de tênis.

– Rá! – Gritou a mãe de Miles, saindo da mesa. Ela colocou seu prato na pia e moveu os ombros. – Você sabe que Ganke não seria capaz de machucar uma mosca. Miles também não. – Jeff e Ganke olharam rapidamente para o garoto. O pai fez uma cara engraçada para Miles quando a mãe virou de costas. – Jeff – bufou a sra. Morales ao surpreendê-lo no ato. – Estou criando *dois* moleques. Só por isso, *você* vai lavar a louça.

– Não vou, não – respondeu o pai de Miles como uma criança desobediente. Ele riu e colocou o garfo no prato. – Seu bebê, Miles, vai fazer isso. É a sobremesa do castigo. A cereja do bolo. – Ganke cuspiu uma framboesa. Miles não expressou emoção. – Podemos trocar se você quiser, filho. Eu lavo a louça e você paga todas aquelas contas ali – completou o pai enquanto apontava para uma pilha de envelopes na mesinha de centro.

– Já sei – resmungou Miles. Ele sabia o que estava por vir.

— E como eu sempre digo, é preciso dinheiro, e não desejo, *para parar de lavar pratos* — disse o pai de Miles. — E você vai levar o lixo para fora.

Depois do jantar, Miles pegou o saco de lixo, desceu os degraus da entrada e o jogou na lata. Ao virar-se, viu o pai sentado no degrau do topo da escada, o mesmo degrau em que havia sentado na sexta-feira. Parecia estar brincando de "o mestre mandou" com o pai. E o mestre era Jeff. *O mestre Jeff manda você se sentar, Miles. O mestre Jeff diz para você ficar calado até que eu faça uma pergunta, Miles.*

Ambos permaneceram calados por um minuto. O silêncio borbulhava no estômago de Miles, como se o frango estivesse sendo frito de novo.

— Você sabe que sua mãe e eu te amamos — o pai disse, finalmente.

— Sim. — Miles podia sentir o que estava por vir.

— E você está se preparando para voltar à escola, então escute. Preciso que entenda... Apenas preciso que você, bem... — Agora era o pai de Miles quem gaguejava, procurando pelas palavras certas. Por fim, soltou tudo de uma vez: — Você sabe que seu tio foi suspenso. Muitas vezes. — O pai de Miles apertou as mãos. — Ele não achava que devia seguir regras. E isso o matou. E a última coisa que sua mãe e eu queremos é que você seja... como ele.

Você é como eu.

As palavras perfuraram Miles, alojando-se em seu pescoço. *Suspenso. Regras. Matou.* O garoto engoliu em seco, sentindo culpa e confusão. Ele estava acostumado a ouvir sobre o tio em momentos como esse, mas doía todas as vezes. Na verdade, a *única* vez em que se ouvia o nome do tio Aaron era quando seu pai queria explicar como *não* se devia ser. O pai e o tio eram crianças das ruas — trombadinhas do Brooklyn —, que estavam sempre roubando e praticando golpes, entrando e saindo do juizado de menores até terem idade suficiente para entrarem e saírem da cadeia. O pai de Miles conheceu a futura esposa e decidiu trilhar um caminho diferente, mas o tio Aaron continuou em busca de dinheiro rápido nos becos escuros. Agora o tio era sinônimo de estupidez, o exemplo de todas as coisas ruins na família – pelo menos na visão do pai de Miles.

– Você entende? – perguntou o pai.

Miles permaneceu sentado, mordiscando a parte interna da bochecha e pensando no tio Aaron e no que ele sabia sobre o tio. Não apenas no que o pai dizia e repetia sobre ele. Mas no que ele sabia em primeira mão. Ele estava lá quando o tio foi morto. Três anos atrás, o tio Aaron acidentalmente se matou ao tentar assassinar Miles.

– Entendo.

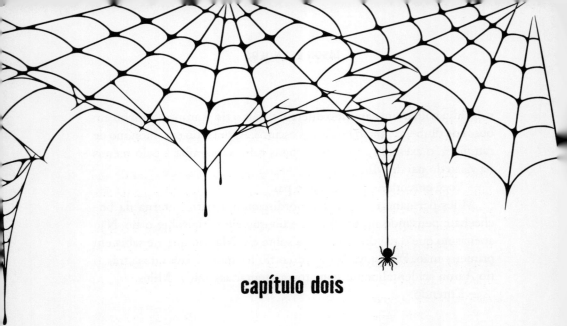

capítulo dois

Miles colocou a máscara sobre a testa, tapando os olhos em seguida. Por um instante, escuridão. Depois, ajustou os buracos da máscara para retomar a visão e cobriu o nariz, a boca e o queixo. Olhou-se no espelho. Homem-Aranha. Então tirou a máscara e viu outra vez a escuridão por uma fração de segundo. Permaneceu nesse vai e vem por alguns minutos. O pai de Miles havia dito diversas vezes que quando ele e o tio Aaron eram jovens, costumavam pegar as meias-calças escuras da mãe e colocá-las sobre suas cabeças, cortando a parte da perna e amarrando num nó, antes de sair por aí cometendo roubos. Ele dizia que era desconfortável e que levava alguns segundos para se acostumar com aquilo. Era como se estivesse preso em uma espécie de casulo.

– Aaron não se transformou em borboleta – ele dizia. – Virou outra coisa.

Você é como eu.

Tio Aaron vivia em Baruch Houses, a alguns blocos de distância de uma Ray's Pizza. Baruch era um enorme conjunto habitacional situado na avenida Franklin D. Roosevelt. Bem no East River. Se não fosse pelo fato de que havia mais de cinco mil pessoas vivendo em quinze prédios de tijolos vermelhos, a região seria considerada de alto padrão. Propriedades com vista para o rio. Miles encontrava-se com o tio na esquina da East Houston com a Baruch Place, em uma adega, onde Aaron comprava refrigerante de uva. Em seguida, compravam uma pizza e andavam por uma floresta de arranha-céus até chegar ao apartamento do tio. Nunca se andava sozinho por um conjunto habitacional como aquele a menos que você vivesse lá.

Se os pais de Miles soubessem que o filho se encontrava com Aaron, ele passaria o restante da vida de castigo. Miles faria quarenta anos, teria filhos, e ainda estaria proibido de sair de casa. Assim, ele dizia que ia se encontrar com alguns amigos na Ray's Pizza. E isso, tecnicamente, era verdade, apesar de haver centenas de Ray's Pizzas em Nova York. E seus "amigos" eram, na verdade, o tio. Miles sempre se assegurava de não estar no apartamento de Aaron quando precisava ligar para os pais e dizer onde estava. Dessa maneira, não precisava mentir. Ele não conseguiria. Não era do seu feitio.

O apartamento do tio Aaron – 4D – não tinha nada além de um colchão, algumas cadeiras dobráveis, um *rack* com uma TV e uma pequena mesa de centro com embalagens de meias-calças. Também havia sempre algumas caixas de sapatos de tamanho 39 que Miles sabia serem pequenos demais para o tio e, para sua raiva, para ele próprio. Provavelmente, era apenas mercadoria a ser vendida no quarteirão. *Caíram do caminhão.*

Todo o restante, como as roupas e os objetos pessoais de Aaron, ficava em sacos de lixo ao longo da parede. O tio de Milles vivia ali. Na verdade, era o único local que o garoto conhecia. e ele sempre teve a sensação que Aeron estava prestes a se mudar a qualquer instante.

Enquanto Miles e o tio comiam, sentados nas cadeiras dobráveis, com a caixa de pizza sobre a parte vazia da mesinha de centro, conversavam sobre a família, a escola e as garotas. Bem, na verdade apenas o tio Aaron falava sobre as garotas, mas de um jeito que fazia Miles sentir que *eles* estavam falando sobre as garotas, ainda que o garoto realmente não tivesse muito o que dizer sobre elas além de *Eu não tenho muito a dizer sobre elas*. A única coisa sobre a qual tio Aaron nunca – NUNCA – falava para Miles era "seus negócios". Ele nunca havia falado sobre os bancos ou as lojas que assaltara. Nunca havia falado sobre como rondava Wall Street – a única região deserta tarde da noite em Nova York – à procura de corretores da Bolsa desavisados que faziam hora extra. E definitivamente nunca havia falado para Miles sobre o seu maior golpe, realizado pouco antes da visita de Miles em uma tarde. Esse golpe mudaria a vida do garoto e arruinaria o relacionamento de ambos. As Indústrias OSBORN, lar das maiores inovações tecnológicas em defesa, biomedicina e química. E aranhas. Aranhas genética e quimicamente aprimoradas.

Aconteceu quarenta e cinco minutos antes de Miles deixar o apartamento a fim de ligar para casa. A TV exibia seus *talk shows* diários. *Vocês estão prontos para ver o novo visual dela? Gina, venha para cá!* Uma bolsa de viagem se encontrava perto da cadeira de Miles, cheia de dinheiro e peças que Aaron achou que poderia vender no mercado clandestino. E da bolsa surgiu uma aranha, que subiu no pé da cadeira e mordeu o dorso da mão de Miles, fazendo o garoto sentir uma pequena descarga até a ponta dos dedos.

– Ai! – Resmungou Miles, jogando a aranha no chão. Tio Aaron levantou-se em um pulo e pisou nela.

– Desculpe, carinha – ele disse, sem qualquer constrangimento na voz. Esmagou a aranha no chão de madeira como se fosse um chiclete no asfalto. Miles viu o tio se abaixando para olhar as entranhas do animal. A aranha exibia uma gosma brilhante. – Mas você sabe como é. Baruch não é muito acolhedor.

Houve uma batida na porta do banheiro.

Miles camuflou-se instantaneamente, mesclando-se ao azulejo rosa da parede.

– Miles? Você caiu? – gritou sua mãe. Depois de levar o lixo para fora e escutar o velho sermão *Você sabe que seu tio era isso e aquilo*, Miles deixou os pais e Ganke na sala de estar. Seu pai abria a correspondência – a maioria, contas – do dia anterior. A mãe, por sua vez, zapeava a televisão em busca do canal Lifetime, enquanto Ganke, com a barriga cheia de frango e arroz, esperava no sofá pelo amigo para que fossem juntos de volta para a Brooklyn Visions Academy. Miles balançou a cabeça e saiu do modo camuflagem – estava se sentindo no limite.

– Não! – gritou. – Vou sair num segundo. Estou só… penteando o cabelo. – Ele sabia que a mãe não acreditaria nisso. Foi a única vez que sentiu alívio por saber o que a mãe estava imaginando: que ele estava… se divertindo. Miles tirou a máscara e tentou arrumar o cabelo com as mãos.

– Rio! – gritou o pai. – Venha ver isso!

– Vai logo, Miles. Não quero que vocês saiam muito tarde. Você ouviu o que seu pai disse sobre garotos sendo roubados. – A mãe se afastou da porta, lançando um "o que é?" para o marido.

Miles esperou a mãe se afastar para correr até o quarto. Enfiou a máscara na mochila e pegou o pente da mesa para manter a história do *penteando o cabelo.*

– Estou pronto – disse o garoto, entrando na sala de estar como se não tivesse ficado um tempão no banheiro. *Escovar, escovar, escovar.* A parte de cima vai para a frente, depois para a esquerda, para a direita e para trás. Nessa ordem. A mãe estava de pé atrás do sofá lendo uma carta que apertou contra o peito quando Miles entrou na sala. O garoto pensou que se tratava de outra conta – sempre havia outra conta. Se perguntasse sobre ela, desencadearia outro sermão sobre a importância de ir bem na escola. Depois dos últimos três dias, não aguentaria mais um sermão desses.

– Toda essa escovação não vai adiantar, filho – disse o pai, tocando a perna da esposa para tirá-la do transe. – Rio.

Assustada, ela dobrou a carta e a colocou no envelope, entregando-a de volta ao marido.

– Ah... me desculpe – Ela pediu, aproximando-se de Miles e passando a mão na cabeça do filho. – Mas você precisa de um corte de cabelo, *papi*.

– Neste final de semana, quando você vier para casa, vamos à barbearia. Não posso deixar que saia por aí parecendo um cachorro – provocou o pai.

Miles continuou penteando o cabelo e ignorando os comentários dos pais.

– Tá pronto? – perguntou a Ganke, que se levantou do sofá e colocou a mochila sobre o ombro com um sorriso sacana no rosto. O amigo adorava esses momentos de Miles com a família. Era munição para piadas.

– Opa. Se cuida, senhora M. – Ganke aproximou-se para abraçar a mãe de Miles.

– Tchau, Ganke. Mantenha ele na linha, por favor.

– Sempre tento, mas o cara é louco.

– Nem vem, Ganke – disse Miles, abraçando a mãe e beijando-a na bochecha.

– Senhor Jeff. – Ganke estendeu a mão na direção do pai de Miles. Jeff apertou-a com força. O rosto do garoto se contorceu de dor.

– No próximo domingo jantaremos apenas legumes. Tá dentro?

– Com certeza! – Sorriu Ganke.

O pai de Miles fitou a esposa e balançou a cabeça.

– Eu tentei, querida. Mas não funcionou. – E riu.

– Está bem, se cuidem, meninos, por favor. Ganke, diga para sua mãe que mandei um oi. Miles, ligue quando chegar lá.

– Claro. – Miles colocou a escova na mochila.

– Não se esqueça, filho.

– Não vou.

Já do lado de fora, Miles estava prestes a perguntar para Ganke como havia sido o final de semana, ainda mais por saber que as coisas estavam estranhas na casa do amigo desde que seus pais se separaram. Ganke, porém, tinha um jeito de pressentir essas perguntas difíceis. Quando Miles ia abrir a boca, ele veio mais rápido.

– Tem uma coisa que quero te perguntar há um bom tempo. – Ganke havia acabado de amarrar os cadarços nos degraus do prédio. Miles tirou a preocupação da ponta de sua língua e a colocou debaixo dela, como um chiclete a ser mascado mais tarde. Miles sabia que Ganke provavelmente iria fazer uma piada sobre os últimos trinta minutos. Ele era o tipo de amigo que você não podia deixar sozinho com os pais porque havia o risco de perguntar as coisas mais ridículas, buscando algum segredo vergonhoso que os pais achavam apenas fofo. Coisas do tipo *Miles sempre chorava no Dia de Martin Luther King Jr. Não porque estava comovido com o que aconteceu com o Dr. King, mas porque a televisão e o rádio mostravam as gravações de seus discursos e Miles sempre achava que ele tinha voz de fantasma.* Ou *Miles sofria da síndrome do intestino irritável e cagou nas calças até os dez anos.*

– O quê? – Gemeu Miles enquanto passavam em frente à casa da sra. Shine. Ele lembrou do cheiro do colchão que tirou daquela casa e de como se sentiu a cada vez que suas manchas misteriosas e tufos de pelo de gato branco se esfregaram em sua bochecha. *Argh.*

– Não fica bravo – pediu Ganke, preparando Miles. – Mas...

– Diz logo!

– Tá. Seu sobrenome. Não faz sentido pra mim.

– O quê? Morales?

– Sim.

– Eu sou metade porto-riquenho.

Ganke parou de andar e virou-se para Miles com cara de *Dããããã.*

– E...?

– O nome de sua *mãe* é Rio Morales, certo?

– Correto.

– E o nome de seu pai é Jefferson Davis.

– Exato.

MILES MORALES: HOMEM-ARANHA

– Então por que seu nome não é Miles Dav... – Os olhos de Ganke se abriram. – Ah... caramba! Miles Davis![1] – Ele parou de andar de novo, ficando desta vez de frente para a casa do Senhor Frankie. Ganke se curvou-se e começou a rir descontroladamente. – Espera... espera! – Ele tentou recuperar o fôlego enquanto Miles o olhava feio. – Miles. Me desculpa. Espera aí... Miles Davis? Eu... nunca tinha pensado nisso até agora. Ah, cara... aguenta aí... – A gargalhada foi parando aos poucos. – Nossa... Tudo bem, tudo bem...

– Já acabou?

– Sim. Acabei. Desculpa, cara, é que isso me pegou de surpresa. – E continuaram a andar pelo quarteirão.

– De qualquer modo, esta não é nem a razão – disse Miles. – Mas fico feliz que você achou isso tão engraçado.

– Então qual é a razão?

– Ganke, por que você age como se não conhecesse minha mãe? Melhor ainda: por que você age como se não conhecesse minha *abuela*?[2] – Agora era a vez de Miles rir. – Nah, é sério, não sei. Acho que é por outra coisa.

– Como o quê?

Miles deu de ombros.

– No passado, meu pai e meu tio fizeram cagadas o suficiente para sujar o nome Davis em alguns lugares. Eu me pareço com os dois e moro na mesma vizinhança, então, não sei, imagino...

– Entendi – respondeu Ganke. Já não havia mais graça.

Havia uma garrafa de plástico na calçada. Quando Miles era pequeno, fingia que elas eram granadas, embora tivessem formato de barril. Ele a chutou e a garrafa rolou à sua frente. Pigarrou.

– Também acho que é por isso que meus superpoderes estão zoados.

– Hum... você acha que eles estão zoados por causa do seu sobrenome? – Perguntou Ganke.

---

1   Miles Davis (1926-1991) foi um proeminente trompetista e compositor de *jazz* norte-americano. (N. T.)

2   Avó, em espanhol. (N. T.)

– Não. Mas por conta do que meu sobrenome *representa*. Quer dizer, o que essa parte de mim é. Tipo... e se eu não fui feito para ser... sei lá... bom?

Fazia muito sentido para ele. Do mesmo jeito que faz sentido uma pessoa alta ter pais altos. Ou uma pessoa ter predisposição ao alcoolismo quando um dos pais é alcoólatra. Miles considerava a sua genética complicada. Sangue *ruim*. E, para piorar, o pai e o tio tinham dezesseis anos quando entraram no crime – a idade atual de Miles. Talvez aquela parte dele estivesse lutando contra as mudanças provocadas pela mordida da aranha, como se houvesse células sanguíneas tentando acabar com o que havia de incrível dentro de si.

– Cara, cala a boca.

– Estou falando sério.

– Você é um idiota. Isso é besteira. É a mesma coisa que dizer que seus filhos vão jogar basquete só porque você joga.

– Há boas chances disso – disse Miles. Ele usou o polegar e o indicador para pinçar a garrafa que havia chutado; um reflexo de sua experiência da última sexta-feira.

– Quando foi a última vez que você viu o Michael Jordan Jr.?

– Não tenho certeza se Michael Jordan tem um 'Jr.', Ganke. – Miles lançou a granada na lixeira de um vizinho.

– Exatamente. E você sabe por que Jordan não é Jordan Jr.? – perguntou Ganke. – Porque o Jordan Jr. não cresceu para ser... Jordan Jr. Miles não respondeu. – Na verdade, você nem sabe por que esse zunido de alarme na sua cabeça está zoado. Pode ser que... o efeito esteja passando. Pode ser que a substância especial no veneno da aranha, ou seja lá o que for, seja como um vírus que demorou anos para sair de seu sistema. Ou talvez esteja meio desequilibrado porque você está crescendo. Cara, até onde sabemos, você pode perder *todos* os seus superpoderes quando enfim arranjar uma namorada! – O queixo de Ganke caiu.

– Parece algo que meu tio diria. – Miles desviou de uma pilha de cocô de cachorro.

– Para sua sorte, o lance da namorada não vai acontecer tão cedo – disparou Ganke, dando tapinhas no braço do amigo.

– É, para você também não – Miles revidou.

– Olha, o ponto aonde quero chegar é o seguinte: você não sabe o que está causando isso, e ficar preocupado provavelmente não está ajudando. Você precisa aliviar o estresse. Relaxar um pouco. Se divertir. – Ganke fez uma onda com o braço como se estivesse dançando *breakdance*. – Cara, se eu tivesse o que você tem...

– O quê? O que você faria? – Perguntou Miles num tom curto e grosso.

Ganke parou de andar pela terceira vez. A estação de trem estava à direita. Ganke olhou a rua e se certificou de que nenhum carro estava vindo.

– Vamos seguir reto que eu te mostro.

Dois quarteirões até a quadra de basquete. Quando eles chegaram, depararam com uma partida de duplas.

– O que estamos fazendo aqui? – perguntou Miles enquanto seguiam até o portão.

– É apenas uma paradinha. Você me perguntou o que eu faria.

– Ah. Talvez na próxima, cara – disse Miles olhando pelo portão. – Eles já estão jogando. – Ganke, porém, fincou o pé.

– Vamos lá! – Ganke entrou na quadra.

– Não, cara. – Miles segurou seu braço.

– Vem! Vai ser divertido.

– Ganke, eu...

– Ei, gente! Gente! – O garoto andou pela quadra, indo parar no meio do jogo. Miles seguiu atrás, parando na linha lateral. – Tempo, tempo! – Gritou Ganke, colocando as pontas dos dedos de uma mão na palma da outra e formando a letra T.

– Ei, o que você está fazendo? – Perguntou um sujeito baixinho com o peito estufado enquanto batia a bola no chão. – Você não está jogando, não pode pedir tempo. Na verdade, não pode pedir nada. – Ele bufou pelas narinas. Miles balançou a cabeça. Não estava com vontade de brigar e não podia correr o risco de aparecer com um olho roxo ou algo parecido. – Saia da quadra, Bruce Bruce Lee – disse o cara baixinho.

– Quem é Bruce Bruce Lee? Você não quis dizer *Bruce* Lee? – perguntou Ganke.

Os sujeitos olharam-se, perplexos.

– Você não sabe quem é Bruce Bruce? O comediante? – O Baixinho do Peito Estufado abriu os braços e inflou as bochechas para fazer sua melhor e pior imitação de uma pessoa gorda. – Cara gordo engraçado. E Lee porque…

– Porque é meu sobrenome – disse Ganke na cara de pau. Miles sufocou uma risada.

– Espera aí… seu sobrenome é Lee? Sério? – Perguntou o Baixinho do Peito Estufado.

– Sim. E o nome *dele* – Ganke apontou para Miles – é Miles Davis. – Miles suspirou, revirando os olhos.

– Que nem o cara do *jazz*?

– Não, que nem o cara que vai pegar seu dinheiro – riu Ganke.

– Ah, é mesmo? – Outro sujeito do grupo se manifestou. Ele tinha a pele clara, da cor do catarro de gripe. E era igualmente pegajoso devido ao suor. – E como ele vai fazer isso?

– Campeonato de enterradas.

– Espera aí… *o quê?* – Miles grasnou, entrando timidamente na quadra.

O Homem-Catarro sorriu e deu um toque no sujeito ao seu lado. O homem com físico de… bem… super-herói resolveu se pronunciar.

– Agora vocês estão falando a minha língua. Não sei se vocês sabem quem sou, mas não há muitos gatos por aqui que consigam saltar mais alto do que eu – gabou-se.

– Sim, Benji é um coelho. Pula mais alto que todos – tietou o Homem-Catarro.

– Sem dúvidas. E aquele carinha do *jazz* não parece nem ter pentelhos no saco. Também não parece que ele tem dinheiro – o último cara do grupo por fim resolveu falar. Ele estava bebendo água, afastado dos demais. Era um… urso. Não um urso de verdade, claro, mas nada longe disso.

MILES MORALES: HOMEM-ARANHA

– Ele não tem. – E, assim que Ganke disse isso, os sujeitos riram e enxotaram os meninos como moscas irritantes. – Mas – acrescentou Ganke – eu aposto eles. – O garoto tirou os tênis. – Um par de Air Max 90. O modelo *Infrared*. Parece que todo mundo quer esses tênis, e é a primeira vez que uso eles. Custam uns trezentos dólares. – Ganke não era aficionado por tênis, mas seu pai era. Sim, seu pai. Seus passatempos favoritos consistiam em pressionar Ganke para ter um bom desempenho escolar (ele e os pais de Miles tinham isso em comum) e colecionar tênis raros. A maior parte da coleção foi dada à Ganke quando ele saiu de casa, sob a condição de que cuidasse bem delas. Obviamente, Ganke nunca precisou fazer isso, pois Miles assumiu a tarefa.

– *O quê?* – Exclamou Miles outra vez.

– Qual é o tamanho? – Perguntou Benji, o homem que parecia um super-herói.

– Tamanho 42 – respondeu Ganke, ignorando Miles e olhando para os pés de Benji. – Seu tamanho.

Benji sorriu, revelando espaços entre os dentes serrilhados. Então puxou um maço de notas da meia. Seus amigos fuçaram os próprios bolsos, meias e bolsas para pegar dinheiro. Após juntarem trezentos dólares, colocaram tudo no chão da quadra, posicionando um dos tênis em cima das notas para impedir que a brisa noturna levasse o dinheiro.

Em seguida, todos se afastaram para dar espaço a Benji e a Miles. Benji fez a bola quicar com força, como se estivesse socando uma cabeça contra o chão. Miles percebeu a provocação. Ele olhou para Ganke, que agora estava com sua mochila na frente do corpo. O garoto sorriu e deu de ombros, como costumava fazer.

– Acho que o baixinho não consegue nem chegar perto da rede – disse Benji. Ele segurou a bola com ambas as mãos, deu dois passos e enterrou a bola sem esforço pelo aro. Sem aviso. Sem aquecimento. – Vai ser mel na chupeta.

– Ou pimenta – completou Ganke na linha lateral. Miles olhou para trás e fuzilou o amigo com o olhar. Ganke murmurou *desculpa*, *desculpa*, enquanto Miles pedia a bola. Assim que Benji a lançou em suas mãos, como se disparasse uma bola de fogo, Miles percebeu que sabia pouquíssimo sobre basquete.

Ele fez a bola quicar de maneira desajeitada, batendo nela com a mão dura. Tudo bem, sem quicar. Quicar não era sua praia. Ele segurou-a e instantaneamente as pontas de seus dedos ficaram grudentas. Parecia que havia pequenos canhões disparando dentro de si. Sentia um formigamento nos cotovelos e nas pontas dos dedos. Uma descarga de eletricidade correu por suas pernas, pulsando na parte de trás dos joelhos. Em seguida, como se não fosse grande coisa, Miles deu dois passos, saltou até chegar à altura do aro alaranjado e enterrou a bola com facilidade.

– Cara… – disse o Homem-Catarro, balançando a cabeça. Foi tudo o que ele disse. Nada mais. Os outros permaneceram calados, mas seus rostos diziam a mesma coisa: cara…

– Beleza, baixinho. Saquei – disse Benji ao pegar a bola. – Vamos acabar com isso agora. – Ele começou da linha de três pontos, saiu correndo, pulou e virou as costas para o aro enquanto estava no ar. Segurando a bola com ambas as mãos, ele a desceu até as pernas e, em seguida, a ergueu sobre a cabeça e para trás, martelando-a na cesta com um grunhido.

– Ugh! – Repetiu o Baixinho do Peito Estufado, como um bom puxa-saco. Então colocou a mão no peito e gritou dramaticamente. – Foi tão forte que eu quase *caí!*

– Uou! – Gritou o Homem-Catarro.

– Não dá para ser melhor do que isso, baixinho – gabou-se Benji, jogando a bola para Miles.

– Dá sim – retrucou Ganke.

– Vai nessa, Bruce Bruce. Veremos.

Miles foi para a linha de três pontos. Novamente, sem quicar. Ele olhou para o aro. Mas, antes de dar início à sua jogada, Ganke, é claro, o interrompeu.

– Espera, espera, espera. – Ganke foi até o garrafão, descalço e com duas mochilas. – Escutem, gente. Isso é muito divertido e tudo mais, mas a verdade é que não temos a noite toda. Então, que tal acabarmos com isso?

MILES MORALES: HOMEM-ARANHA

– Vamos terminar assim que seu amigo fizer papel de trouxa tentando imitar o que fiz.

– É… – Ganke apontou o dedo para cima e, em seguida, para Benji. – Não. Que tal isto: se ele der uma enterrada igual à sua, sem pegar impulso, nós ganhamos.

– Espera aí – manifestou-se o Baixinho do Peito Estufado. – Você está dizendo que se ele fizer a enterrada de costas do Benji em um pulo vertical, vocês vencem.

– Exato. E se ele não conseguir…

– Nós ganhamos, e vocês saem daqui com seus traseiros ridículos?

– Sim – concordou Miles. A coisa toda foi uma má ideia, mas essa era a única parte da má ideia que soava boa. Eles ainda precisavam voltar para a escola. Miles ainda precisava ligar para os pais. E, ainda que pudesse dizer que o trem estava com problemas – afinal, o trem *sempre* estava com problemas –, ele não queria mentir.

Benji estava surpreso, mas todos saíram da quadra enquanto Miles se posicionava. Ele olhou para a cesta: a aparência familiar da rede, o aro laranja e enferrujado, a tabela de vidro suja. Olhou para Ganke e os demais – o Baixinho do Peito Estufado, o Homem-Catarro, Benji e o Urso.

Em todos os filmes a que Miles assistira, havia sempre algum tipo de conversa inspiradora ou uma batida de tambores na cabeça do herói diante de tais situações. Na sua cabeça, porém, só se ouviam músicas bobas. Canções assobiadas e o tema de *Super Mario Bros*. Tanto faz. Toda aquela "concentração" era apenas encenada. Após acumular tensão pelo corpo, Miles saltou. Ele virou-se no ar e abriu as pernas, passando a bola por elas e sobre a cabeça antes de enterrá-la com uma força capaz de estilhaçar a tabela de vidro.

Nada extraordinário. Nem para Miles, nem para Ganke.

Para os demais sujeitos, porém, parecia que haviam testemunhado a segunda vinda de Michael Jordan. Ou talvez a segunda vinda de Earl Manigault,[3] mais conhecido como "A Cabra". Todo mundo em Nova York já ouviu falar sobre a lenda de como Earl, com apenas 1,85m de altura, conseguiu pegar uma nota de um dólar do topo de uma tabela e deixar o troco. Benji e seus companheiros estavam atônitos.

---

3   Earl Manigault (1944-1998) foi um jogador de basquete norte-americano. (N. E.)

Até que Ganke pegou de volta seu par de tênis. E o dinheiro. Então, os uivos se tornaram latidos. E o espanto virou raiva.

– O que você acha que está fazendo? – Benji dirigiu-se a Ganke enquanto o garoto calçava os tênis e guardava as notas.

– Vocês perderam. Afinal... ninguém pode fazer melhor que aquilo – gabou-se Ganke.

– Talvez eu não possa bater aquilo, mas posso bater em *você*. Então sugiro que deixe a grana aí.

– Vocês nos enganaram! – Gritou o Homem-Catarro. Jogadores de rua sempre dizem que haviam sido enganados, embora enganassem o tempo todo. Ninguém gosta de perder.

– Ah, então vocês não viam problema em tirar vantagem de moleques, não é? – Indagou Miles. – Não podiam resistir ao que acharam que seria um novo par de tênis na mão. Vocês nem ligaram para nossas *mochilas*, cara.

Ganke não se importava com o dinheiro; e deixando uma tentativa dele de tirar da cabeça de Miles a responsabilidade de ser o Homem-Aranha e toda aquela conversa maluca sobre super-heróis. Mas aquilo havia se tornado uma questão de princípios. Aqueles palhaços precisavam manter a palavra.

– Não interessa. Deixem o dinheiro aí e saiam com suas vidas.

Ganke olhou para Miles e assentiu. Miles balançou a cabeça. Ganke fez que sim outra vez. Miles, porém, balançou novamente a cabeça.

– Não.

– *O quê?* – Perguntou Ganke, agora concordando e balançando a cabeça ao mesmo tempo.

– É, *o quê?* – Benji repetiu. Os demais puxa-sacos aproximaram-se.

– Eu disse "não" – confirmou Miles.

É incrível como uma quadra de basquete pode ficar silenciosa quando as coisas estão prestes a ferver. Há uma imobilidade. Um ar morto. As luzes dos postes já estavam acesas àquela altura, e o que havia restado do sol já estava indo embora. Havia apenas uma nuance de azul em um céu negro.

– Gente, vocês não precisam...

MILES MORALES: HOMEM-ARANHA

– Cala a boca! – gritou Benji para Ganke, apontando para o garoto. – Segurem ele! – O Baixinho do Peito Estufado e o Homem-Catarro cercaram Ganke rapidamente, segurando-lhe os braços.

– Miles! – Gritou Ganke. Mas, antes que Benji pudesse socar o melhor amigo de Miles, pegar seus sapatos ou qualquer outra coisa, Miles posicionou-se diante de Benji. Havia um formigamento na parte de trás de seus joelhos. Nas suas orelhas. E também nas mãos e pontas dos dedos.

Benji deu um sorriso rígido e frio – Miles podia ouvir o movimento de sua boca e o barulho da saliva grossa que se juntava na parte de trás – e empurrou o ombro de Miles para tirá-lo do caminho. Mas, assim que sua mão tocou Miles, o garoto agarrou Benji e o jogou para longe de Ganke. Benji balançou a cabeça e partiu para o ataque, mas Miles saltou por cima dele – um pulo enorme sobre a cabeça de Benji. Então correu na direção de Ganke e deu-lhe uma voadora, errando de propósito o rosto do amigo no último segundo para acertar o Homem-Catarro e o Baixinho no queixo. Não foi o suficiente para machucá-los de verdade – Miles não estava sequer tentando –, mas o bastante para que eles soltassem Ganke, que saiu correndo da quadra. Benji agarrou Miles por trás, e, num instante, Miles deu três cotoveladas na boca do estômago do garoto. *Pof, Pof, Pof!* Benji curvou-se. Miles não o finalizou. Queria dar-lhe a chance de recuar.

O Baixinho aproximou-se com as mãos levantadas, como um boxeador.

– Não quero problemas – informou Miles, ainda sentindo os foguetes correndo por suas veias. O Baixinho não respondeu; continuou na pose de boxeador até que resolveu atacar com um *jab*[4]. Miles desviou. O rapaz tentou outra vez. Miles inclinou-se para trás, movendo-se para os lados com as mãos abaixadas, para deixar claro que não queria lutar.

– Acerta o rabo dele! – Resmungou Benji, ainda sem fôlego. O Baixinho tentou um terceiro *jab*, mas dessa vez Miles o pegou. Ele agarrou o punho do rapaz com uma mão e usou a outra para segurar seu cotovelo, de modo que o Baixinho não tinha escolha senão socar

---

4   Golpe rápido e frontal no boxe. (N. T.)

a própria cara. Um golpe direto no nariz. Seu próprio golpe. Miles ouviu o septo nasal do Baixinho se quebrar.

— ARGH! — Gritou o Baixinho, levando a outra mão ao rosto. Sangue, muito sangue, começou a jorrar de suas narinas. Por um momento, Miles ficou paralisado. A visão do sangue o assustou — ele não tivera a intenção de golpear tão forte.

O Homem-Catarro recuou e, em vez de atacar Miles, partiu para cima de Ganke, que saiu em disparada pela quadra, gritando a plenos pulmões, enquanto o Urso ia em direção a Miles.

— Você não tem nada a ver com isso, cara — disse Miles, tentando acalmar o sujeito.

— Vocês enganaram a gente — ele rosnou. Em seguida, atacou Miles. O garoto pulou sobre o Urso e o chutou na parte de trás da cabeça, usando-a como alavanca para chegar até onde Ganke estava. Ele pegou o amigo por baixo do braço como se fosse uma criança e saltou sobre a grade de metal, puxando Ganke para cima com ele, mas não antes que o Homem-Catarro agarrasse uma das mochilas. Aquela que Ganke levava na frente do corpo. A mochila de Miles.

— Miles!

— Não, Ganke! Não a solte! — Gritou Miles, uma mão agarrando o portão de ferro, a outra presa na axila do amigo. Ele precisava daquela mochila. Seu segredo estava lá, em vermelho e preto.

— Dê ela pra mim — rosnou o Homem-Catarro. — Vocês vão deixar *tudo* aqui!

— Não consigo… não consigo segurar! — Gritou Ganke enquanto o Homem-Catarro puxava com força uma das alças e seu braço livre, como se fosse rasgá-lo em dois.

— Ganke, *não* larga a mochila!

Ganke olhou para Miles com uma expressão preocupada.

— Miles… — O Homem-Catarro puxou a alça outra vez, e o braço de Ganke cedeu, assim como a mochila.

Agora livre, Miles saltou sobre a grade, puxando Ganke para cima com ele.

— Me desculpe — ofegou Ganke.

MILES MORALES: HOMEM-ARANHA

– Aguenta firme e fica aí em cima – ordenou Miles enquanto Ganke se agarrava ao portão, olhando para baixo. Lá, o Homem-Catarro começou a abrir o zíper da mochila enquanto os outros valentões esperavam como jacarés em calções de basquete. Eles não iam sair facilmente dessa. Miles respirou fundo e mergulhou no poço dos jacarés.

34

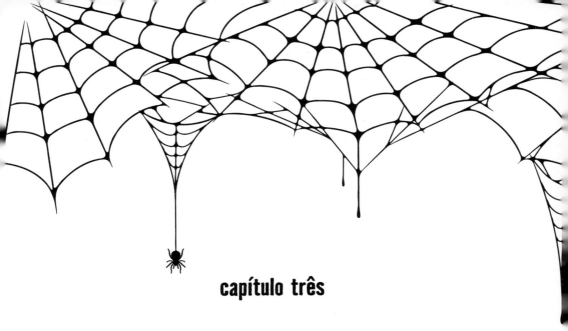

capítulo três

– Me desculpe.
Silêncio.
– Miles, de verdade. Me desculpe.
Mais silêncio.
– Pelo menos você pegou sua mochila de volta. E pegamos o dinheiro também. Isso é bom, não é? Ganke e Miles estavam sentados no trem da linha B, finalmente a caminho da escola. Miles desligou o celular. Sabia que os pais iriam ligar, e sabia que teria que mentir – *eu não conseguia sinal*, então desligou o celular para que as ligações fossem encaminhadas para a caixa postal. – O que é mais louco nessa história é que nem acho que esses tênis valham tudo isso. – Ganke contou o dinheiro e deu a metade a Miles.

Miles estava sentado ao seu lado com a mochila no colo. Os joelhos doíam. As mãos tinham hematomas. A cicatriz causada pela mordida da aranha coçava como sempre. Ele manteve o foco no anúncio do metrô: se você vir algo, diga algo. Não conseguia falar com Ganke, nem mesmo olhá-lo. Ele estava muito irritado. Irritado consigo mesmo, acima de tudo.

As portas se abriram e quatro meninos entraram. Sem dúvidas, três deles estavam no Ensino Médio e um, no Fundamental. Não podia ter mais que nove anos.

— Boa noite, senhoras e senhores — anunciou o pequeno. — Vocês sabem que horas são? É hora do show!

— Hora do show! — Gritaram os demais meninos. Em seguida, começaram a dançar, giraram, ondularam, estalaram, deram piruetas e pularam. Subiram nas barras do vagão e deram cambalhotas para a frente e para trás, evitando nesse meio-tempo acertar algum passageiro no rosto. Miles nem sequer olhou para eles, assim como a maioria das pessoas. É possível identificar os turistas pela maneira maravilhada como observavam os garotos, como se estivessem no circo. Contudo, quando você vive aqui, conhece seus truques, suas piadas e a maneira como o talentoso e simpático garoto mais jovem se torna o ponto fraco dos idiotas com dinheiro no bolso. Quando se está atrasado, irritado e com hematomas, não há tempo para shows.

Ganke cutucou Miles enquanto os garotos batiam palmas e a música saía de um aparelho de som portátil. Miles olhou para a frente e viu um aviso: "se você vir algo, diga algo".

— Obrigado, senhoras e senhores — agradeceu o menino mais novo, andando para cima e para baixo no vagão, com um chapéu na mão recolhendo o dinheiro. Quando ele chegou ao fim do vagão onde estavam sentados os dois amigos, Ganke pegou um dos dólares que a dupla havia conseguido na quadra de basquete e o colocou no chapéu. Miles pegou todo o dinheiro restante da mão do amigo.

— Menino... — Ele chamou. O garoto se virou, e Miles ergueu as notas no ar. O rosto da criança iluminou-se e ele voltou correndo.

— O que você...? — Ganke começou a perguntar, mas não conseguiu. Miles colocou seu próprio dinheiro e o de Ganke no chapéu. — *Miles*!

Então, como se nada tivesse acontecido, Miles retornou à sua posição, olhando para a frente. se você vir algo, diga algo.

– Hum... Oi, senhora M. É o Ganke... Sim... Sim, eu sei, mas... Miles está... Ele está no banheiro. Sim... Ele está... Acho que foi o frango. Não deve ter caído muito bem.

– O trem. Fale sobre o trem – sussurrou Miles do outro lado do dormitório.

– É por isso que estou ligando, em vez do Miles. A gente estava preso no trem. Acho que alguém pulou na linha ou algo do tipo... Sim... e Miles precisava ir ao banheiro, então quando enfim saímos... Quer dizer... Senhora M, juro, nunca vi ninguém correr tão rápido. – Ganke cobriu a boca para sufocar uma risada. – Mas chegamos a salvo. E sim... *Ele* está a salvo. Uhum. Tudo bem, vou falar para ele te ligar quando sair do banheiro. Tudo bem, tchau. – Ganke deu um tapinha na tela do celular para finalizar a ligação. – *Boom*! É assim que se faz. – Ele fingiu derrubar o celular como se derrubasse um microfone.

– Obrigado. – Miles esticou os dedos, estalando as articulações conforme abria e fechava as mãos.

– É o mínimo que posso fazer.

– Tudo bem, cara.

– Ei, sei que as coisas ficaram meio estranhas na quadra, mas você pode pelo menos admitir que foi divertido? – Ganke levantou-se, puxou a camisa sobre a cabeça e ajeitou a camiseta branca que usava por baixo. Miles não se manifestou. Nem sequer deu um sorriso amarelo. – É sério, cara? Você está querendo dizer que não se divertiu, nem mesmo quando deu aquela última enterrada que quebrou o vidro? Miles Morales, o garoto estressado que todo mundo conhece nesta escola, mas ninguém realmente sabe *quem* é, o *nerd* com o cabelo cortado na navalha e tênis limpos... bem, na maior parte do tempo... não curtiu ser o cara? *Sério*?

Miles sentou-se na cama coçando o dorso da mão. Havia tirado os sapatos e mexia com os dedões do pé, colocando um em cima do outro. Ganke olhava esperançoso para o amigo. Esperando... esperando... esperando... até que um sorriso apareceu no rosto de Miles.

– Eu sabia! – Ganke comemorou após ver a cara de Miles.

– Relaxa. Para você, dar enterradas no basquete é como um dia no parque de diversões, mas eu é que tive de fazer todo o trabalho.

MILES MORALES: HOMEM-ARANHA

Sem contar que quase roubaram minha mochila e precisei lutar. Isso não foi divertido.

– Beleza, então, tirando o quase roubo da mochila e a luta, o resto foi... Demais.

– Ganke, isso...

– Demais.

– Cara, sério, isso...

– Demais!

– Tudo bem, beleza. – Miles suspirou. – Foi demais. Foi demais pra caramba.

Ganke começou a gargalhar.

– Agora que a gente resolveu essa parte, preciso partir para o próximo tópico: descobrir quem é o Bruce Bruce – ele disse, pegando o *notebook* da mochila.

– Bem, e eu preciso tomar banho. Tirar essa nhaca do Benji e do Urso.

Miles passou por Ganke e foi até seu armário pegar os itens de banho. O quarto deles era pequeno, uma caixa de sapatos, apenas um pouco maior do que seu quarto na casa dos pais. Havia duas camas de solteiro, uma de cada lado; escrivaninhas de frente para as camas; um armário na parede do fundo (com um gancho a mais para as coisas de Miles); e um pôster da Rihanna na parede da frente, pendurado sobre uma mesinha com uma televisão. Sob a mesa, uma bagunça de fios e videogames. Dos antigos. Nintendo. Sega. Um Atari que eles não conseguiam fazer funcionar. Controles com, no máximo, quatro botões. Eles pertenciam aos pais de Miles e Ganke e foram passados para os meninos excêntricos que curtiam jogos de oito e dezesseis bits. Jogos que eram pura diversão e nada de estresse. Nada de tiros ou monstros – nada que, para Miles, não fosse real.

Os jogos precisavam de um armário só para eles.

Os chuveiros não eram muito melhores que os quartos. Todo mundo naquele andar compartilhava um banheiro enorme com privadas de um lado, pias no meio e chuveiros do outro lado. Celas minúsculas com paredes pegajosas. Por sorte, o banheiro estava vazio quando Miles entrou. Eles voltaram tarde para a escola, de modo que a maioria dos

38

garotos – pelo menos aqueles que tomavam banho – já havia termina-do. Miles colocou seus objetos em uma das pias. Olhou-se no espelho. Não havia marcas no rosto, o que era sua maior preocupação. Ele sabia que precisava ser cuidadoso para não mostrar evidências de que havia lutado. Embora o joelho estivesse um pouco inchado, ele estava bem.

Porém, quando colocou pasta de dente na escova e a enfiou na boca, não pôde parar de pensar nas coisas que os caras haviam dito so-bre ele e por que queriam tanto bater nele e em Ganke. Disseram que foram enganados. *Escovar, escovar, escovar.* E ele... Enganou. Ele sabia que podia fazer coisas que os outros não eram capazes. Que não havia maneira de daqueles caras ganharem a aposta. Miles tirou vantagem deles. *Escovar, escovar, escovar.* E, depois de tirar vantagem do grupo, ele bateu em todos. E aquilo também não era certo. Os caras tinham o direito de ficar com raiva. Todo mundo tem raiva de trapaceiros, especialmente quando são vítimas de uma trapaça. E Miles sabia que trapacear estava em suas veias. *Você é como eu.*

Urgh, ele pensou, jogando água no rosto. *Que seja.* Ligou o chu-veiro e sentiu os chinelos deslizarem pelo chão coberto de restos de sabonete. O cabelo de alguém estava no ralo, grudento por se misturar com um pedaço de sabonete do tamanho de um pedregulho. *Mas foi divertido*, pensou Miles. *Mesmo aquela parte. Por isso... que seja.*

Quando Miles voltou para o quarto, Ganke estava sentado em sua escrivaninha mexendo em um caderninho, com o *notebook* exibindo a cena pausada de um vídeo de comédia dos anos 1990. Miles vestiu o *short* e se sentou na cama para massagear o joelho.

– Então, o que eu perdi? – Ele perguntou, apontando para o cader-ninho de Ganke.

– Desde que estava no chuveiro? – Brincou Ganke. – Eu dancei *break. Hora do show!* – Ele girou a parte de cima do corpo.

– Qual é, cara. Não posso voltar para a aula amanhã no escuro.

– Está bem, está bem. – Ganke virou sua cadeira. – Aqui está seu resumo. Sinto que sou seu fiel escudeiro, diga-se de passagem. Ou sua segunda voz. – Ganke balançou a cabeça. – Enfim, nesses dois dias que você ficou fora... – Ganke pensou por um segundo. – Uma coisa é certa: o senhor Chamberlain é maluco.

MILES MORALES: HOMEM-ARANHA

– Hum... sim. – Eles haviam acabado de começar a unidade sobre a Guerra Civil na aula de História do quinto período. Todo mundo imaginava que esse era o assunto favorito do senhor Chamberlain, pois ele passou o mês inteiro falando sobre isso desde o retorno das aulas.

– Olha, eu sei que você sabe. Mas ele é... *louco*. Continua falando sobre como a Guerra Civil era essa coisa linda e romântica. Ele fala como se a guerra fosse um videogame que ele adora jogar. Mas a coisa mais esquisita aconteceu na sexta-feira, quando ele enfim começou a falar sobre, você sabe, a parte mais pesada, escravidão, e como os confederados não queriam que ela acabasse, e tudo mais. Ele falou sobre como, dependendo do ponto de vista, a escravidão foi de certa maneira boa para o país.

– Espera aí, ele disse o quê? – Perguntou Miles, pegando um dos lançadores de teia debaixo da cama.

– Basicamente isso. Você conhece o Chamberlain. Ele tem aquele jeito *de estátua falante*, agindo como se isso o tornasse mais inteligente ou sei lá o que, mas foi isso que peguei. – Miles disparou o lançador na TV, fazendo com que uma bola de teia ligasse o aparelho. Ganke balançou a cabeça.

– Tão preguiçoso.

– O quê? Estou exausto de salvar a sua pele – brincou Miles, jogando um feixe de teia na direção do amigo como se fosse serpentina. – Beleza, Chamberlain está viajando na maionese como sempre. Blá, blá, blá. O que mais?

– Sim. Isso aqui. – Ganke lutava para arrancar a teia de seu braço. Ele acabou desistindo e levantando o caderninho.

– E o que seria isso?

Ganke limpou a garganta, e então fingiu limpá-la.

– Ahem. Ahem – disse dramaticamente, antes de se inclinar e desligar a TV.

– "Eu sou um cofre, trancado pela lealdade conquistada por poucos";

"Diga-me seus segredos, sussurre-os para mim por trás dos inimigos";

"Eu nasci assim, um cofre, e seus segredos morrerão quando eu morrer".

40

Ganke fitou Miles, assentindo. Miles devolveu o olhar, com um dos olhos levemente fechado, como se estivesse concentrado no que o amigo acabara de dizer.

– Que merda você está dizendo, Ganke?

– Gostou disso?

– Hum… que merda você está dizendo, Ganke? – Repetiu Miles.

– É o que venho aprendendo nas aulas da senhora Blaufuss desde que você esteve suspenso. Você gostou, né? – Ganke assentiu com confiança diante do rosto vazio de Miles. É um *sijo*.[5] Um tipo de poesia coreana. – Ganke bateu o caderninho no joelho com excitação. – É a poesia do meu povo! É minha herança cultural! Por isso que sou tão bom nisso! – Miles esperou Ganke dar seu costumeiro sorriso "pós-piada", mas ele não o fez. Miles lançou outra bola de teia na tv para ligá-la. Ganke inclinou-se e a desligou de novo. – E dei a isso o nome "miles morales é o homem-aranha".

– Não mais – afirmou Miles, deitando-se na cama. Assim que disse isso, sentiu um peso saindo de seu corpo. Sentiu-se leve.

– O quê?

– Já deu – respondeu Miles. – Na verdade, os poderes estão agindo de um jeito estranho mesmo, e, honestamente, não posso bancar ser o Homem-Aranha.

– Você quer ser *pago* para ser o Homem-Aranha? Quer dizer, você sabe que nós, bem, você já fez isso.

– Não é isso que quero dizer. Não estou falando sobre ganhar dinheiro para ser super-herói ou algo assim. Olha, você sabe que nos últimos anos tenho ficado melhor em… Nem sei como dizer isso.

– Eu digo. Você melhorou no quesito não ser um vagabundo? Não ser aquele mini-Mario bundão. Agora você é o Mario grandão. O Mario com o cogumelo e a estrela da invencibilidade.

Miles ergueu-se da cama.

---

5   O *sijo* é uma estrutura poética coreana composta de três versos com 14 a 16 sílabas em cada linha. (N. E.)

MILES MORALES: HOMEM-ARANHA

– Na verdade, não tenho medo de ninguém como tenho dos meus pais. E não digo no sentido de que eles possam fazer alguma coisa comigo. Eu venho… Nós viemos… – Miles não conseguia encontrar as palavras para terminar. – Pense no meu pai. Ele não tem faculdade. Sequer terminou o Ensino Médio. Minha mãe terminou, mas não pôde bancar a faculdade. Pense no meu quarteirão. Cyrus Shine, onde quer que ele esteja atualmente. Pense no Fat Tony, que passa a maior parte do tempo sentado em uma escada, envolvido em negócios ilegais e xingando qualquer pessoa que passe por perto. Na Frenchie, no fim do quarteirão, que trabalha na loja de um dólar. Ela é legal, mas o filho dela, Martell… É bom que entre na liga. E tem o Neek, do outro lado da rua. Ele foi para o Exército. Foi para a guerra. Lutou pelo país. Voltou. E agora ele só está… Lá. Às vezes você o vê abrindo as cortinas e olhando para fora, mas é basicamente isso. – Miles levantou da cama e pegou a mochila. – Você sabe do que eles me chamam toda vez que vou à barbearia? Pequeno Einstein. CDF. Coisas do tipo. Eles sorriem e me dão desconto nos cortes. Perguntam sobre garotas, é claro, mas também perguntam sobre as minhas notas. Meu tio costumava fazer a mesma coisa. – Ele enfiou a mão na mochila e pegou o uniforme preto e brilhante com teias vermelhas. – Pode parecer besteira para você. Eu não sei.

Ganke inclinou-se na cadeira.

– Beleza, Miles, hum… Você não está sendo um *pouquinho* dramático? Você está indo mal em uma matéria. *Uma* só.

– Deixa eu te perguntar uma coisa, Ganke. – Miles enrolou o uniforme. – Você chegou por sorteio?

– Acho que não.

– Você tem uma bolsa de estudos?

– Não – respondeu Ganke, apoiando-se no encosto da cadeira e cruzando os braços sobre o peito.

– Se, por algum motivo, isso não der certo, você tem outro plano? Há outras opções para você?

– Miles.

– Estou apenas perguntando. – Ganke hesitou, e então assentiu. – Exato. Eu e você somos iguais em muitos sentidos. Mas não nesse. – Ele abriu o armário atrás de sua cama, jogou o uniforme em um canto e fechou a porta. – Para ter tempo de ser um super-herói, você deve ter a vida bem planejada. Não dá para sair por aí salvando o mundo quando nem sua vizinhança está legal. Tenho que ser realista quanto a isso.

Miles voltou para a cama. Ele estava decidido. Acabou. Ele iria fazer o que sabia ser necessário, começando no dia seguinte. Retomaria o foco.

Entretanto, pelo restante da noite, iria maratonar os episódios de *American Ninja Warrior*. Lançou outra bola de teia para ligar a TV pela terceira vez enquanto Ganke voltou para sua escrivaninha e começou a escrever em seu caderninho. Ao terminar, colocou-o sobre a mesa, com as palavras escritas tão pequenininhas que uma pessoa normal não poderia lê-las do outro lado do quarto. Mas Miles podia.

MILES MORALES É UM IDIOTA

Qual é a vantagem de parar de fazer aquilo que você faz de melhor?
A menos que isso seja liberdade, mas, e se não for?
E se for apenas uma família sorridente e uma cela de prisão?

Miles podia ler as palavras na página com clareza, assim como podia perceber que Ganke era incapaz de entender o que sentia. O garoto balançou a cabeça e voltou sua atenção para a TV, vendo outro homem pular sobre um obstáculo para provar – sem nenhuma razão aparente – que também era um pouco mais do que normal.

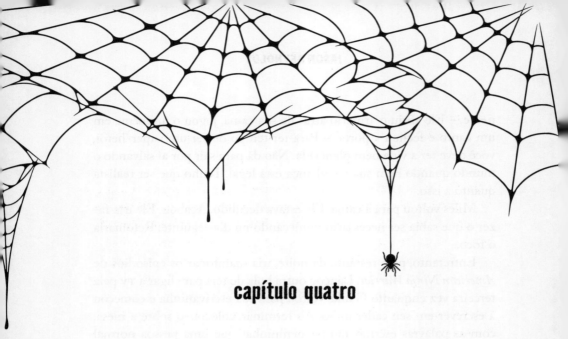

capítulo quatro

Miles já esteve nesse lugar antes. Conhecia-o como a própria casa. Mas esse lugar ficava longe de casa. Pilares do tamanho de árvores em florestas fantásticas. Pedras brancas. Mármore. Uma grande porta de madeira com uma argola de latão no centro. A entrada de um castelo. Uma fonte diante dos degraus. Cortinas brancas nas janelas, abertas e amarradas. Na parte de dentro, sofás de couro que pareciam tronos gigantes, mesas de carvalho e azulejos muito mais bonitos que os assoalhos sujos dos banheiros do Brooklyn. Retratos na parede de velhos homens brancos. Pinturas escuras que faziam o local parecer sépia. Um candelabro de cristal. Um relógio carrilhão. Um ferro de marcar gado e um chicote como decoração. O cheiro, familiar. A luta, ainda mais.

Esquerda, esquerda, abaixa. Gancho de esquerda, abaixa. Cruzado de direita bem no queixo de Miles. Ele morde a língua. Sangue com sabor de metal enche sua boca e, antes que possa se recuperar, um chute no peito o lança para trás, fazendo seu corpo bater contra a grande porta de entrada. Então, vem a avalanche. Uma chuva de socos. Miles faz o que pode para bloquear os golpes até pegar uma luminária na mesinha próxima a ele – uma luminária feita de vidro vermelho, verde e roxo – e quebrá-la na cabeça de… *quem*? Parecia que a pessoa com quem lutava estava embaçada. Era como se houvesse um grosso plástico invisível entre eles, distorcendo a imagem. O vidro da luminária se partiu – uma explosão de cacos tão coloridos quanto os confetes em um *sundae*. A pessoa com quem Miles lutava caiu no chão. O garoto lançou sua teia para prendê-la, mas a figura embaçada se desviou, levantando-se e disparando fios de seda também pelos punhos. *O quê? Como?*, perguntou-se Miles, partindo para cima do borrão – *que lançava teias?* – e lançando-o contra um velho armário cheio de objetos de cristal. Sangue escorria de seu rosto distorcido em direção ao piso de mosaico. Miles o golpeou. O borrão devolveu o soco, e ambos trocaram golpes até que Miles enfim lançou mais teias, antecipando o movimento seguinte do adversário. Como esperado, a figura embaçada desviou-se, fazendo com que a teia se prendesse ao velho armário de madeira – tudo parte do plano. Miles enrolou a teia ao redor do pulso e a puxou, derrubando o armário – uma cacofonia de tilintares conforme os objetos de cristal se espatifavam. A figura borrada rapidamente se virou para evitar que o armário o acertasse, e foi nesse momento que Miles usou o lançador da outra mão para prender as pernas embaçadas do oponente. *Distraia e derrote.*

– Acabou – disse Miles, ao ver o homem lutando para se libertar. Miles lançou um jato de teias sem fim no adversário até prendê-lo a uma espécie de saco de dormir. A figura borrada não respondeu, apenas moveu a cabeça para os lados enquanto Miles se debruçava sobre ele, colocando as mãos na direção do rosto enevoado. Como se as mãos de Miles estivessem afastando nuvens para longe do sol, o rosto do homem apareceu.

– *Tio Aaron*?

– Miles – lamentou-se Aaron.

Antes que Miles pudesse dizer algo, as bochechas de Aaron murcharam e seu nariz afinou até tornar-se uma lâmina de pele e cartilagem. O tufo de barba em seu queixo ficou longo e branco. Queimaduras em seu rosto começaram a criar rugas e a rachar como argila seca.

Miles pulou para trás, sem saber o que seu tio estava fazendo ali ou em quem estava se transformando. O *que* estava virando.

– Miles – sussurrou Aaron. Então falou mais alto: – Miles.

MILES MORALES: HOMEM-ARANHA

Miles balançou a cabeça, desviou o olhar, fechou os olhos. Então, abriu-os novamente e virou-se na direção de Aaron, cuja boca semiaberta exibia dentes agora podres.

– Miles – ele chamou mais uma vez. A voz estava mais grossa e o nome de Miles soava como se houvesse lodo em sua garganta. O garoto se inclinou. O tio abriu um sorriso maroto, levantou as mãos agora ossudas do emaranhado de teias e colocou-as sobre o pescoço de Miles, apertando o máximo que podia. – MILES!

A perda de ar.

Aquela que se sente numa queda.

Miles caiu com força em sua cama.

– MILES! – Gritou Ganke. Ele estava na frente da cama do amigo usando uma calça de moletom e uma camiseta com os dizeres EU ME REMEXO MUITO! em verde neon.

– Hum? O que…? – Miles colocou as mãos no rosto. – Que horas são?

– Quase sete.

– Ugh. – Colocou as mãos sob o rosto e espiou entre os dedos como se fossem grades. – Eu fiz aquilo de novo?

– Sim, cara – respondeu Ganke. – Levantei para ir ao banheiro e você estava literalmente rastejando pelo teto. E preciso te dizer, como seu amigo, que não é legal acordar com uma aranha do tamanho de um humano sobre a cabeça.

– Desculpa, cara. Foi só… um sonho louco.

– Seu tio de novo? – Perguntou Ganke, sentando-se na sua cama.

– Sim – bufou Miles. Não era um palpite difícil para Ganke. Miles tem sonhado com o tio por um bom tempo. Desde que o viu morrer.

Naquele dia no Baruch Houses, tio Aaron sabia que a aranha que havia mordido Miles não era uma aranha normal. E Miles sabia disso também, ao ver o tio pisar nela e o sangue radioativo se espalhar pelo assoalho. Miles estava certo de que, embora seu tio não tivesse colocado a aranha ali intencionalmente, ela era obviamente *especial*, o que significava que sua mordida era *especial*, o que significava uma boa chance de Miles também ter se tornado *especial*. Não mais um garoto comum.

– Esta será uma conversa simples e curta – disse o tio Aaron na vez seguinte em que se encontraram enquanto estavam sentados no sofá. Sem pizza dessa vez. – Aaron encarou Miles. – Eu vou contar para as pessoas.

– Contar o quê? – Perguntou Miles, perplexo.

– Sobre você. Sobre… o que você pode fazer. Quem você é.

Aaron apontou para a pequena cicatriz circular na mão de Miles, não maior que uma espinha. Em seguida, encostou as costas no sofá e sorriu. Explicou que não era estúpido, e que estava disposto a revelar o segredo de Miles.

– A menos que…

– A menos que o quê?

A menos que Miles concordasse em ajudá-lo a acabar com um ex-amigo mafioso a quem todos chamavam de Escorpião. Miles não tinha escolha. Ele fez o que tinha que fazer, e usou o fato de que o Escorpião era um criminoso terrível para se justificar. Porém, a ameaça de ser delatado permaneceu. O tio Aaron continuou coagindo Miles a trabalhar com ele. *Para* ele. Miles sabia que aquilo não era uma opção. Quando confrontou o tio, uma batalha brutal teve início entre ambos. Aaron superou Miles, que ainda era inexperiente com seus poderes, reservando o golpe final para uma de suas luvas elétricas, chamadas "manoplas". Uma das manoplas, porém, deu curto e explodiu no rosto de Aaron, arrebentando-o com o golpe que ele planejara ter usado para matar Miles numa atitude desesperada.

– Você é… como eu – disse Aaron, queimado e ensanguentado antes de perder a consciência. Foi a última coisa que disse a Miles.

Quando você luta com seu tio até matá-lo, é difícil esquecer. É difícil não ver seu rosto, seus olhos embaçados e sua respiração parando aos poucos. É difícil manter segredo. Um segredo que parece contaminar tudo – sua família, sua escola, seu sono. Ganke sabia, pois Ganke sabia de tudo, mas aquilo não impedia que a cena se repetisse de novo e outra vez na cabeça de Miles.

Ele não conseguia voltar para a cama depois dos pesadelos. Tentava e tentava, mas era impossível. De qualquer maneira, seu despertador tocaria em alguns minutos. Com um suspiro frustrado, se levantou.

Ganke já estava no chuveiro quando Miles caminhou pelo piso sujo do corredor, entrando preguiçosamente no banheiro usando chinelos e ouvindo o amigo falar sozinho em um dos boxes. Ao contrário do cheiro de chulé tóxicos do corredor, o banheiro cheirava mais a cachorro molhado e salgadinho de milho. O vapor permeava o lugar.

— Com quem você está falando, Ganke? — Resmungou Miles enquanto abria a torneira da pia. Então, se dando conta da situação, acrescentou: — Quer saber? Não responda. Não quero saber.

— Tanto faz, cara. Estou trabalhando nos meus poemas. Todas as três linhas devem ter de catorze a dezesseis sílabas — explicou Ganke por trás da cortina de vinil do chuveiro. — Então você tem que contá-las.

Miles juntou as mãos em concha sob a torneira e jogou água no rosto.

— Por quê? — Perguntou.

— Como assim *por quê*? — Ganke puxou um lado da cortina, apenas o suficiente para colocar o rosto pra fora. — Porque meu povo decidiu assim. — Em seguida, fechou a cortina e gritou: — *sijo*!

Miles e Ganke calçaram os chinelos e voltaram para o dormitório. Vestiram-se, arrumaram o cabelo, colocaram os tênis, dividiram um pacote de biscoitos Pop-Tarts gelados e seguiram para a sala de aula. Mas, antes de deixarem o alojamento, Miles voltou para o quarto. Apenas por um instante. Ele foi até o armário e abriu a porta, deixando Ganke à sua espera no corredor. Fuçou a pilha de roupas e sapatos. Lá, no canto, estava o uniforme vermelho e preto que ele costumava carregar na mochila diariamente, agora enrolado sob blusas de moletom da BVA, meias desiguais e tênis limpinhos. Ele olhou para o uniforme por alguns segundos antes de enfiar a mão na bagunça e pegar sua máscara. Ele a segurou, frouxa como um rosto derretido e, balançando a cabeça, a colocou de volta na pilha de couro e cadarços. *Hoje não*.

Na Brooklyn Visions Academy, os estudantes só tinham quatro disciplinas por semestre, mas cada aula durava noventa minutos. Assim, uma aula ruim podia ser *super* ruim. Ao menos Miles pôde começar o dia com matemática.

Cálculo, uma de suas matérias preferidas, era ministrada pelo sr. Borem, um homem esquelético com pele cor de oliva e um nariz com formato de picador de gelo.

– Cálculo – disse o sr. Borem no primeiro dia de aula, subindo as calças até o umbigo enquanto caminhava pela sala – é o estudo matemático da mudança. – Depois daquele discurso veio a verdadeira glória da matemática, ao menos para Miles: números, símbolos e letras. A doce visão do *um mais um é igual ao alfabeto*. Um desafio que Miles sempre se empolgava em encarar.

Depois dessa aula, vinha Química com a sra. Khalil.

Então, enquanto metade dos alunos almoçava, Miles e Ganke seguiam para a aula da sra. Blaufuss.

O interessante sobre a sra. Blaufuss é que ela não parecia lecionar na BVA. Onde estava o blazer? A camisa engomada e abotoada até o pescoço? As calças cáqui? Os sapatos ortopédicos? Ela usava óculos, sim, mas não eram os óculos da Brooklyn Visions Academy – modelos circulares de metal ou retangulares de plástico. Não, a sra. Blaufuss usava óculos de gatinho amarelos, como se feitos de casca de limão-siciliano. Seu cabelo, repicado e curto, estava sempre desarrumado. Às vezes ela usava vestidos, mas geralmente vestia calças jeans até os tornozelos, blusas largas, suéteres longos dobrados até os cotovelos, sapatos de salto alto de segunda a quinta-feira e tênis às sextas. Tinha uma tatuagem no punho em forma de ponto e vírgula, bem como uma fatia de pizza de pepperoni no antebraço.

– Bem-vindo de volta, senhor Morales – ela cumprimentou enquanto Miles e Ganke entravam na aula. A sala dela estava repleta de pôsteres de escritores, a maioria gente de que Miles jamais ouvira falar. Ele se sentou em seu lugar. Ganke sentou-se atrás dele. Winnie Stockton, uma *bolsinha* – como os garotos com bolsa de estudos se chamavam – de Washington Heights, sentou-se na sua frente.

– Oi, senhora Blaufuss – respondeu Miles com um pouco de embaraço na voz. Ele tinha noção de que todos sabiam sobre sua suspensão e, mais importante que isso, todo mundo *pensava* saber o motivo.

MILES MORALES: HOMEM-ARANHA

O garoto que precisava tanto mijar que estava disposto a ser punido por isso. Quando, na verdade, ali estava *o garoto que era o Homem-Aranha.* Bem, como decidido na noite anterior, *o garoto antes conhecido como o Homem-Aranha.*

– Ei, senhora Blaufuss. – Ganke estava empolgado. – Estive trabalhando em meus *sijos.*

– Sim, é sério. – Miles balançou a cabeça, mas parou assim que Alicia Carson se sentou na carteira ao lado.

Alicia. Um belo nó em sua garganta. Toda inteligente, com sua pele negra e trancinhas. Um sorriso levemente torto e um pouquinho de língua presa para dar charme. Ela cheirava a baunilha, mas Miles sabia que havia também um toque de sândalo – provavelmente a borrifada de algum perfume atrás de sua orelha. Sua mãe amava o cheiro de sândalo. Sempre queimava um incenso desse aroma para acabar com o cheiro de peixe frito na casa.

– Ei, Miles – disse Alicia.

– Ei, Alicia. – De soslaio, Miles viu Ganke mexendo as sobrancelhas para cima e para baixo como um maníaco. Miles falava sobre Alicia para o amigo o tempo todo e, como o bom amigo que era, Ganke estava sempre tentando convencer Miles de que ela também gostava dele e que o amigo deveria tomar a iniciativa. Entretanto, Miles não faria isso. Não podia. Ele queria, mas tudo o que achava legal em si próprio estava enrolado em uma pilha no armário.

– Tudo bem, pessoal, vamos lá. – A sra. Blaufuss parou diante da sala com os dedos enfiados nos bolsos da calça. – Espero que tenham tido um bom fim de semana. Espero que todo mundo tenha aproveitado um momento para respirar a poesia ao redor. – *A poesia ao redor.* Normalmente, frases como aquela faziam Miles se sentir constrangido, mas com a sra. Blaufuss não havia essa sensação. – Vamos trabalhar com os *sijos* ao longo da semana, usando os primeiros dez minutos da aula para escrever. Não tem que estar perfeito nem finalizado, mas quero que exercitem músculos silábicos. – A sra. Blaufuss flexionou o braço como se estivesse exibindo o bíceps. – Alguém gostaria de sugerir um tema para trabalharmos? – Chrissy Bentley, sentada do outro lado da sala, ergueu a mão. – Chrissy?

– Cachorros.

– Cachorros? – reclamou Ryan Ratcliffe.

– Sim, o que há de errado com cachorros?

Ganke inclinou-se na direção de Miles e sussurrou em seu ouvido:

– Cara, não consigo escrever um *sijo* sobre um *cockapoo*. Não dá. – Miles segurou a risada.

– Muito bem, Ryan, o que você considera uma sugestão melhor? – Perguntou a sra. Blaufuss.

– Bem... – Ryan esfregou uma mão na outra como se as estivesse lavando. – Amor.

A sala inteira reclamou. *Sério?* Ryan "Cocô de Rato" Ratcliffe era o cara que nunca saía do dormitório sem colocar no pescoço colônias de gente velha com cheiro de pimenta-do-reino. Além disso, ele tinha aquele ar de *eu poderia estar na TV*. Olhos azuis. Um rosto que parecia esculpido em pedra. Dentes perfeitos como se feitos com presas de elefante. O cara era *tão TV. Tão* nojento.

– Amor, hein? – Repetiu a sra. Blaufuss. – Tudo bem, que tal se trabalharmos com amor, mas mantermos isso em aberto? Assim, Chrissy pode falar sobre como ama seu cachorro. E Ryan, você pode falar o quanto ama...

– Ele mesmo – soltou Chrissy. A classe foi tomada por risadas contidas. Ryan se sentia superior demais para se deixar afetar.

– O que vier à mente de vocês – explicou a sra. Blaufuss, sufocando uma risada. – Todo mundo pode usar o tema *amor* da maneira que desejar, tudo bem? Dez minutos, começando... agora.

A classe ficou instantaneamente em silêncio. A sra. Blaufuss aproximou-se de Miles e se agachou ao seu lado.

– Ganke já tinha te explicado isso? – Ela sussurrou.

– É... mais ou menos.

– Eu tentei – respondeu Ganke, alto demais.

– *Shhhh* – disse alguém na sala.

– Ele tentou – confirmou Miles.

– Tudo bem, é muito simples. Três linhas. Cada uma delas deve ter entre catorze a dezesseis sílabas. E todas elas têm funções. A primeira linha estabelece a situação, a segunda desenvolve e a terceira traz a reviravolta. – A sra. Blaufuss girou a tampa de uma garrafa imaginária. – Entendeu?

Parecia fácil. Mas, assim que Miles começou a pensar sobre o que queria escrever, especialmente no quesito amor, ficou emperrado. Havia, é claro, sua mãe – ela era a pessoa mais fácil de abordar, mas ele não sabia o que dizer sobre ela. *Eu te amo* tem apenas quatro sílabas. *Eu te amo, mãe* – cinco. *Eu te amo demais, mãe* – sete. Ou ele poderia escrever sobre seu pai. Miles havia pensado bastante nele desde que voltou para a BVA na noite anterior. Pensado na conversa que tiveram na entrada do prédio sobre o tio Aaron ter sido suspenso com frequência. Sobre como a coisa mais heroica que você pode fazer é cuidar de sua comunidade. Sobre como, às vezes, é preciso ser duro com as pessoas que amamos. Miles começou a escrever.

O amor do meu pai é como…

Miles contou as sílabas nos dedos. Começou de novo.

Para meu pai, amar, às vezes, significa…

– E o tempo acabou – anunciou a sra. Blaufuss. *Ugh*. Ele tinha acabado de pegar o jeito. – Alguém quer compartilhar? – Perguntou a professora.

Muitas mãos se levantaram, e Miles não precisou se virar para saber que Ganke estava acenando feito louco.

– Hum… que tal… você, Alicia. – A sra. Blaufuss indicou a garota com a mão, sorrindo. Miles pôde ouvir Ganke murchando atrás de si, com uma baforada de frustração que atingiu seu pescoço. – Venha até aqui e fique de frente para a sala. – Alicia tomou seu lugar à frente de todos, com o papel em mãos e a tinta roxa aparecendo no verso. – Qual é o título de seu *sijo*?

– Não há título – respondeu Alicia. Ela franziu os lábios por um segundo e, em seguida, declamou.

"Uma vista romântica do topo do mundo é amor para a maioria,
Aproximar-se assim das nuvens lhes tira a forma, as transforma em névoa
Talvez a real beleza esteja no caminho até o alto, onde fica o *gostar*."

A classe aplaudiu uma sorridente Alicia enquanto ela voltava para seu lugar.

Alicia era conhecida na bva por ser poeta e liderava o clube de poesia da escola – os Defensores de Sonhos – que, é claro, contava com a sra. Blaufuss como conselheira. Miles imaginava que ela era boa – ele nunca pensava nada de negativo sobre a garota, mas nunca havia estado em nenhum desses eventos do clube de poesia, sobretudo porque achava que não entenderia nada. Apenas uma pessoa poderia dizer coisas do tipo *a poesia ao redor*, e aquela pessoa não era adolescente. A menos, é claro, que Alicia dissesse. Ela podia dizer qualquer coisa. Podia escrever sobre o amor dela por malditos *cockapoos*, e Miles encontraria alguma qualidade redentora no poema.

– Obrigada – ela disse, corando um pouco.

– Fantástico, Alicia – elogiou a sra. Blaufuss. – Devo mencionar que Alicia e os Defensores de Sonhos vão realizar um evento com microfone aberto às seis horas da tarde no pátio. Eu adoraria ver todos vocês lá compartilhando seus trabalhos, tudo bem? E, para incrementar a coisa, se você aparecer por lá, ganhará um crédito extra. Poesia tem tudo a ver com comunidade. Não é apenas uma questão de se expressar, mas também de testemunhar a expressão. – A sra. Blaufuss olhou para Miles. Aquele crédito extra viria a calhar. – Mais uma vez, bom trabalho, Alicia.

– Ei, você acha possível que Alicia seja metade coreana? – sussurrou Ganke na orelha de Miles.

O amigo não respondeu. Apenas afastou as palavras de Ganke como um enxame de mosquitos irritantes.

No meio da cacofonia de vozes esganiçadas na cantina, Miles engoliu o que pôde do almoço e tomou dois pequenos goles de suco de maçã antes que o sinal tocasse. As crianças pularam das mesas e se espalharam pelo corredor. Ganke, que já havia tido aula com o Chamberlain aquela manhã, deu um tapa na mão de Miles antes de se separarem.

– Boa sorte – disse Ganke.

– Sim, obrigado.

Que venha a tenebrosa música de órgão.

Quando Miles entrou na sala, o sr. Chamberlain estava escrevendo apaixonadamente uma frase na lousa, exibindo uma letra feia e irregular. Ao terminar, o professor virou o rosto para os estudantes que ainda se sentavam em suas carteiras. Sua pele era amarelada e fina, e seus lábios – sob um bigode que mais parecia uma taturana peluda – estavam rachados pelo hábito de lambê-los. Ele assumiu sua posição meditativa costumeira – mãos unidas, dedos entrelaçados e expressão fechada.

– Guerra significa lutar, e lutar significa matar – ele explicou suavemente. Miles recusava-se a olhar para seu rosto. Na verdade, ele recusava-se a olhar qualquer pessoa no rosto, ainda constrangido por conta da suspensão. Alicia, que também tinha essa aula com Miles, estava sentada na sua frente. *Bem* na sua frente.

– Guerra significa lutar, e lutar significa matar – repetiu o sr. Chamberlain enquanto os alunos permaneciam em silêncio. Ele se referia à frase que escrevera na lousa. – Guerra... – Ele começou de novo, agora fechando os olhos. Havia silêncio na sala. Para alguns, aquilo estava sendo engraçado. Para outros, como Miles, uma demonstração de respeito... ou talvez medo. Mas, para a maioria, era apenas tédio. Muitos estudantes usavam as aulas do sr. Chamberlain para tirar uma soneca, apagando enquanto ele falava diante da sala com os olhos fechados, quase como se falasse em um estado de sonho intenso. – Guerra significa lutar, e lutar significa matar – ele repetiu pela última vez. Todo dia ele dizia três vezes uma frase diferente, como um cântico, uma invocação do espírito – *que saco.*

O sr. Chamberlain retomou o ponto em que, segundo Ganke, havia parado na última aula, explicando à sala como seria a América se a escravidão não tivesse existido.

– Pode-se argumentar que o país que conhecemos hoje nem sequer estaria aqui. Os luxos que vocês tanto amam, como seus preciosos celulares, poderiam ser apenas uma ideia ousada, digna de um planeta distante do nosso. A escravidão foi a pedra fundadora de nosso grande país. Não deveríamos ignorar cegamente os argumentos dos confederados que queriam mantê-la. Pode-se argumentar que eles não estavam meramente lutando pelo presente, mas também pelo futuro.

Enquanto o sr. Chamberlain tagarelava, Miles se contorcia na cadeira. Não porque precisava ir ao banheiro, mas porque sabia que aquilo que o sr. Chamberlain dizia de forma tão descarada era completamente errado. Moralmente. Havia tantas coisas a serem consideradas. A mais óbvia era... a *escravidão*. Humanos sendo escravizados, maltratados, mortos.

No entanto, era possível que Chamberlain estivesse apenas blefando, querendo descobrir quem eram os estudantes entediados que não prestavam atenção. Talvez estivesse tentando enfurecê-los para que se envolvessem na aula. Era o caso de alunos como Brad Canby, um cara grandão, com o rosto cheio de espinhas, que mais se preocupava em rir do que tirar nota A. Ele nunca prestava atenção em aula alguma, especialmente na do sr. Chamberlain. Contudo, julgando pela maneira como Alicia mexia a cabeça à sua frente, Miles sabia que ela estava tão perturbada quanto ele pelas coisas que o professor dizia. E isso era o bastava para fazê-lo levantar a mão.

Porém, antes que pudesse chamar a atenção do sr. Chamberlain, que nunca via as mãos levantadas por sempre estar com os olhos fechados, Miles baixou a mão. Em seguida, a colocou na têmpora.

Sua cabeça estava zunindo.

Ah, não. De novo, não.

Miles ficou parado em sua carteira, tentando bloquear a voz do sr. Chamberlain e deixar aquilo passar. *O zunido vai embora. Não é nada de mais. É besteira.* Mas o sr. Chamberlain continuava a cutucar.

– E, embora Abraham Lincoln tenha recebido muito crédito após a guerra pela libertação dos escravos, não se pode ignorar que, no início de sua presidência, suas políticas se opuseram dramaticamente à plataforma antiescravagista em que baseou sua campanha.

Bzzz. Bzzz.

A voz do sr. Chamberlain estava distorcida nos ouvidos de Miles. *Não se levante. Vai passar. Não é nada. Provavelmente não é nada.* Ele olhou para a nuca de Alicia, com os fios de cabelo crespo soltando das tranças e se curvando em sua direção. *E se...? Não. Falando sério*

MILES MORALES: HOMEM-ARANHA

agora: e se alguém estiver ferido? E se a cidade estiver sendo destruída?
Ele continuou tentando ignorar o zunido, mas cada vibração trazia a possibilidade incômoda de alguém estar em perigo.

Miles Morales estava em crise.

Pensou nas pessoas de sua vizinhança, aqueles a quem ele viu tentando lidar com o vício. Homens mais velhos trombando na porta dos bares para alcançar as geladeiras enquanto tremiam. Mulheres coçando as cabeças e os braços, tentando lembrar o caminho de casa. Tentando lembrar, acima de tudo, quando deixaram suas casas. Todos pareciam Cyrus Shine.

– Eles estão lutando – dizia o pai de Miles sobre a abstinência, a doença. – Aguenta firme – ele dizia às pessoas enquanto passava com Miles.

Miles precisava aguentar firme. Resistir ao impulso de salvar outra pessoa antes de salvar a si próprio. Mas estava ficando tonto. Seu coração batia mais rápido do que nunca, e suas veias pareciam mais estreitas, o que o fazia *sentir* o sangue correndo pelo corpo.

Para tentar acalmar a mente, ele apelou para uma prática – um comportamento repetitivo que lhe permitisse sobreviver àquela aula.

Bzzz. Bzzz. Bzzz. Bzzz.

Respira. Pisca para clarear a visão. Respira.

Sândalo. Calma.

Bzzz. Bzzz. Bzzz. Bzzz.

Bloqueia o zum-zum-zum da voz do sr. Chamberlain.

– Sim, a Décima Terceira Emenda declara que não deve mais haver escravidão nos Estados Unidos, exceto como punição por um crime. Talvez seja possível argumentar que a escravidão de nossos criminosos esteja mantendo nosso grande país vivo. – Aquela constatação foi como uma agulha na coluna de Miles, endurecendo seu corpo e o forçando a levantar o olhar. Seus olhos cruzaram com os do professor, que, naquele momento, estavam abertos e miravam na sua direção. Em seguida, Chamberlain fechou os olhos, endureceu o rosto e concluiu seu pensamento. – Isso na mente dos nossos antepassados confederados.

Bzzz.

Respira. Pisca para clarear a visão. Respira.

Ele estava... sorrindo?
Sândalo. Calma.

Alicia, sentindo que Miles olhava para sua nuca feito um doido, virou-se para o lado e o flagrou de soslaio. Ela sorriu, formando covinhas no rosto, profundas o suficiente para que Miles desejasse mergulhar nelas.

Sândalo. Calma. Respira. Respira.

E, então, finalmente... *finalmente*... o sinal da escola tocou. As pernas das cadeiras riscavam o piso de linóleo conforme as pessoas saíam das carteiras. Miles levantou-se devagar, exibindo um anel de suor ao redor da gola da camiseta. Estava aliviado. Ele conseguira.

— Você acha que ele está falando sério ou apenas jogando uma isca pra gente? – Perguntou Alicia em voz baixa para Miles enquanto guardava os livros na mochila.

— Hum... Eu não sei – respondeu Miles, enxugando a testa e fechando a mochila.

O sr. Chamberlain apagava da lousa a frase que havia escrito no início da aula. Miles fez uma careta pelas costas do professor.

— Por que você está assim? – Alicia perguntou, estudando o rosto de Miles. O garoto rapidamente trocou a careta por um sorriso. Mas Alicia pareceu duplamente confusa. – E agora, por que está com essa cara? Você *gostou* daquela loucura?

— O quê, a aula? – Miles abaixou o rosto para se recompor. – É claro que não. Não. *Não.* – Sua cabeça ainda zunia, o estômago ainda estava embrulhado, e o suor ainda pingava de sua pele. Provavelmente parecia alguém com pneumonia. *Não desmaie*, pensou. *Não desmaie.* Enquanto se convencia a não desmaiar, pensou que não poderia perder a oportunidade de dizer algo bacana para Alicia. Um elogio. Mas não sobre sua aparência, seu perfume ou a maneira como trocava o som do "s" por um discreto "f". Ele precisava dizer algo que compensasse a expressão esquisita em seu rosto. Então teve uma ideia: iria falar sobre como havia gostado de seu poema. De amor. Sobre gostar.

— Ei... hum... isso é meio aleatório, mas gostei do seu po... – Ele começou, mas as palavras ficaram presas sob o nó em sua garganta. Miles engoliu em seco e tentou de novo, dessa vez sem sorrir. Acabou arrotando por acidente. Alicia virou a cabeça para o lado. – Descul-

MILES MORALES: HOMEM-ARANHA

pe. – Miles cobriu a boca para bloquear algum cheiro ruim. – Estava dizendo que eu... – Suas palavras falharam de novo. – Estava dizendo que gostei de seu... seu... – De repente, percebeu que não eram apenas soluços ou arrotos. Estava com vontade de vomitar. Alicia deu um passo para trás e o encarou com preocupação.

– Miles?

– Desculpe, desculpe, eu... – Ele colocou a mão na boca e balançou-se para a frente. – Ah... meu Deus. Eu... – E afastou-se de Alicia, passando pelo sr. Chamberlain e quase atropelando os estudantes no corredor para chegar ao banheiro.

Bzzz.

Bzzz.

Bzzz.

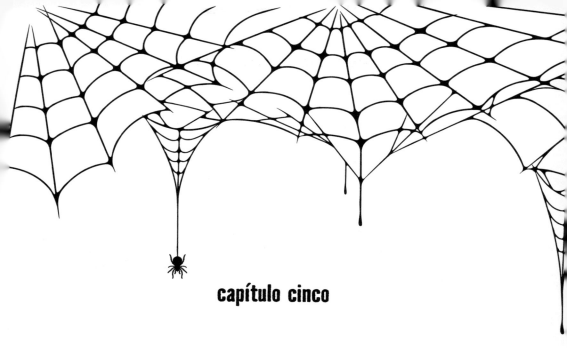

capítulo cinco

– E aííííí? – Ganke entrou empolgado no dormitório, segurando alguns envelopes em uma mão e balançando um pedaço de papel laranja na outra. Miles estava deitado de lado, escrevendo sua melhor versão de um *sijo*. Ele olhou para Ganke. O amigo desacelerou. – O que você tem?

Miles abaixou a caneta.

– Falei com Alicia. Tipo, falei com ela *mesmo*.

– Certo, e...

– E... quase vomitei nela.

– Espera aí. Você quase vomitou em cima dela? Tipo, penne ao molho pes...

– Sim, cara – cortou Miles. Ganke reteve os músculos do pescoço para sufocar um sorriso, mas não conseguiu se aguentar. Jogou os envelopes na sua escrivaninha e levou a mão à boca para segurar a risada. – *Não* é engraçado – reclamou Miles.

– Ah, eu sei que não é. Na verdade, é. Mas também não é. Porque é... *nojento*. Não tem água quente o suficiente no mundo que faça você se sentir limpo de novo. Eu teria que fazer um tipo de cirurgia para substituir minha pele se alguém me atingisse com um meteoro de vômito. – Ele fingiu que estava engasgado. – Sério, pensa nisso...

– Você quer saber o que aconteceu ou não?

MILES MORALES: HOMEM-ARANHA

– Sim, cara. Desculpa.

Miles contou toda a história – a aula de Chamberlain, as pifadas do sentido aranha, a conversa com Alicia e, é claro, a quase esguichada que o levou a correr enlouquecido pelo corredor até o banheiro masculino.

– Mas quando entrei na cabine, a sensação tinha sumido. Meu sentido aranha tinha se acalmado ou... sei lá.

– O quê?

– Nada. Eu só... não sei. – Miles coçou o queixo. – Chamberlain me olhou esquisito.

– Como assim?

– Esquisito. Não sei explicar. – Miles pensou sobre aquele momento na aula. O jeito como estava se sentindo, o olhar cáustico de Chamberlain. – Sabe quando meu sentido aranha começa a bugar e corro para ver o que está acontecendo, mas não está acontecendo nada? – Ganke concordou, e Miles prosseguiu. – Bem, e se o problema estiver *dentro* da sala?

– Você quer dizer...

– E se for ele acionando?

Ganke fitou Miles de soslaio, então fechou os olhos e balançou a cabeça em descrença.

– Olha, Chamberlain *com certeza* é maluco. Tipo... sem noção. As bobagens que ele diz na sala são prova disso. Além do mais, você *sabe* que ele provavelmente come coisas tipo queijo *cottage*, e qualquer pessoa que come aquela merda só pode ser do mal, não só com as pessoas ao seu redor, mas também com o próprio paladar e a própria bunda, porque ouvi dizer que queijo *cottage* faz você...

– Ganke. – Miles colocou a mão para cima, dispensando o restante da sentença. Ninguém queria pensar no sr. Chamberlain naquela situação.

– Só estou dizendo: eu te amo, cara, mas você está exagerando. Só quer uma desculpa para justificar que estragou tudo com Alicia.

Miles bufou pelas narinas, bateu com as mãos no rosto e massageou as sobrancelhas.

– Pode ser. Talvez você esteja certo.

– Mas... pode ser que esteja errado. – Ganke jogou o papel laranja na cama de Miles. – Pelo menos em relação à Alicia.

Ganke fez uma expressão brincalhona enquanto Miles pegava o papel e o abria.

A TURMA DO ÚLTIMO ANO DA BVA, EM CONJUNTO
COM O DEPARTAMENTO DE HISTÓRIA, APRESENTA:
O FESTIVAL ESCOLAR DOS MORTOS-VIVOS

Miles deu um tapa no papel.

– Ganke, a gente nunca vai nesses eventos.

– Eu *sei*. Só imaginei que valeria tentar, já que você continua agindo como se seus dias de super-herói tivessem chegado ao fim. Já que você decidiu que as pessoas não precisam mais ser salvas por você. E eu entendo. Afinal, por que você deveria ser responsável por cuidar de tantos estranhos *apenas* porque tem poderes sobre-humanos? – Ganke se virou dramaticamente.

– Sei o que você está tentando fazer.

– Vamos lá – Ganke implorou, voltando a encarar Miles. – A cidade *precisa* de você, especialmente no Halloween. E essa pode até ser uma oportunidade para tentar acertar as coisas com Alicia. – Ele apontou para o papel. – *Isto* é o que você é. O que você faz. – Ganke colocou os braços para fora e as palmas das mãos para cima, fingindo soltar teias. – Você é o Homem-Aranha, quer goste ou não.

– Ganke... não. – O tom de Miles mudou. Ele esticou o braço e pegou o convite para ler as informações. Judge, um *bolsinha* que cresceu em Flatbush, seria o DJ. Se ele era o responsável pela música, a animação da festa estava garantida. Miles estudou de novo o convite, como se fosse a senha para ser descolado. Ou para conhecer garotas. Garotas legais. Como Alicia. Ou... apenas para a diversão de Miles Morales. *Não* do Homem-Aranha.

Após alguns instantes, Miles deitou-se de costas, deixando o convite escorregar suavemente do colchão para o chão. Ele sempre ouvia coisas boas sobre a festa de Halloween. E Ganke estava certo; eles não haviam ido às festas do primeiro e do segundo ano e, mais tarde, tiveram que aturar uma semana inteira de *selfies* e fotos em grupo nas redes sociais. Isso sem contar a pegadinha anual de Halloween. Miles sempre agia como se não se importasse com aquilo. Como se fosse imune à alegria no rosto de todo mundo. Mas a verdade é que isso o afetava. Um pouco.

Ganke não insistiu no assunto da festa ou da "aposentadoria" de Miles. Apenas deixou de lado até que, de repente, o despertador do amigo tocou. Ganke surpreendeu-se.

– Cara, você já está acordado. – Àquela altura, Ganke havia puxado um livro grosso de sua mochila e o colocado no colo. Também tirou os tênis e os cheirou por dentro. *Sério, para que isso?*

– Eu sei, mas programei o alarme caso caísse no sono e me atrasasse para o trabalho. Aliás, gostaria de não precisar trabalhar hoje para ir ao evento de poesia. – Miles não podia acreditar no que havia dito, mas precisava de mais do que apenas redenção com Alicia; ele precisava daquele crédito extra. Miles sentou-se na cama, esfregou as mãos no rosto para afastar o cansaço e pegou o caderno com as tentativas falhas de *sijos* no canto da cama. – Como posso trabalhar para aliviar um pouco os meus pais *e* ainda fazer coisas para conseguir crédito extra? É difícil conseguir crédito extra, sabe? – Então, depois de uma longa pausa, Miles perguntou: – Se eu não for nesta festa, você iria sem mim?

– Depende. Você não vai porque precisa vigiar a cidade vestindo *collant* e uma máscara?

– Não.

– Então, sim.

Miles bufou e analisou o convite no chão. Tinha um *design* brega de sangue escorrido e *emojis* de fantasmas sobre o texto.

– Beleza. – Ele jogou a palavra aleatoriamente no ar como se o assunto ao qual estava conectada fosse óbvio.

– Beleza o quê? – Ganke estava claramente confuso.

– Beleza, tô dentro – suspirou Miles.

– Dentro...?

– Se liga, Ganke. Você sabe do que estou falando.

– A festa de Halloween? – Sua boca se retorceu em uma careta incerta. – Você tem certeza que não deveria, você sabe... – Ganke fez de novo a imitação constrangedora de lançar teias.

— Eu só quero... não... ser... tudo isso — disse Miles desajeitadamente. — Escuta, a gente vai ou não?

E assim tudo ficou decidido.

Enquanto Ganke, agora explodindo de empolgação, falava pelos cotovelos sobre suas ideias de fantasias, Miles se vestia para o trabalho. Conforme fechava a mochila e enfiava os pés nos tênis, perguntou a Ganke, muito casualmente:

— Aliás, e você? Vai ao evento do clube de poesia?

— Não sei ainda. Na verdade, quero ir porque, você sabe... eu estou curtindo. Mas também tenho lição de casa de Química. — Ele deu tapinhas no livro pousado em seu colo. — Nada como um monte de ligações químicas para passar a noite.

— Eu queria — respondeu Miles, sorrindo. — Bem, se por acaso você acabar indo lá, pode pedir desculpas para Alicia por mim? — Miles colocou o caderno na mochila e jogou-a no ombro. Ele caminhou em direção à porta, mas parou na escrivaninha de Ganke e analisou a correspondência. Havia uma carta com o nome dele. Miles a colocou no bolso de trás.

— Beleza, pode deixar. — Ganke ergueu o polegar. — Se eu for, falo pra ela.

— Valeu, cara.

E, enquanto Miles fechava a porta atrás dele, Ganke gritou:

— ... que você a *ama*!

Campus Convenience: a loja de conveniência que causa sonolência. O trabalho de Miles era parte de seu programa de trabalho e estudo, e basicamente uma maneira de conseguir um quarto e refeições gratuitas para que seus pais pudessem manter um teto sobre as próprias cabeças. O aluguel na vizinhança aumentava a cada ano, e sempre havia o receio de que o locador — um homem chamado César, que ninguém nunca tinha visto — vendesse a casa, o que faria Miles e os pais correrem para arranjar um novo lugar. Miles já viu isso acontecer antes. Um homem chamado sr. Oscar vivia no fim do quarteirão e morava lá desde que Miles se entendia por gente. Até que uma placa de VENDE-SE apareceu na frente da casa do sr. Oscar. Pessoas começaram a rodear a casa, olhando pelas janelas, escrevendo em bloquinhos e digitando nos celulares. Então o sr. Oscar não morava mais lá.

Sempre que Miles pensava sobre isso, imaginava a mãe e o pai se acomodando no dormitório com ele e Ganke, a sra. Morales tentando esquentar bananas no micro-ondas aos domingos. Miles dormindo na mesma cama que Ganke do lado contrário, enquanto uma nova família se mudava para sua casa. Uma família como a de Brad Canby ou Ryan Ratcliffe. Uma família que comia em bons pratos de porcelana chinesa todas as noites.

Era uma imagem ridícula, mas motivadora o suficiente para que Miles continuasse trabalhando.

A grande questão da Campus Convenience é que ela *convenientemente* não vendia coisas que os adolescentes de fato queriam. Nada de carregadores de celular ou esmaltes. Apenas cadernos com páginas de destacar ou espiral. Canetas esferográficas ou hidrográficas. Lápis nº 2 ou lapiseiras. E, é claro, salsichas enlatadas. O trabalho de Miles era cobrar os professores e alunos que entrassem para comprar alguma coisa. O que significava que o trabalho de Miles era fazer nada, afinal, ninguém queria salsichas em lata.

Miles estava debruçado no balcão, em meio a um mar de papéis higiênicos de folha simples e furadores de papel. Não havia nada para fazer ou alguém com quem conversar. O que deixava tudo pior, porém, era a música – saxofones formando a trilha sonora perfeita para aquela desolação chamada local de trabalho.

Assim, Miles fazia o que sempre fez no trabalho: lição de casa. Terminara a lição de Química e concluíra rapidamente a de Cálculo antes de deixar o dormitório. Não havia lição de História, como sempre. O sr. Chamberlain deixara claro que as notas seriam baseadas somente nas provas. Nada de crédito extra. Nada de tarefas especiais. Apenas ouvir e… regurgitar.

Então ali estavam apenas Miles e o *sijo*. O tema era como se fosse um pedaço de bolo e uma facada no estômago: falar sobre a família. E havia sido trabalhoso para ele desde que começara, algumas horas atrás. Mas, antes que tentasse invocar seu Edgar Allan Poe interior, lembrou-se do

JASON REYNOLDS

envelope no bolso de trás. Puxou a carta e olhou para o endereço do remetente que ainda não havia verificado ao sair do quarto.

Austin Davis
Estrada da Velha Fábrica, 7000
Brooklyn, NY 11209

Miles Morales
Brooklyn Visions Academy
Salão Patterson, quarto 352
Brooklyn, NY 11229

Miles deslizou o polegar pela aba do envelope e o abriu devagarinho. Tirou a carta e a estendeu diante de si, revelando linha após linha de palavras em maiúsculo escritas a lápis.

MILES,
SE VOCÊ ESTÁ LENDO ESTA CARTA, SIGNIFICA QUE MINHA VÓ SABE MESMO COMO USAR A INTERNET. ELA ME DISSE QUE IA PROCURAR POR VOCÊ. AGORA VOCÊ DEVE ESTAR IMAGINANDO QUEM SOU EU E A RAZÃO DESTA CARTA. MEU NOME É AUSTIN. O NOME DO MEU PAI ERA AARON DAVIS. SE A VOVÓ ESTIVER CERTA, AARON DAVIS ERA SEU TIO, O QUE ME TORNA SEU PRIMO.

Miles leu a frase O QUE ME TORNA SEU PRIMO de novo e outra vez, principalmente porque não sabia que seu tio tivera um filho, e também porque não tinha nenhum outro primo. *O que me torna seu primo.* Tio Aaron tinha um filho? *O que me torna seu primo.* Miles continuou lendo enquanto outras palavras saltavam da carta, como *quinze, preso* e *se você responder a esta carta.*
Preso.
Primo.
Austin.
Quando Miles chegou ao fim da carta, começou a lê-la de novo. Sua saliva estava azeda, uma substância viscosa descendo devagar pela garganta. Ele não sabia o que pensar, nem se deveria acreditar no que

MILES MORALES: HOMEM-ARANHA

havia lido. Ele não conseguia. Não podia ser verdade. Como o tio Aaron poderia ter um filho sem que Miles soubesse? Seu pai sabia? Ele tinha que saber. Mas talvez não, porque ele e Aaron não se falavam. Mas ainda assim... ele tinha que saber. Além do mais, Miles falava com Aaron a toda hora. Bem, ele costumava, antes... antes. Aaron não teria dito alguma coisa? Não haveria algo que pudesse entregar? Uma fotografia? Algo?

Um barulho alto arrancou Miles de seu transe. Um grupo de estudantes desagradáveis andando na frente da loja havia batido na vitrine. Miles instintivamente dobrou a carta como se tivesse sido pego fazendo algo errado. Mas, assim que viu os idiotas da turma descolada da BVA, relaxou. Não pareciam ser do tipo que gostava de poesia, mas imaginou que estavam indo para o evento assim mesmo – todo mundo amava Alicia e sua trupe. Ele imaginou que alguém do grupo entraria na loja, talvez por um doce, água, salsichas enlatadas ou alguma piada idiota de um garoto rico que soava como peido folheado a ouro... algo para sacudir o tédio. Mas não. Eles seguiram em frente, deixando Miles com seus pensamentos, com o conteúdo da carta e com a ideia de Austin – e Aaron – dançando em sua mente ao som do *jazz*.

Ele desdobrou a carta de novo. Ela havia sido dobrada três vezes para caber no envelope, e era óbvio que Austin lutara para enfiá-la a julgar pelos vincos ao longo do papel. Assim que abriu a carta novamente, Miles ouviu outro barulho na vitrine. Desta vez, era Ganke. Seu rosto estava contorcido contra o vidro, como se tivesse esbarrado no grupo que havia acabado de passar. Ele manteve o rosto colado, com os lábios formando um sorriso como se fossem feitos de lava. Em seguida, desgrudou da vitrine e puxou a porta de entrada.

– Desculpe interrompê-lo. Sei que este é o momento mais movimentado de seu turno – disse Ganke diante do balcão, girando com os braços abertos.

– Cala a boca. – Miles dobrou a carta de novo. – Você não deveria estar fazendo a lição de casa?

– Sim, pois bem. Já fiz a maior parte da lição de Química e comecei a trabalhar no *sijo*. Mas o tema é... não sei... fiquei meio travado.

– Família?

– Sim, cara. – A voz de Ganke mudou de descontraída para séria. – Tipo, o que eu deveria escrever? Meu-pai-e-mi-nha-mãe-se-se-pa--ra-ram-e-es-tou-tris-te? – Ganke contou nos dedos. – É uma frase verdadeira, mas não é o meu melhor trabalho.

– Eu te entendo. Estava trabalhando nisso mais cedo e achando muito difícil, mas, depois de ler isso, parece ainda mais impossível. – Miles estendeu a carta de Austin para Ganke.

Ganke pegou a carta, desdobrou-a e começou a ler. Seus olhos correram pela página, ficando mais arregalados a cada palavra.

– Quem...? – Ganke levantou os olhos da carta. – De quem veio isso?

– Você viu. Aparentemente, meu tio tinha um filho. Chamado Austin. De quinze anos. Que está na cadeia. – Apenas fatos e nenhum sentimento.

– Uau. – Ganke dobrou a carta e a devolveu para Miles. – Você vai contar para o seu pai?

– Não sei – respondeu Miles, devolvendo a carta ao envelope. Ele a dobrou no meio e a colocou no pequeno compartimento na frente de sua mochila. Quando olhou novamente para Ganke, uma expressão de estresse estampava seu rosto. Ele balançou a cabeça. – Bem, mas o que você veio fazer aqui? Precisa de alguma coisa?

– Se preciso de alguma coisa? Sério, Miles? – Provocou Ganke, enchendo cada palavra de sarcasmo. – Vim te contar que estou indo para o evento de poesia. Espero que o crédito extra compense minha incapacidade de finalizar o *sijo* caso esse lance de família, você sabe, me trave. – Miles viu uma fagulha de dor no rosto de Ganke, mas ela se foi tão rápido quanto veio. – *E* eu queria que você soubesse que vou trocar uma palavrinha com Alicia por você. Captou? Uma *palavrinha* por você? Uma *palavrinha*? Com Alicia? No evento de poesia? *Palavrinha*?

– Captei.

– Beleza!

– Sai fora.

– Vou entender isso como um "obrigado". E não precisa agradecer. – Ganke jogou as palavras para Miles sem olhá-lo enquanto saía da loja.

Deixando Miles sozinho.

MILES MORALES: HOMEM-ARANHA

Miles se inclinou sobre o balcão, usando os cotovelos para se apoiar enquanto pensava naquela coisa toda sobre Austin. Ele pensou se deveria contar para o pai. Ou se deveria escrever de volta. Ou talvez ignorar. Ademais, como poderia ter certeza de que era verdade? Que aquele era mesmo seu primo? Ele poderia visitá-lo. Aquela era uma opção. Bem, não de fato. Aquela *não era* uma opção. Ele precisaria que um dos pais o levasse à cadeia, e dizer aquilo para seu pai – embora fosse outra opção – também não era boa ideia. Seu pai não queria ter nada a ver com Aaron, então havia a grande chance de ele manter o embargo intacto. Mas Miles não podia parar de pensar nisso. Sobre como era Austin. Sobre como foi parar atrás das grades. Sobre o que Austin sabia sobre a morte do pai.

A culpa o atingiu, fazendo cada um de seus ossos tremer ao som de um solo de saxofone ecoando pelos alto-falantes. Não havia o que fazer ou nada em que pudesse pôr a culpa, exceto – e ele não podia acreditar que estava sequer pensando nisso – sua lição de casa. A tarefa de poesia. Naquele momento, a loja vazia e monótona pareceu boa coisa.

Miles tirou o caderno da mochila, abriu-o e olhou para o que já havia escrito no dormitório. Em seguida, arrancou as páginas e as transformou em uma bola, a qual arremessou na lixeira como se jogasse basquete. Errou. Basquete não era o seu forte.

Começou de novo. Na verdade, ficou olhando para o papel e pensando em começar de novo, esperando que as palavras em sua cabeça aparecessem do nada na página. Ele não tinha sequer uma caneta em mãos.

Austin. Aaron. Pai.

Família. Aquele era o novo tema da sra. Blaufuss. *Escreva dois* sijos *sobre sua família. Algo que você ama e algo que você odeia.* Miles continuou fitando a página enquanto o saxofone tocava e dificultava o raciocínio sobre a família cuja trilha sonora nunca seria suave assim.

Por fim, pegou uma caneta da mochila.

~~O QUE EU AMO~~

O QUE EU ODEIO

~~*jazz suave*~~

Odeio meu pai quando diz que meu bloco é meu
 fardo
como se devesse cuidar de uma família que não criei
~~para de algum jeito limpar o sangue que ele deixou~~
~~nas ruas~~
como se devesse consertar algo que nunca quebrei

O QUE EU AMO
O jeito como minha mãe diz *"mi hijo,* venha
 jantar"
e beija meu pai enquanto arrumo a mesa
~~Se ao menos fôssemos mais como ela~~
~~Se ao menos todo mundo fosse tão gentil e amável~~
O jeito que olha como se fôssemos perfeitos

Miles escrevia e riscava diversas vezes tentando encontrar as palavras certas, a contagem certa. E odiou aquilo que finalmente havia elaborado. *Ugh.* Um poeta teria uma compreensão melhor da linguagem. Uma compreensão melhor de como unir as palavras para ao menos comunicar uma ideia coerente. *Exemplo A: Austin, se somos mesmo uma família, gostaria de tê-lo conhecido há muito tempo. Ser filho único significa lutar cada batalha sozinho. Além disso, sempre quis dormir em beliches.* Ou *Exemplo B: Alicia, eu gosto de você. Gosto do jeito como você pensa, de sua aparência, do jeito como seu cabelo é cacheado na nuca, e gostaria de convidá-la para dividir comigo uma porção de tiras de frango no refeitório, como uma espécie de antecipação do* chicharrón de pollo *da minha mãe em um domingo próximo.* Em vez disso, tudo o que Miles conseguia era escrever poesia nota C e quase vomitar.

Outras crianças passaram na frente da loja. Miles ficou imaginando o que mais diria a Alicia se tivesse coragem. Sentia-se frustrado por enfrentar monstros dez vezes maiores que ele, mas não conseguia fazer sua boca cooperar quando estava na presença dela. Então, sob o risco de embaraçar-se apenas em sua própria mente, escreveu outro *sijo* à parte da tarefa.

MILES MORALES: HOMEM-ARANHA

SEM TÍTULO
Não sei se ainda escrevem cartas
  de amor
se esta é uma, desculpe usá-la para dizer
que sempre soube, desde o começo: é
  sândalo

Outro grupo – bonés de beisebol, moletons da escola – passou por perto. E outro. Parecia que toda a escola estava indo para o evento de poesia. Ganke, provavelmente, já estava lá. E, provavelmente, já falara com Alicia sobre Miles, o que deveria ser um pensamento acalentador. Mas Miles sabia que a probabilidade de Ganke se aproximar de Alicia e dizer *Ei, Alicia, Miles me pediu para te dizer que sente muito pelo que aconteceu hoje* era basicamente um número negativo que o sr. Borem ainda precisava ensinar.

Aquilo, somado ao fato de que Miles havia escrito dois poemas terríveis (embora aquele sobre Alicia fosse decente) e certamente *precisaria* daquele crédito extra, era tudo de que precisava para que saísse do muro. Ele precisava ir ao evento de poesia. Tinha de se assegurar de que seria notado lá e faria seu poema chegar até Alicia. Ele poderia entregá-lo para ela sem fazer alarde. Alicia poderia ler o poema ao voltar para seu dormitório e, no dia seguinte, eles poderiam ter ao menos uma conversa humana. Talvez. Provavelmente. Esperançosamente.

Mas como? Como iria sair do trabalho? Ele não podia chamar ninguém para cobri-lo. Bem, ele até podia, mas teria que mentir sobre estar doente e tudo mais, e não estava a fim de teatrinhos. A única opção que conseguia imaginar era sair por alguns minutos, correr até o evento, se assegurar de que a sra. Blaufuss o visse por lá, dizer o que precisava dizer a Alicia e voltar para a loja antes que alguém surgisse. Já fazia uma hora que estava lá e nenhum cliente havia aparecido. Ninguém saberia de nada.

Mas primeiro era preciso pensar em como lidar com a câmera.

Havia apenas uma câmera de segurança no local, e ela ficava sobre sua cabeça. Miles não sabia se o diretor Kushner havia designado alguém para checar as filmagens, mas sabia que havia uma boa chance de ninguém nunca ter feito isso. Seria uma perda de tempo verificar a gravação de uma loja de conveniência que exibia a parte de trás da cabeça de Miles dia após dia, ocasionalmente o flagrando ao tirar um cochilo. Mas, por segurança, seria necessário desconectá-la somente pelo curto período em que estivesse fora.

Com base no que havia aprendido nos filmes de assalto a bancos a que assistia com o pai, Miles sabia que um dos mais consistentes pontos cegos para qualquer câmera de vigilância é logo abaixo dela. Se fizesse tudo certinho, a gravação mostraria apenas que ele saiu do enquadramento por um instante e, logo em seguida, voltou.

Miles recuou o máximo que pôde até ficar perto da parede, com a câmera diretamente sobre ele. Prestou atenção para conferir se ouvia alunos. Não ouviu nada. Em seguida, ativou rapidamente seu modo camuflagem, mesclando seu corpo e suas roupas à tinta da parede. Então a escalou até chegar à altura da câmera. Havia um fio preto grosso, obviamente conectado à fonte de energia. Ele puxou o fio, desceu e saiu do modo camuflagem como se estivesse se desprendendo da parede. Analisou ao redor para ver se algum estudante se aproximava, mas não ouviu nada. Assim, arrancou a página com o *sijo* para Alicia do caderno, dobrou-a para colocar no bolso e saiu pela porta.

O pátio era apenas uma área cimentada no meio do *campus* com bancos e uma pequena fonte na qual os alunos veteranos jogavam as chaves de seus dormitórios antes da graduação. O diretor Kushner multava cada estudante que não retornava a chave antes de atravessar o palco, mas ninguém se importava com aquela multa mesquinha – o lançamento das chaves era uma tradição. Ao chegar lá, os bancos já estavam ocupados. As garotas amontoavam-se nos colos umas das outras, enquanto os caras se posicionavam na beirada dos bancos de madeira. Os demais espalhavam-se ao redor da fonte, ouvindo quem quer que fosse recitar.

Obviamente, Ryan "Cocô de Rato" Ratcliffe estava no meio de sua leitura enquanto Miles se infiltrava no perímetro do público.

MILES MORALES: HOMEM-ARANHA

– Só preciso que você saiba que estarei aqui porque te amo hoje e vou te amar no ano que vem. Sei que parece frio, mas é porque temo que você partirá meu coração. Não parta meu coração. Meu coração. Não parta, garota. – A voz de Ryan havia assumido um tom de poeta *sexy*. Enquanto as pessoas aplaudiam sem empolgação e balançavam a cabeça em reprovação, Ryan se curvava diante delas em agradecimento – é claro.

Alicia, em seguida, emergiu da multidão. Miles não pode vê-la a princípio, apenas seu coque de trancinhas no topo da cabeça. Mas, então, ela subiu na mureta da fonte.

E, quase em perfeita sincronia, o zunido em sua cabeça e estômago teve início.

– Vamos aplaudir o Ryan, galera! – Ela disse, forçando um entusiasmo. – Obrigada por compartilhar seu poema com a gente. Vejamos quem é o próximo. – Enquanto Alicia lia um pedaço de papel amassado com a lista de poetas e *performers*, Miles escaneou a área à procura de Ganke, esticando o pescoço e buscando o cabelo preto do amigo em um mar de loiros, morenos e ruivos. Olhou para a esquerda. Winnie Stockton, que estava ali porque optou por cumprir suas horas de trabalho uma hora antes das aulas e durante os fins de semana, se encontrava entre a sra. Blaufuss e o sr. Chamberlain. *O que ele estava fazendo ali?*, pensou Miles a princípio, mas percebeu que o sr. Chamberlain se encaixava no estereótipo de tudo o que Miles odiava em poetas. Extremamente sério. Mãos pressionadas uma contra a outra. Olhos fechados. Repetições de frases para impressionar. *Ugh*.

Rapidamente, Miles seguiu em direção à sra. Blaufuss porque... prioridades.

– Ei, senhora Blaufuss.

– Miles! – O rosto da sra. Blaufuss iluminou-se ao vê-lo. – Estou tão contente que você veio!

– Obrigado. Hum, posso ficar só um pouquinho porque... – *Bzzz. Lute contra isso. Jogue para longe. Você sabe que não é nada.*

– Porque você deveria estar trabalhando, não é, Morales? – Interveio o sr. Chamberlain. Miles fixou o olhar nele. E, novamente, havia algo ali, algo atrás das pupilas do sr. Chamberlain, que se retraíam para não deixar muita luz entrar. Algo… estranho. O tom do professor foi afiado o suficiente para que a sra. Blaufuss abrisse a boca em protesto.

– Miles – disse a sra. Blaufuss olhando feio para o sr. Chamberlain. – Fique o quanto puder. Já te marquei. – Ela anotou seu nome em um caderninho. O sr. Chamberlain se retirou. Não apenas para outra parte do público, mas do próprio público, como se o olhar duro da sra. Blaufuss tivesse sido o suficiente para derreter seu coração gelado.

– Obrigado – agradeceu Miles, perturbado e confuso, embora estivesse feliz com a saída do sr. Chamberlain. De fato, estava feliz com isso *e* com o crédito extra. Com a primeira tarefa da lista concluída, era hora de partir para o próximo passo.

Ele voltou sua atenção à Alicia, que lia um pequeno poema escrito pela bisavó durante a Renascença do Harlem. Aquela era outra coisa diferente sobre Alicia. Ela era da realeza do Harlem. O velho dinheiro negro. Uma descendente de artistas que andaram com gente como Langston Hughes[6] e Jacob Lawrence.[7] A família de Alicia fazia doações generosas à bva, possibilitando que adolescentes como Miles, Winnie e Judge estudassem lá.

– Na sua época, minha bisavó e seus amigos eram os Defensores de Sonhos. E, com isso, fico feliz de convidar ao microfone aquela que considero uma das maiores de nosso tempo. – Miles capturou o olhar de Alicia ao terminar aquela introdução, e um sorriso incomum surgiu em seu rosto. – Deem uma salva de palmas para a minha garota, Dawn Leary.

Assim que Dawn subiu no palco, Alicia abriu caminho no público para aproximar-se de Miles. Ele levou a mão ao bolso e pegou o papel com o poema. O poema dela. Porém, na direção oposta – do outro lado da multidão de estudantes – surgia Ganke.

– Ei, cara, você conseguiu! – Exclamou Ganke, colocando um braço ao redor do amigo. Miles imediatamente colocou o poema de volta no bolso.

---

6   Langston Hughes (1902-1967), um escritor e ativista social norte-americano, foi figura central na Renascença do Harlem na década de 1920, movimento que representou a ascensão cultural, intelectual e artística da comunidade negra. (N. E.)

7   Jacob Lawrence (1917-2000) foi um pintor, intérprete e educador norte-americano. Seus quadros são conhecidos por retratar o dia a dia da comunidade afro-americana. (N. E.)

MILES MORALES: HOMEM-ARANHA

Antes que Miles pudesse responder, Alicia chamou:

– Miles! – E passou pela última pessoa que estava entre eles. Miles pegou o poema de novo, mas apenas metade do papel ficou para fora. Ele cutucou Ganke da maneira mais discreta possível, o que para Miles não foi tão discreto assim.

Ganke grunhiu. Tirou o braço do ombro de Miles com um sorriso torto no rosto.

– Hum... eu... vou... falar... com você mais tarde – disse roboticamente e afastou-se tão discreto quanto pôde.

– Juro pra você, Ganke é um dos caras mais estranhos que conheço. E eu amo isso. – Observou Alice enquanto Ganke se camuflava na multidão. – Pois é. – Miles ignorou o jeitão de Ganke e tentou acalmar-se quando Alicia se voltou para ele.

– Aliás, que legal te ver por aqui. – Ela inclinou-se para abraçá-lo enquanto Miles estendia a mão. Ao notar que Alicia estava prestes a lhe dar um abraço, estendeu a outra mão, como se fosse dançar uma música lenta com ela. Alicia, porém, recuou. Confusa, mas ainda sorrindo, estendeu a mão, constrangida, para um aperto desajeitado. O cheiro de sândalo e um toque de suor invadiram as narinas de Miles.

– Por que você acha isso? – Miles perguntou-lhe de maneira um pouco brusca. Ele tentou rir, o que tornou a pergunta ainda mais esquisita. – Bem, eu... gosto de poesia.

– É sério? *Você* gosta de poesia? – Replicou Alicia, desconfiada.

– Sim. Eu gosto da sua. E, hum, da sua bisavó. – Miles tirou o restante do papel do bolso. – É arte *e* história. Eu adoro.

– É mesmo? Bem, talvez arte, mas não sei quanto à história, já que ela te fez passar mal mais cedo. – Seu semblante mudou de empolgação para preocupação. – Você está bem?

– Ah, sim, aquilo. Sim... estou bem. Foi apenas... comida de cantina, eu acho. Desculpe por aquilo.

Os nervos de Miles zuniam desde o momento em que vira Alicia. Mas ele estava ignorando isso – ou tentando ignorar. Não tinha escapado do trabalho para uma performance de *Quase Vomitei na Alicia, parte dois*. Embora sentisse o estômago se revirar, controlou-se a ponto de fazer as mãos tremerem.

Alicia notou o papel na mão de Miles.

– Ah, meu deus, você veio para ler?

– Não... isto... é...

– Miles, você precisa ler. Vamos lá. Sei que você tem algo aí – ela afirmou encarando-o, o som de sua língua presa fluindo à maneira do saxofone que tocava na loja, mas executado por alguém muito mais legal. – Eu posso ver.

Miles não percebeu quando assentiu e murmurou *tudo bem*, mas ele o fez. No momento em que Dawn Leary terminou a apresentação, as palmas sugaram a névoa na cabeça de Miles, e ele ouviu Alicia dizendo que o chamaria para ser o próximo.

– Espere aí... o quê? Não! – Gritou Miles, mas ela já estava em meio à multidão.

Ele deu um passo para trás. E depois outro.

– Obrigada, Dawn. – Alicia e Dawn se abraçaram. – Palmas para a minha garota! – Pediu Alicia.

E outro passo para trás.

– E agora temos um novato. Um virgem de microfone.

Outro passo. E outro.

– Então quero que sejam gentis com ele. Não é fácil subir aqui e compartilhar sua alma.

Mais um.

– Uma salva de palmas para Miles Morales.

Modo camuflagem. Desaparecimento num instante.

– Miles? – Alicia esticou o pescoço à sua procura. Ele estava lá, encarando-a e recuando.

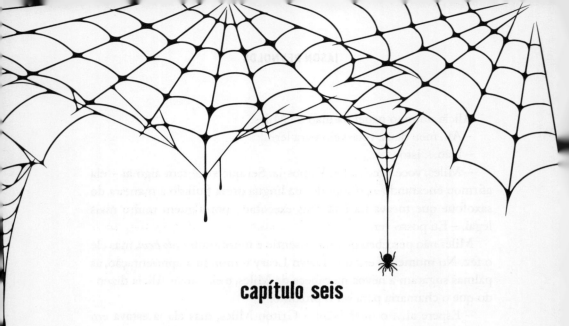

capítulo seis

A jornada de volta pelo *campus* foi longa e solitária. Miles falou sozinho o caminho inteiro.

— Você só precisava ter dito "não". Não tem nada de errado em dizer que você é um pouco tímido... Ou você poderia pelo menos ter explicado que escreveu o poema para ela – ele disse.

Enquanto passava, alguns de seus colegas que chegavam atrasados ao evento viravam o pescoço à procura da voz de uma pessoa que não podiam ver. Miles não havia se dado conta de que ainda estava invisível.

Ao voltar para a loja, antes mesmo de abrir a porta, analisou ao redor para se certificar de que não havia ninguém que pudesse testemunhar a porta "se abrindo sozinha". Como a barra estava limpa, ele entrou na loja. Posicionou-se atrás da caixa registradora e voltou-se para perto da parede, onde alcançou novamente a câmera para plugá--la de volta e reaparecer como havia planejado.

Seu turno estava quase no fim, e ele passou o resto do tempo elaborando uma conversa imaginária, linha por linha, em voz alta, entre ele e Alicia.

Não, eu não posso ler isso na frente de todo mundo porque escrevi para você.
Para mim? Miles, você escreveu isto para mim? Uau.
Sim, não sou nenhum Langston Hughes, mas espero que goste.

Ah, Miles. Eu amei. É lindo.

Quando percebeu o que estava fazendo, balançou a cabeça para afastar a história de amor imaginária, pegou sua mochila e fechou a loja.

De volta ao dormitório, encontrou-o ainda vazio – Miles imaginou que àquela altura Ganke com certeza já havia lido um poema e se oferecido para um bis. Normalmente, Miles usaria o tempo livre para relaxar e tirar as preocupações da cabeça com os videogames. *Super Mario Bros.*, para ser mais exato. Naquela noite, porém, ele escolheu se torturar. Sentou-se na beirada da cama, pegou a mochila e tirou dela a carta de Austin, dessa vez começando a leitura pela metade e seguindo até o final.

EU TENHO QUINZE ANOS E, COMO ESTOU CERTO DE QUE VOCÊ JÁ DEVE TER IMAGINADO, ESTOU PRESO. JÁ ESTOU AQUI HÁ UM TEMPO, E AINDA TENHO MAIS UM TEMPO PARA CUMPRIR. ACHO QUE ESTÁ NO MEU SANGUE, PELO MENOS O DO LADO DO MEU PAI. NÃO SEI O QUANTO VOCÊ CONHECIA MEU PAI. MINHA VÓ DIZ QUE OS IRMÃOS NÃO SE DAVAM E NÃO SE FALAVAM HÁ MUITO TEMPO. ISSO SIGNIFICA QUE PROVAVELMENTE VOCÊ NÃO O CONHECEU DE VERDADE. TALVEZ, SE VOCÊ QUISER, EU POSSA FALAR SOBRE ELE COM VOCÊ. TE CONTAR COMO ELE ERA, SE VOCÊ ESCREVER DE VOLTA. ESPERO QUE FAÇA ISSO.

ATENCIOSAMENTE,
AUSTIN DAVIS

P.S.: DESCULPE PELO LÁPIS. EU SEI QUE É DIFÍCIL DE LER, MAS ELES NÃO DEIXAM A GENTE USAR CANETAS AQUI.

Miles dobrou a carta mais uma vez, deixando-a sobre sua escrivaninha. Austin supôs que Miles não conhecia Aaron. Que a rixa entre os irmãos os mantivera distantes. Mas Miles conhecia bem o tio. Bem até demais. Ele sabia que a única razão pela qual era o Homem-Aranha se devia à aranha na casa de Aaron, roubada do laboratório. Ele sabia que Aaron conhecia seu segredo e que tentou usá-lo contra ele.

MILES MORALES: HOMEM-ARANHA

Sabia que haviam lutado e que, por causa dele, Aaron estava morto e Austin não tinha mais um pai.

Você é como eu.

Miles tirou o caderno da bolsa, procurou por uma página em branco e começou a escrever.

~~Caro~~ Austin,

Obrigado pela carta. ~~Tenho que te contar a verdade.~~ Estou um pouco surpreso. Não sei como dizer isso de outra maneira. Estou mesmo muito chocado. Primeiro, devo dizer que é muito legal conhecê-lo, mesmo que desse jeito. Ou talvez seja melhor dizer que é bom saber que você existe. Eu não fazia ideia. Não sei se sua avó te contou, mas sou filho único e sempre desejei que tivesse alguém com quem passar o tempo. Sempre quis um irmão. Não estou dizendo que você é meu irmão ou algo assim. Mas apenas que é legal saber que há outra pessoa na família com idade próxima à minha. Teria sido melhor saber antes, ~~mas o passado é passado~~ mas antes tarde do que nunca, certo? Talvez a gente possa começar do zero. Vamos lá, algumas coisas sobre mim.

Tenho dezesseis anos.

Sou do Brooklyn.

Frequento uma escola para ricos chamada Brooklyn Visions Academy. Sou bolsista, e meus pais ainda não podem bancá-la. Há muitos alunos ricos que agem como alunos ricos.

Tenho um colega de quarto chamado Ganke. Cara coreano. Hilário. Ele é o mais próximo que tenho de um irmão.

Acho que isso é tudo.

E eu conhecia ~~bem~~ seu pai. O tio Aaron e eu fomos próximos por um bom tempo. Eu costumava encontrá-lo secretamente, porque meu pai não me permitiria mais vê-lo se soubesse disso. É por isso que estou surpreso por ele nunca ter falado sobre você, mesmo que não devesse estar. Ele provavelmente sabia que, se me contasse, eu iria querer conhecê-lo, e, se isso acontecesse e ficássemos próximos, eventualmente se tornaria mais difícil manter nosso relacionamento em segredo. Eu acabaria tendo problemas com meu pai, assim como o tio

JASON REYNOLDS

Aaron, e não estou certo se sua avó sabe ou não das brigas épicas que aqueles dois já tiveram. Loucura.
  De qualquer forma, se você tiver um tempo, escreva de volta. Isso vai soar estranho, mas não quero dizer nesse sentido – como é a vida aí?

Atenciosamente,
Miles

P.S.: ~~Seu pai tentou me matar.~~ *Talvez um dia eu possa visitá-lo.*

Miles deixou a carta de lado – era muito mais fácil de escrever uma delas do que poesia – e deitou-se na cama à espera de um empolgado Ganke, que provavelmente viria feito um barril de fanfarronice tagarelando sobre como o poema que declarou ao microfone fez da fonte um gêiser e como todo mundo chorou e aplaudiu enquanto a água caía sobre o público. Ou algo assim. Blá-blá-blá. Mas Miles não conseguiria ficar acordado. Não seria capaz de manter os olhos abertos por tanto tempo para rir de Ganke, que, por sua vez, riria de Miles ao descobrir que o amigo havia estragado tudo outra vez com Alicia. Afinal, cinco minutos após colocar a cabeça no travesseiro, Miles caiu no sono.

Miles acordou encharcado de suor, com o coração batendo forte e os músculos tesos como se tivessem virado gelo sob a pele. A única coisa da qual se lembrava era que no pesadelo havia um gato. Um gato que nunca tinha visto antes. De pelo branco bagunçado, o animal exibia várias caudas, que se enrolavam como cobras. Mas Miles não se lembrava onde estava e o motivo de o gato esquisito estar lá.
  Sentou-se, alongou as articulações e esfregou os olhos até que se ajustassem à luz do sol. Tentou lembrar-se do que ou de quem estava no sonho. Era o tio Aaron? Talvez. Provavelmente. Mas não tinha certeza.
  Miles levantou-se, passou por Ganke – que estava com o cobertor sobre a cabeça – e foi para o banheiro escovar os dentes e lavar o rosto. Ao retornar para o quarto, Ganke havia tirado as cobertas do rosto.

MILES MORALES: HOMEM-ARANHA

– O que você está fazendo acordado a essa hora? – Perguntou Miles.

– Não consegui dormir. Muita coisa na cabeça – respondeu Ganke.

– Somos dois. – Miles pegou a calça jeans sobre a cadeira de sua escrivaninha.

– E quanto a você? O que está fazendo acordado? – Perguntou Ganke, bocejando em seguida.

– Tenho que comprar um selo e um envelope para enviar isto. – Miles pegou a carta de cima da escrivaninha. – É uma carta para Austin.

Ganke acenou com a cabeça.

– Tem certeza de que quer fazer isso?

– Que mal pode fazer? Se ele estiver dizendo a verdade, ganho um primo. Se estiver mentindo, me torno amigo de alguém que está preso. E isso só me custará um dólar.

– Um dólar, hein? – Disse Ganke, sentando-se e engolindo o sono. – Eu diria que pode custar um pouco mais. Você não acha que talvez esteja fazendo isso por conta do que aconteceu com Aaron?

Miles espirrou desodorante nas axilas. Em seguida, ainda sem responder, pegou uma camiseta preta da gaveta e a vestiu. Então foi até o espelho. Havia manchas brancas nas laterais da camiseta por conta do desodorante. É claro. *Ugh*. Lambeu um dedo e o esfregou no tecido para limpá-lo. Em seguida, escovou o cabelo e esfregou os polegares sobre os fios que cresciam em volta de sua cabeleira. Então, pegou a carta da escrivaninha e a mochila do chão.

– Preciso ir.

Miles nunca saía tão cedo, e surpreendeu-se com a calmaria. As folhas nas árvores estavam adquirindo uma cor laranja-avermelhada, como se exibissem um novo esquema de cores para as roupas camufladas do Exército. Havia um frescor no ar, uma brisa que agitava tudo ao seu redor. Isso o lembrou das manhãs em sua vizinhança, quando tudo e todos ainda não haviam acordado. Sem sirenes, motores de ônibus ou uma antiga música soca[8] tocando pelas janelas abertas. Conforme Miles andava pelo *campus* até a loja pensando no desastre do dia anterior – possivelmente a pior segunda-feira de sua vida –, ele também .aproveitava aquela paz.

---

8   A soca é um ritmo caribenho originado nos anos 1970. (N. E.)

Até chegar à loja.

A porta estava aberta e a polícia do *campus* interrogava Winnie.

– Então, só para deixar claro, você não teve clientes esta manhã?

– Senhor, já te falei. Cheguei aqui agora há pouco. Abri a porta e fiz minha inspeção diária do inventário para ver o que precisava ser reabastecido. É geralmente o que faço durante meu turno, já que ninguém faz compras a esta hora da manhã. – Winnie coçou a cabeça por cima do lenço de seda enrolado em torno do cabelo.

Ninguém nunca compra nada, pensou Miles, mas seu sarcasmo foi interrompido pelos oficiais que o notaram na entrada.

– Filho, ninguém está autorizado a entrar na loja agora. Ela está sob investigação – vociferou um oficial que parecia jovem demais para estar careca. Ele ergueu a mão para que Miles parasse.

– Investigação? – Perguntou Miles, a voz oscilando entre preocupação e sarcasmo. Seus olhos correram do oficial para Winnie.

– Sim, cheguei aqui e todas as latas de salsicha haviam sumido. Tipo, todas. Então, peguei o relatório do inventário porque não conseguia acreditar que tínhamos vendido todas, e estava certa. As salsichas não haviam sido vendidas, o que significa que foram roubadas.

– Ou desapareceram – completou Miles. Estava metade nervoso, metade engraçadinho.

O oficial olhou para Miles. Inclinou a cabeça para o lado com a expressão inalterada.

– Espere. – Winnie parecia estar ligando os pontos, pontos que Miles não tinha ideia de que precisavam ser ligados. – Talvez vocês devessem falar com ele – disse Winnie, apontando para Miles e o oficial. – Miles, você não estava trabalhando aqui ontem à noite?

– Sim – respondeu o garoto, as palavras perfurando-lhe a garganta. Ele olhou de volta para o jovem careca, flagrando seu olhar duro, e desviou o rosto. – Mas nada aconteceu.

– Ah, *alguma coisa* aconteceu – afirmou o oficial. Miles estava perplexo, vendo o jovem oficial lamber os lábios. Nada aconteceu na noite anterior. Pelo menos, não na loja. Mas algo estava acontecendo agora. Algo ruim.

MILES MORALES: HOMEM-ARANHA

Com um bloquinho de notas e uma caneta à mão, o oficial deu início a uma série de perguntas, cada uma delas fazendo Miles ficar mais e mais nervoso.

– A que horas você chegou no trabalho?

– Às quatro.

– Cerca de quantos clientes você diria que atendeu?

– Nenhum.

– Algum comportamento suspeito?

– De quem?

– Você saiu da loja por algum motivo?

Nenhuma resposta.

– Você saiu da loja por algum motivo?

– Não.

– Alguém do lado de fora parecia suspeito?

– Eu te disse que não saí da loja.

– Estou apenas checando. A que horas você saiu?

– Eu *não* saí.

– Quis dizer a que horas o seu turno acabou.

– Por volta das sete.

– Ótimo. Se tivermos mais perguntas, iremos atrás de você.

Depois que o oficial saiu, Miles tentou lembrar se havia notado algo de estranho na loja quando voltou do evento de poesia. A verdade é que não tinha checado nada. Por que iria? Em primeiro lugar, sua mente estava ocupada com outras coisas: Alicia. Austin. Em segundo, a loja não parecia diferente. Nada havia sido movido ou rearranjado. Os cadernos estavam ao longo da parede. As canetas e os lápis atrás da caixa registradora. As salsichas no fundo. A única razão pela qual Winnie fazia o relatório do inventário era para manter o emprego, não porque fazia algum sentido. Miles vasculhou o cérebro por um momento, posicionando-se diante do balcão, até que Winnie o tirou de seu transe.

– Miles? – Ela chamou. Então repetiu. – Ei, Miles?

– Sim. – Miles despertou de seu devaneio.

82

– Você precisa de algo? – Winnie estava apoiando-se nos cotovelos do mesmo jeito que Miles na noite anterior. Era uma espécie de pose de ioga, a pose de atendente-entediado-da-loja-de-conveniência.

– Ah… sim. Um selo e um envelope.

Winnie virou-se, arrancou um selo de um rolo e pegou um envelope. Passou ambos por cima do balcão.

Miles tirou uma nota amassada de um dólar do bolso.

– Obrigado – ele agradeceu, virando-se.

– O que aconteceu aqui ontem à noite? – Sondou Winnie. – Digo, de verdade. Não vou dizer nada se você ou Ganke amam essas salsichas nojentas. – Ela deu de ombros, como se soubesse que Miles havia pegado as latas, mesmo que eu não tivesse.

– Winnie, você é bolsinha como eu. Você, mais do que todo mundo, deveria saber que não arriscaria minha bolsa por salsicha enlatada.

– É verdade – ela concordou. – Bem, talvez não dê em nada. Até porque todas essas latas roubadas somam apenas quinze dólares. Eles podem apenas cobrar você ou seus pais por isso. Tive que reportar porque, se não fizesse isso…

– Eu sei. – Miles compreendia. – Eu sei.

Mas ele não sabia que haveria uma batida na porta da sala do sr. Borem durante a aula de Cálculo. E que o sr. Borem viraria para a classe e chamaria o nome de Miles.

– Um senhor gostaria de vê-lo – disse o sr. Borem, sempre de maneira calculada. Quando Miles se levantou, o professor acrescentou: – É melhor que leve seus pertences consigo.

De lá, Miles foi escoltado por um policial diferente do *campus* pelo corredor. Eles saíram do prédio principal, atravessaram o *campus* e seguiram para o prédio administrativo, onde Miles sentou-se na antessala da sala do diretor – a sala de espera da disciplina. Miles ficou largado em uma cadeira de madeira escura e couro cor de vinho até que seus pais apareceram.

– O que está acontecendo? – Perguntou a mãe de Miles com uma expressão confusa.

– Eu não sei – o filho respondeu.

– Você fez isso? – Perguntou o pai.

MILES MORALES: HOMEM-ARANHA

– Fiz o quê? – Miles franziu a testa e estreitou os olhos.

– Roubou.

– Roubar? É claro que não! Eles acham que roubei aquilo?

– O que você acha que estamos... – Antes que o pai de Miles pudesse terminar a bronca precipitada, a secretária, sra. Fletcher, se pronunciou.

– O diretor vai vê-los agora.

Cinco minutos mais tarde, Miles estava sentado na sala do diretor Kushner diante de uma mesa de madeira entalhada com desenhos similares aos vistos no jogo de porcelana da casa dos pais. O diretor era um homem pequeno, e parecia ainda menor atrás daquela mesa. Ele tinha uma cabeça perfeitamente redonda, pálida e careca, com veias aparentes como as costuras de uma bola de beisebol novinha. Usava óculos redondos e pequenos – é claro –, do tamanho exato de seus grandes olhos. O cara era uma porrada de círculos em um terno de lã.

Os pais de Miles sentaram-se ao seu lado com feições retorcidas. Ambos chacoalhavam as pernas de maneira nervosa. Para Miles, aquilo era um pesadelo maior do que os que envolviam o tio Aaron. Ao menos eles terminavam com Miles acordando. Dessa vez, porém, tudo era real. Fazia apenas um dia completo que havia voltado para a escola e já tateava outra punição. Uma punição muito, muito pior.

– Por favor, leia isso em voz alta – ordenou o diretor Kushner, entregando a Miles uma página.

Miles olhou para o papel, mordendo o lábio inferior. Ele suspirou, fitou o diretor e, relutantemente, limpou a garganta para começar.

– "Querido diretor Kushner,

Meu nome é Miles..." treze anos e sou do Brooklyn. Tenho uma mãe e um pai maravilhosos que me amam mais do que tudo, o que pode parecer estranho para um adolescente admitir. Mas sei o que eles sacrificaram por mim e o que continuam a sacrificar para que eu me mantenha no caminho para o sucesso, e é pela orientação deles que tenho 4.0 na minha GPA[9] do Ensino Fundamental. Tenho sido ensinado a ser excelente, e é por essa razão que estou interessado em ingressar na Brooklyn Visions Academy, uma escola que também se orgulha de sua excelência.

Mas também me orgulho de minha honestidade. E, por isso, também devo mencionar que, embora tenha uma grande família, sei que há pessoas que nos olham diferente. Isso porque meu pai nem sempre foi o homem que é hoje. Ele foi uma pessoa que não teve ninguém para afastá-lo das armadilhas de nossa comunidade. Ainda que minha vizinhança seja um lugar lindo para crescer, às vezes ela pode ser complicada. Meu pai e seu irmão foram vítimas das ruas, tornando-se ladrões adolescentes e trazendo problemas para a vizinhança e toda a cidade de Nova York.

Ainda que meu pai tenha saído dessa situação com a ajuda de minha mãe e limpado sua vida, seu irmão continuou. Meu tio permaneceu no crime machucando as pessoas até que pagou pelo que fez. Esta parte da minha família é também parte de mim. A mesma valentia que os levou ao crime é a que me leva à excelência. E meu objetivo, se receber a honra de ingressar na Brooklyn Visions Academy, é continuar a prová-la. Acredito que nem tudo é apenas uma questão de onde você vem, diretor Kushner, mas também para onde você vai.

Obrigado por sua consideração. Espero ansiosamente por seu retorno.

Atenciosamente,

Miles Morales

O garoto devolveu o papel para a mesa. Derrotado.

– Agora, senhor Morales – começou o diretor Kushner, empurrando os óculos para a parte de cima do nariz –, esta é ou não é a carta que você submeteu ao se candidatar a esta instituição?

– É sim, senhor – respondeu Miles.

– E você disse ou não disse que não iria sucumbir aos padrões tóxicos de sua família?

– Com licença, diretor Kushner, mas não acho que... – interferiu o pai de Miles.

---

9   GPA é a sigla para *Grade Point Average*, ou Média de Notas. Nas escolas e universidades dos Estados Unidos, o GPA representa a média geral de notas em todas as matérias cursadas pelo aluno. Essa média pode variar de 0.0 a 4.0. (N. T.)

MILES MORALES: HOMEM-ARANHA

– Estou apenas parafraseando o que seu filho escreveu, senhor Davis. – O diretor apontou o papel.

– Eu entendo, senhor, mas...

– Hm, *nós* entendemos, senhor – interrompeu a mãe de Miles para amenizar a situação. – Mas Miles disse que não fez nada de errado.

– Não fiz. Por que eu roubaria algo da loja em que trabalho? E para roubar o quê? Salsichas?

– Diretor Kushner, há alguma prova? – Perguntou o pai de Miles, ainda irritado com as acusações do diretor.

– Bem, é engraçado você perguntar, senhor Davis, porque temos a filmagem da câmera de segurança.

Filmagem?

O pai de Miles olhou para o filho.

– Filmagem? – Miles queria soltar um respiro de alívio porque a evidência iria, na verdade, limpar seu nome. Mas seus músculos continuavam tensos pela confusão; não havia jeito de ser filmado roubando salsichas porque *ele não roubou nenhuma salsicha! Certo?* Então por que ainda se sentia tão nervoso?

– Exatamente. – O diretor levantou-se da mesa e abriu um armário à sua esquerda onde havia um televisor. Ele pegou o controle remoto, ligou a TV e cortou direto para a cena do crime. – Aqui, Miles está na loja. Agora, vocês verão que ele anda para trás até desaparecer do enquadramento por alguns segundos. Então, de repente, ele reaparece – explicou o diretor como se fosse um advogado em um tribunal exibindo a *Prova A*.

– Certo... – concordou o pai de Miles.

– Diretor Kushner, isso não mostra muita coisa – afirmou a sra. Morales.

– Ah. Mostra, sim. – O diretor Kushner quase soou alegre. – Repare na marcação de tempo. Ela pula das seis e treze para seis e quarenta e quatro. Não sei como ou por que a câmera exibe esse corte, mas seria tolice acreditar que foi coincidência. E, francamente, se Miles não roubou nada, deveria saber quem o fez porque estava lá. – O diretor tocou a tela da TV. – Faz sentido que, durante esses trinta minutos em que a câmera esteve desligada, ele, de alguma maneira, pegou...

– *Salsichas?* – Miles vociferou. Ele não podia acreditar no que estava ouvindo. Olhou para os pais, seus rostos tomados pela incerteza.

– Miles – disse o pai. – Me diga que você não está tentando proteger alguém. Se você não fez isso, então diga para o diretor Kushner quem fez.

– Não sei quem fez isso.

– Isso porque foi *você* quem fez – o diretor disse sem demonstrar emoções. – Apenas nos diga a verdade, filho.

O pai de Miles respirou fundo. A mãe interveio outra vez.

– Senhor, com todo respeito, você pode nos dar um momento?

Ela virou-se para o filho e baixou o tom de voz como se, de algum modo, pudesse ter uma discussão privada sem que o diretor Kushner ouvisse. – Miles.

– Eu não fiz isso. – A cabeça de Miles virava ora para a mãe, ora para o pai. – Por que roubaria aquilo?

– Talvez para vender no alojamento. Para ganhar uns trocados e...

– Não... isso não... eu não fiz isso... – Miles implorou.

O pai suspirou.

– Miles, filho... por favor.

– Pai, eu realmente não sei quem fez isso. – Ele olhou para a mãe. – Mãe... – Ela balançou a cabeça.

– Bem, nesse caso, não sei que outra escolha temos – afirmou o diretor Kushner enquanto apontava o controle remoto para a TV e a desligava. Ele pegou a declaração pessoal que Miles havia submetido com sua inscrição na escola e olhou para ela de novo. – Como você escreveu com suas próprias palavras, você podia ter escolhido alcançar a excelência – afirmou o diretor, balançando a cabeça. O pai de Miles enrijeceu a mandíbula. – Tanto potencial para quebrar a corrente – ele continuou. O pai de Miles agora segurava os braços da cadeira com força e batia os pés no chão com mais intensidade. – Mas, infelizmente, parece que isso não vai acontecer. – O diretor Kushner deixou o papel cair de sua mão.

– Espere. – Miles levantou a voz. Seus pais inclinaram-se. O diretor Kushner olhou para cima. – Eu saí da loja. Não roubei nada, mas saí... por alguns minutos.

MILES MORALES: HOMEM-ARANHA

– O quê? – Disse a mãe de Miles.

– Você fez o *quê*? – Perguntou o pai.

Um constrangimento infantil tomou conta de Miles. O tipo que ele costumava sentir quando molhava a cama na infância.

– Eu só... só queria ir ao evento de poesia. Então desliguei a câmera e... saí da loja. – Miles baixou a cabeça dramaticamente, pressionando o queixo contra o peito e balançando o corpo para a frente e para trás, desanimado.

Os pais de Miles olharam um para o outro.

– Você tem certeza de que está nos contando a verdade, filho? – Perguntou o pai, a voz mergulhada em suspeitas.

Miles levantou o rosto.

– Pai, não estou mentindo. Foi isso o que aconteceu – ele respondeu. O pai assentiu e olhou para o diretor.

– Bem – começou o diretor Kushner. Ele esfregou o queixo redondo. – Sem provas concretas de quem roubou os itens da loja, suponho que não posso expulsá-lo, filho. Não dessa vez. – A mãe de Miles então relaxou os ombros, aliviada.

– Ah, obrigada, diretor Kushner – ela agradeceu enquanto juntava as mãos. – *Gloria a Dios*.

– Porém – o diretor tirou os óculos do rosto e os apontou para Miles –, você está demitido da loja e não faz mais parte do programa de trabalho e estudo. Desculpe, pais, mas a partir de agora seu direito à hospedagem e à alimentação está revogado.

A caminhada pós-reunião foi silenciosa. Ouvia-se apenas o som de solas duras e sapatos de salto alto batendo contra o pavimento. Ao chegarem até o carro, o pai de Miles sentou-se no banco do motorista.

– Falaremos sobre isso mais tarde – ele avisou em um tom rude. Em seguida, fechou a porta.

A mãe de Miles lhe deu um abraço frio.

– Desculpe, eu não quis... – A voz de Miles começou a falhar. A mãe não respondeu. Ela apertou os lábios como se fosse dizer alguma coisa, e então o soltou. – Acho que te vejo no fim de semana – ele disse em voz baixa enquanto a mãe se sentava no banco do passageiro.

Miles pegou o fim da aula da sra. Blaufuss. Ele lhe entregou seu passe e tomou seu lugar.

– Onde você estava? – Ganke sussurrou no ouvido de Miles. Ele não respondeu. Apenas balançou a cabeça.

– Miles, lamentamos você ter perdido os fabulosos poemas sobre família – disse a sra. Blaufuss. – Mas, para deixá-lo a par, o dever de casa hoje à noite tem a ver com uma maior exploração do tema família. Eu quero que você ligue para seus pais ou procure na internet o significado de seu nome. – Ótimo. Se havia uma coisa que Miles não queria fazer era ligar para os pais. Não importava o assunto. A sra. Blaufuss brincou com os braceletes de plástico nos pulsos e continuou. – Pode ser seu primeiro nome, seu nome do meio ou sobrenome, não importa. E, se você não conseguir encontrar significado algum, pergunte aos seus pais por que eles lhe deram tal nome. Então, escreva um *sijo* a partir de suas descobertas. Pegou?

Miles assentiu brevemente, ainda abalado pelo que acontecera na sala do diretor Kushner. Ele sugou os lábios para dentro da boca e os mordeu. Sentiu que queria chorar. Ou gritar.

O sino tocou.

– Cara, onde você estava? – Perguntou Ganke. – Eu precisava de você para me impedir de pular pela janela. Todos falaram sobre o quanto amam suas famílias. Na verdade, amo a minha também, mas... você sabe. As pessoas estavam falando sobre os pais do mesmo jeito que falam sobre seus cachorros. E tudo o que conseguia pensar era: onde diabos está o Miles?

– Na sala do Kushner. Com meus pais. – Miles não havia tirado nada da mochila, então apenas a jogou no ombro e viu Alicia sair da sala sem olhar para ele.

– Com seus pais?

– Sim. Vou falar sobre isso mais tarde – resmungou Miles, agora caminhando entre as carteiras.

– Espera aí, você não vai almoçar?

– Não, estou sem fome. Acho que vou ficar na biblioteca até dar a hora da aula do Chamberlain.

MILES MORALES: HOMEM-ARANHA

Ganke não tentou insistir. Apenas cumprimentou o amigo e foi embora.

Miles caminhou feito um fantasma pelo corredor enquanto os colegas passavam por ele como borrões de cor rosa, pêssego e, ocasionalmente, marrom. Como Judge, que estendeu a mão para Miles enquanto se aproximava. Miles, agindo pela memória muscular, cumprimentou Judge de volta enquanto ele falava sobre a festa de Halloween.

– Ganke disse que você *finalmente* virá para a festa – disse Judge. As palavras flutuavam ao redor das orelhas de Miles, mas não entravam. Ele estava muito ocupado pensando no que os pais estariam dizendo.

Você acha que nosso filho é um ladrão?

Ele disse que não fez isso.

Mas você acredita nele? Quer dizer, você dizia a verdade quando roubava? Salsichas enlatadas?

Onde estava Ganke?

Um evento de poesia? Não o enviamos até lá para que se tornasse um rapper.

Como vamos arcar com sua hospedagem e alimentação?

Como vamos arcar com sua hospedagem e alimentação?

Como vamos arcar com sua hospedagem e alimentação?

Ele empurrou a porta da biblioteca e exalou no silêncio daquele espaço. A biblioteca da Brooklyn Visions Academy era como um santuário. Tinha uma atmosfera acadêmica, cheia de lâmpadas e mesas chiques, bem como entalhes ornamentados nas molduras em torno do teto e das portas. Essa era a biblioteca onde Shakespeare e os demais brancos mortos que Miles precisava estudar na escola gostariam de ter suas cinzas espalhadas. Sob o piso de cerejeira ou misturadas no polimento das mesas de carvalho. Àquela hora, todo mundo estava almoçando ou em aula, então Miles tinha o lugar todo para si. Exceto pela bibliotecária, a sra. Tripley – ou, como era conhecida no *campus*, a Serelepe Tripley. A sra. Tripley era o que todos esperavam que a sra. Blaufuss se tornasse em trinta anos:

uma senhora cheia de vida – tão feliz e tão curiosa, – que parecia até esquisita.

– Cuidado, Miles – avisou a sra. Tripley quando o garoto passou pelas portas. Ela sabia o nome de todos. De cada estudante e professor.

– Cuidado com o quê? – Perguntou Miles, fitando-a. – Parece que é você quem precisa tomar cuidado.

– Ah. Essas são últimas palavras famosas – ela disse, girando a lâmpada até a luz aparecer. – Não queria que você passasse por baixo da escada, só isso.

Miles deu um sorriso torto.

– Senhora Tripley, sem querer ofender, mas por que eu faria isso?

– Não tenho ideia, filho. Mas as pessoas fazem isso. E deixa eu te contar: isso dá azar.

– Não preciso passar por baixo da escada para ter azar.

– O que houve? – Ela perguntou.

– Nada. Apenas… você acredita nessas coisas?

– O quê? Superstições? – Ela desceu a escada devagarinho, apoiando-se em cada degrau. – Eu não sei. Acho que são interessantes, e não podemos provar o que não podemos provar, certo? – Miles não fazia ideia do que aquilo significava, ou se significava algo. A sra. Tripley continuou. – Mas quer você acredite nelas ou não, ainda assim não deveria passar por baixo de uma escada, Miles. Porque alguém como eu poderia cair em cima de você. E isso, meu querido, é má sorte. – Ela segurou a lâmpada queimada perto da orelha e a agitou, o que fez seu filamento interno mexer. – Acredite em mim, já estive lá.

Miles abriu a boca para perguntar, mas decidiu não dizer nada.

– Agora, o que posso fazer por você? – A sra. Tripley deixou a escada no meio do piso e caminhou até a lixeira atrás de sua mesa, que também era grande e de madeira.

– Me esconda.

– Esconder você? – A sra. Tripley bateu uma mão na outra para tirar o pó dos dedos. – Estão atrás de você? Você é a criatura que Frankenstein está perseguindo? Você é o jovem Bill Sikes, que está sendo caçado pela turba da Ilha de Jacó? Você é Ralph, fugindo das lanças das outras crianças perdidas? *Hein?*

MILES MORALES: HOMEM-ARANHA

– Hum... Eu sou... o Miles.

– Sei quem você é, Miles. E aqueles eram Shelley[10], Dickens[11] e Golding.[12] Você, meu querido, deveria passar mais tempo na biblioteca. Não é apenas um lugar para se esconder, mas também o lugar onde as perseguições acontecem. Você entende?

– Eu... acho que sim? – Miles não sabia o que responder para a Serelepe Tripley e já se sentia arrependido de ter ido à biblioteca. Ganke provavelmente estava mandando pizza para dentro enquanto Miles tentava decifrar a bibliotecária da escola.

– Agora, falando sério, você não está realmente sendo perseguido, está? – Ela inclinou-se, no caso de o perseguidor ainda estar no prédio.

– Não. Estou bem. – O que ele realmente queria dizer era *eu não sei*.

– Ótimo, ufa. Isso é bom. – Ela bateu na mesa. – Bata na madeira, Miles.

– Eu não...

– Apenas faça isso.

Miles bateu.

– Alguém sabe de onde veio essa superstição?

Ela pegou uma pilha de livros de um carrinho atrás da mesa e seguiu em direção às estantes. Miles a seguiu.

– Bem, eu não sei se *alguém* sabe, mas... *eu* sei – gracejou a sra. Tripley. – Nos tempos antigos, acreditava-se que os bons espíritos viviam em árvores, e quando você batia nelas era porque os chamava para te proteger. – Em seguida, enquanto colocava um livro em uma prateleira, ela continuou. – Tenho uma ainda melhor. Você sabe por que as pessoas dizem que você tem sete anos de azar se quebrar um espelho? Porque as *almas* ficam presas nos espelhos. Quando você quebra um espelho, você as deixa sair! – Ela jogou as mãos no ar enfaticamente. – Quer dizer, eu não acredito realmente nisso e, para ser honesta, não sei por que sete é o número de anos de azar, mas é daí que vem essa superstição. Alguma outra pergunta?

---

10 Mary Shelley (1797-1851) foi uma escritora britânica famosa pela obra *Frankenstein ou O Prometeu Moderno*. (N.E.)

11 Charles Dickens (1812-1870) foi um escritor inglês, considerado o mais popular romancista da era vitoriana. (N.E.)

12 William Golding (1911-1993) foi um escritor inglês consagrado pela obra *O Senhor das Moscas*. (N.E.)

– Sim – respondeu Miles. – Sabe alguma coisa sobre gatos brancos?

– Além do fato de que são adoráveis? Não.

– Nada?

– Você disse gatos brancos, certo? – Miles assentiu. – É… não sei nada.

– E quanto a aranhas?

– Elas são assustadoras – respondeu a sra. Tripley de maneira brusca ao enfiar outro livro em uma já lotada fileira.

– Mas você sabe de alguma superstição sobre elas?

A sra. Tripley parou entre duas estantes e virou-se para Miles.

– Sei de uma coisa. Costumava-se dizer que as aranhas podiam conectar o passado ao futuro. Algo a ver com o simbolismo da teia.

– É sério?

– Claro. – Ela continuou a guardar os livros.

– Como você sabe de tudo isso?

– Ah, Miles, eu vivo aqui. – Ela se deu conta do que dissera. – Bem, não *vivo* aqui. Veja bem, às vezes tiro uma soneca na seção de Geografia, fingindo que estou na Tailândia, e acordo na manhã seguinte, mas isso não conta como viver aqui. Então… não pense isso. Mas vivo nos livros. Leio e leio todos esses grandes livros, esperando pelo dia em que um dos meus estudantes, como você, venha até aqui para me perguntar sobre… aranhas. – Ela olhou para seu relógio de pulso. – Agora, se eu fosse você, iria para a aula.

– Que horas são?

– O primeiro sinal tocou há dois minutos.

– Mas eu não ouvi.

– Bem, as lâmpadas não são as únicas coisas danificadas neste velho lugar. – Ela piscou.

Ah, não. *Ah, não!* Miles não podia se atrasar para a aula de Chamberlain. Se havia alguma aula para a qual não podia se atrasar, era aquela. Ele correu pelas estantes e passou voando pela porta da biblioteca. O corredor não estava cheio, o que não era boa coisa, porque significava que o segundo sinal ia soar a qualquer momento. Miles saiu em disparada pelo corredor, chegando à sala do sr. Chamberlain suado e sem ar.

MILES MORALES: HOMEM-ARANHA

– Consegui! – Ele soltou. O sr. Chamberlain nem sequer o notou. Estava escrevendo sua frase diária na lousa sobre os resquícios da frase escrita na aula passada. Quando Miles se sentou, o sr. Chamberlain começou seu cântico.

– Tudo o que pedimos – ele disse suavemente – é sermos deixados em paz. – Ele guardou o giz e pressionou as mãos em meditação enquanto alguns atrasados, incluindo Hope Feinstein e Alicia, entravam na sala. O sinal tocou, o que aparentemente era também o sinal para Alicia dar um gelo em Miles, pois foi o que ela fez.

E, como um relógio, o zunido na cabeça de Miles teve início.

Miles abriu a boca para falar com Alicia, mas as palavras se desintegraram como neve derretida antes de caírem no chão. Tentou de novo, mas foi interrompido pelo sr. Chamberlain.

– Tudo o que pedimos é sermos deixados em paz – Chamberlain repetiu um pouco mais alto. Miles tomou aquilo como um sinal para deixar Alicia em paz. O sr. Chamberlain repetiu a frase pela terceira vez e, em seguida, perguntou: – Vocês sabem quem disse isso?

– Sim – afirmou Brad Canby, largado na carteira. – Todo mundo nesta sala.

Muitos estudantes riram e alguns foram desagradáveis a ponto de bater em suas carteiras enquanto uivavam. Mas Miles nem sequer deu um sorriso. Não podia sustentá-lo. Literalmente.

Por um momento, sua mente foi para outro lugar. Pensou sobre o que Tripley dissera acerca das aranhas representando a conexão entre o passado e o futuro, e desejou que pudesse de alguma maneira usar isso para conseguir o emprego de volta. Pegar o passado de demissão e conectá-lo a um futuro de readmissão.

Talvez eu pudesse implorar ao diretor Kushner.

Talvez eu pudesse pedir que fosse colocado sob supervisão e recebesse uma chance de provar meu valor.

Afinal, sou basicamente um estudante nota A. Isso tem que contar para alguma coisa, certo?

– Não, sr. Canby – respondeu o sr. Chamberlain, ignorando o desrespeito. – Na verdade, foi Jefferson Davis.

Talvez eu pudesse – espera aí, o quê?

94

E a nuvem na mente de Miles dissipou-se instantaneamente ao som do nome de seu pai.

Jefferson Davis?

Bzzz.

Então, Miles disse em voz alta.

– Jefferson Davis? – Controlar sua náusea estava começando a se tornar normal. Ele sabia que não ia morrer. Havia apenas a sensação de morte, de pânico, como se o cérebro estivesse sobre uma chama e o estômago girasse como uma centrífuga. *Ignore o sentido aranha.*

O sr. Chamberlain abriu os olhos.

– Morales, você se esqueceu do decoro da sala de aula? Levante a mão se quiser falar. – Novamente, Miles o encarou.

– Mas Brad não... – Miles fechou a boca, furioso. Não adiantava.

Alicia mexeu-se na carteira enquanto o sr. Chamberlain continuou a falar.

– E, sim, Jefferson Davis. O presidente da Confederação durante a Guerra Civil Americana. O homem que nomeou Robert E. Lee general do Exército da Virgínia do Norte, o mais importante exército da Confederação. – O sr. Chamberlain fechou os olhos novamente. – A frase é simples, mas significa muito. Ela pede que o povo do Sul seja livre para governar a si próprio, pois as coisas estavam boas daquele jeito.

– A menos que você fosse um escravo – soltou Brad, revirando os olhos.

– É sério? – Disse Alicia baixinho. Chamberlain abriu os olhos por um momento e a encarou, irritado. Mas não disse nada. Apenas a fuzilou com o olhar. Em seguida, fechou os olhos novamente, respirou fundo e, de maneira irritada, com as mãos ainda pressionadas uma contra a outra e sem apontar o dedo ou dar bronca, respondeu para Brad:

– Bem, sr. Canby, é um pouco mais complicado do que isso.

Enquanto Alicia balançava a cabeça a todo momento, indignada com as palavras do professor, Miles voava em seus pensamentos, lidando não apenas com o cheiro de sândalo que a nuca de Alicia exalava, mas também com o fato de que o nome do pai era o mesmo nome do homem que lutava para manter a escravidão. E Chamberlain

MILES MORALES: HOMEM-ARANHA

continuava com as frases de Jefferson Davis – *Onde quer que haja uma conexão imediata entre um mestre e seu escravo, qualquer aspereza no sistema é diminuída* – diante da sala enquanto dois ou três alunos faziam anotações em seus cadernos e cerca de quinze outros ouviam música, jogavam no celular ou, ao exemplo de Brad Canby, deitavam a cabeça sobre a carteira, adormecidos. Mas Miles não estava escrevendo ou dormindo. Ele estava lá, deixando cada palavra esfaquear sua mente.

– Nós subestimamos o elo entre o escravo e o mestre. Muitos escravos sentiam-se confortáveis com a escravidão. Até mesmo felizes. Ainda nesta semana, talvez eu traga algumas imagens que possam ilustrar melhor o meu ponto.

– Imagens? – Novamente, Alicia se manifestou. – Com todo respeito, sr. Chamberlain, mas você não acha que… não sei… está indo longe demais para ilustrar seu ponto? – Chamberlain não se importou. Alicia olhou ao redor da sala em busca de alguma expressão de apoio, mas a maioria das pessoas não estava mais prestando atenção. Ela virou-se e encarou Miles, mas ele olhava para a madeira falsa de sua carteira, lutando para manter o *Você está falando sério?* atrás de seus lábios. Havia muita coisa acontecendo. Muita coisa ao mesmo tempo. O zunido era agora um incêndio, um calor de frustração espalhando-se pelo seu corpo, mas Miles apenas batia com os dedos na carteira, tentando manter a compostura o máximo possível. Ele continuou sentado, bufando em silêncio, enquanto o sr. Chamberlain prosseguia com aquela aula ridícula. Miles imaginou se aquela aula sobre Guerra Civil de Chamberlain era apenas uma isca para reprovar os alunos, porque ninguém se importava o suficiente para se engajar, à exceção de Brad, que ficava apenas brincando, e de Alicia, que era simplesmente ignorada. Mas Chamberlain continuava.

– Um jeito interessante de tentar entender isso é pensar nos cachorros. Cachorros não se importam de usar coleiras e ficar em jaulas. – O sr. Chamberlain, em uma atitude rara, saiu de sua pose de estátua, removeu o blazer e o colocou na mesa no canto da sala. Em seguida, desabotoou os punhos da camisa e deixou os antebraços à mostra. E foi então que Miles viu o contorno escuro de um gato no punho esquerdo do professor. Uma tatuagem que já havia visto outras vezes, mas não dera atenção porque o, sr. Chamberlain era estranho o suficiente para ter uma tatuagem de gato no punho. O tipo de cara que tinha gatos com nomes históricos complicados, os quais tratava como filhos. *Aquele* tipo de cara. Mas a tatuagem era familiar. Não era de fato a imagem de um gato – mas um símbolo. Um gato com várias caudas, como aquele que Miles havia visto em seu sonho na noite passada.

Chamberlain deu um passo à frente e olhou novamente para Miles.

– E toda vez que os cachorros veem seus donos, as pessoas que colocam as coleiras em seus pescoços e dão sobras para eles comerem, eles abanam o rabo, felizes. Alguns diriam até que… gratos.

Gratos? Miles não tinha certeza porque seu cérebro estava estático, mas podia jurar que Alicia dissera em voz alta a mesma coisa que ele estava pensando. *Gratos?* E, se ela havia dito aquilo – o que, julgando pela breve pausa de Chamberlain e seus lábios contraídos, ela fizera –, Chamberlain novamente não deu a mínima para Alicia. Nenhuma resposta. Mas aquela palavra, junto à tatuagem no pulso do professor e ao zunido em Miles, foi faísca o suficiente para acender um fusível dentro dele. Os dedos tornaram-se um punho fechado. Ele levantou o braço e socou a carteira, quebrando a madeira e entortando as pernas de metal. Todo mundo pulou, incluindo Alicia, que se virou bruscamente para ver o que havia acontecido. Miles olhou nos olhos dela, o peito arfando.

– Sinto muito – ele disse, baixinho. Então, virou-se para o sr. Chamberlain. – Sinto muito.

– Você deveria mesmo! – Vociferou o sr. Chamberlain, embora não parecesse surpreso. Era como se esperasse por aquilo. Ele deu um passo na direção de Miles. – Seria para o seu próprio bem colocar uma focinheira nessa sua… raiva, Morales.

– *Uma focinheira?* – Miles pulou da cadeira, a carteira destruída à sua frente. Para a sorte dele, naquele instante, o sinal tocou. Com o punho ainda fechado, Miles olhou para os colegas à sua volta. Todos estavam bem acordados, olhando boquiabertos. Sob o calor de seu olhar, eles pegaram com cautela suas mochilas, como se pudessem ser os próximos a serem atingidos. Miles suavizou o semblante, deixou escapar o ar do peito e pegou suas coisas rapidamente antes de ir embora.

Ao avançar pelo corredor, Miles ouviu Alicia chamando por ele enquanto sua própria voz interna gritava. *Estúpido, estúpido, estúpido*! Ele continuou seguindo em frente, passando pela horda de estudantes – alguns já sussurrando sobre o que havia acontecido na aula momentos antes. As informações correm mais rápido nos corredores dos colégios do que na internet. Assim, Miles precisou se mover com o dobro de rapidez.

– Miles! – Alicia gritou novamente. O garoto abaixou a cabeça e prosseguiu. – Miles! Espere! – Alicia seguiu Miles até o final do corredor. – Pare... só um segundo! – Ela pediu, chegando perto o suficiente para tocar seu ombro. Miles virou-se, o rosto ainda pálido e tenso, o peito arfando e as mãos tremendo. *Acabou para mim. Estou fora daqui.* Alicia recuperou o fôlego. – Olha, só queria dizer que o que aconteceu na sala hoje foi... foi... precisamos fazer alguma coisa.

– Fazer alguma coisa? Fazer o quê? – Miles retrucou. – Você quer fazer alguma leitura de poesia quanto a isso? Você acha que isso vai me ajudar? – As palavras saíram afiadas. Espinhosas. E Miles arrependeu-se assim que elas deixaram sua boca.

– Ajudar você? – O rosto de Alicia se fechou. – Você acha que isso é sobre você, Miles? – Ela balançou a cabeça e riu, mas não era uma risada alegre. – Isso não é sobre você. É sobre nós. Não apenas você e eu, mas Winnie, Judge e todos os calouros e secundaristas que precisarão cursar essa disciplina. Sobre os veteranos que já cursaram e as crianças que virão para essa escola. E se o Chamberlain está agindo assim, falando assim, você acha que ele é o único? E *você* acha que é o único estudante que ele persegue? – Alicia cruzou os braços. – Talvez uma *leitura de poesia* não ajude muito, mas deixe eu te perguntar algo, Miles, o que *você* vai fazer?

– Não foi isso o que quis dizer – respondeu Miles. – Só estou dizendo... o que eu *posso* fazer? Você... você não sabe. Eu... destruí uma carteira. – Miles restabeleceu-se. – Quer dizer, eu... eu só bati nela, e ela quebrou daquele jeito. Mas a questão é que eles provavelmente estão prestes a me expulsar daqui por conta disso. Então, a essa altura, não importa mais o que eu faça.

– Ah, beleza. Eu entendo – respondeu Alicia sarcasticamente. – Eu não sei, hein? Bem, deixa eu te contar o que eu *sei*. Você está assustado. – Miles abriu a boca para dizer algo, mas Alicia pôs a mão para cima num gesto de interrupção. – Não, não. Está tudo bem. Eu entendo. Não te culpo por estar assustado, mas, por conta disso, você não vai fazer nada a respeito, certo? Apenas vai aceitar sua derrota porque é o melhor a se fazer?

– Alicia... – Miles começou, mas não tinha nada a dizer. Nenhuma resposta. Nenhum modo de explicar tudo.

– Bem, me avise quando tudo isso acabar, Miles – ela disse, virando-se e indo embora.

Estúpido, estúpido, estúpido.

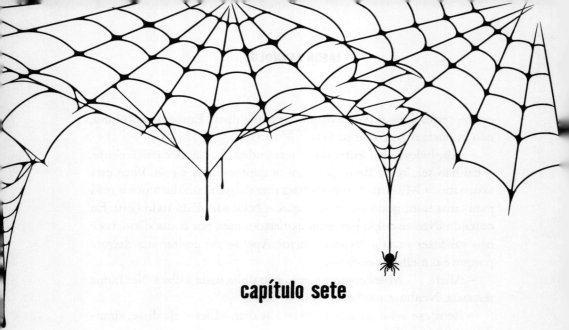

capítulo sete

— Beleza, agora desembucha.

Miles enfim havia voltado ao dormitório depois das aulas da tarde. Antes, seu estômago era um nó apertado, mas depois da conversa com Alicia, se tornara um poço vazio. Os mesmos pensamentos repetiam-se em sua cabeça: *Acabou para mim. Estou fora daqui. Estúpido, estúpido, estúpido*. Ganke acabara de ligar o Nintendo quando Miles fuçou o armário e pegou sua máscara.

— Por onde eu começo? — Indagou Miles. — Em primeiro lugar, alguém roubou a loja ontem — ele falou com a voz inexpressiva. — Enquanto eu estava tentando ganhar um crédito extra com a Blaufuss, alguém invadiu — Miles viu-se mentindo. Ninguém "invadiu" a loja, pois ele a deixou aberta. — Alguém entrou na loja e roubou um monte de salsichas.

— O quê? — Ganke pausou o jogo. Ele encarou Miles, que ainda fuçava o armário. — Salsichas?

— Sim. Salsichas. Enlatadas. — Miles jogou a máscara e o uniforme sobre sua cama. — E eles acham que fui eu.

— Quem acha que você fez isso?

Miles esfregou o rosto.

— O diretor Kushner. Meus pais. É por isso que eles vieram. Acham que tive algo a ver com isso. — Miles balançou a cabeça. — Não é por nada, mas nem gosto de salsichas enlatadas.

— Quem gosta? É nojento. — Ganke voltou a jogar, movendo seus polegares pelo controle para fazer Mario pular nos blocos e nas cabeças dos *goombas*.

— Nojento, tosco, tanto faz. Não importa. O diretor Kushner me despediu da loja e me tirou do programa de trabalho e estudo. Agora meus pais terão que pagar a minha alimentação e minha vida luxuosa nesta caixa de sapatos fedorenta que divido com você.

Ganke pausou novamente o jogo, virando-se para Miles.

— Meu rapaz, sei que você está nervoso agora e falando o que vem à cabeça, mas isto não é uma caixa de sapatos fedorenta. Se for, não é por minha causa. Para começar, é você quem veste a mesma calça jeans todos os dias.

— É assim que se laceia jeans.

— Que seja. E outra: eu sou coreano. Nós não temos cecê.

— O quê?

— Pode confiar.

Miles olhou para Ganke como se ele tivesse duas cabeças.

— Olha, o que estou tentando dizer é que não posso deixar meus pais pagarem por isso, pelo meu erro. As coisas já estão difíceis, e o tanto de dinheiro que eles terão que pagar para me manter nesse dormitório provavelmente vai ferrar as contas. — Miles bateu na testa. — Eu preciso arranjar uma saída.

— Implore ao Kushy pelo emprego de volta.

— Pensei nisso, mas vamos ser realistas. Quando foi a última vez que você viu Kushner sorrir? Ele nem sequer deixa o rosto amolecer, então por que amoleceria por causa de mim? Sem contar que talvez isso nem importe, porque perdi o controle diante do Chamberlain e destruí uma carteira. É provável que me expulsem por destruir o patrimônio da escola.

— Você fez o *quê*? Uma carteira? Cara, o que há de errado com você?

— Ganke, estou te dizendo, ele... há alguma coisa nele. Não pude evitar. Para minha surpresa, ele não disse nada depois da aula e nem tentou me impedir de sair. Então, vamos ver.

— Então ele não prestou queixa, mas você ainda pode estar ferrado. O que vai fazer? — Primeiro Alicia, agora Ganke. Essa era uma

MILES MORALES: HOMEM-ARANHA

pergunta que Miles estava cansado de ouvir. Ganke encostou as costas na cadeira, descansando os braços na barriga. Então notou o uniforme na cama. – Espera aí, o período sabático já acabou? Você vai se tornar um herói de aluguel? Espero que sim. Ou apenas vai encontrar uma carteira nova para substituir a que você destruiu? Isso não parece trabalho para o Homem-Aranha.

– Não. Não. E... não. – Miles pegou a máscara e levantou-se da cama. Havia um espelho entre sua cama e a de Ganke, o mesmo espelho que Miles usava para dar uma olhada na sua calça jeans e nos tênis todos os dias. O mesmo espelho que Ganke usava para imitar Miles dando uma olhada em sua calça jeans e nos tênis todos os dias. Olhando para seu reflexo, Miles virou a máscara do avesso. Colocou-a sobre a cabeça e o rosto. Toda negra.

Você é como eu.

Engoliu em seco, olhando a si próprio no espelho, mas não se vendo de fato.

Você é como eu.

– Eu não sei. – Miles tirou a máscara, virou-a do lado certo e a colocou de volta. Então pegou o uniforme sobre a cama. – Só preciso arejar a cabeça.

Para Miles, arejar a cabeça significava *saltar-e-balançar* ou *disparar-e-voar*. Ele abriu a janela do quarto, camuflou-se e rastejou pela parede até o lado de fora. O preto e vermelho de seu uniforme agora eram das cores dos tijolos e do cimento. Chegando ao telhado, saiu do modo camuflagem e observou o *campus*. Os prédios imponentes e as calçadas arborizadas. O pátio e os jardins que emulavam as escolas de elite da Ivy League.[13] E, à distância, a cidade, erguendo-se no céu como dedos prestes a pegar alguém ou todo mundo.

Miles deu alguns passos para trás e respirou fundo. Aspirou tudo ao seu redor e empurrou todas as coisas dentro de si – o diretor Kushner, os pais, o sr. Chamberlain – para o fundo. Em seguida, tomou impulso e, com uma corrida, saltou do prédio.

De telhado a telhado, Miles pulou facilmente como se desviasse de poças de água na calçada. Ao atingir o fim do *campus*, saltou no

---

13 Associação de Universidades Americanas de alto prestígio acadêmico, ao exemplo de Harvard e Princeton. (N.E.)

ar e lançou teias pelas duas mãos para se prender a árvores, postes telefônicos e quaisquer outras estruturas ao seu redor, lançando-se para o alto e longe das pessoas espalhadas pelas ruas como formigas. Ele não prestava atenção à sua direção – apenas tentava se lembrar da sensação de voar. Da sensação de cair sabendo que não atingiria o chão.

Da torre do relógio ao tribunal de justiça, dos telhados dos condomínios luxuosos aos conjuntos habitacionais. Antes que se desse conta, como se tivesse aberto os olhos de repente, estava na própria vizinhança. Uma mistura de sons o atingiu, muito diferentes dos sons da Brooklyn Visions Academy. O barulho do freio dos ônibus. A buzina dos taxistas. Os homens gritando nos jogos de basquete. Música vindo tanto do rádio como dos sons da cidade em si.

Miles posicionou-se no telhado da loja de um dólar na rua Fulton – aquela onde Frenchie trabalha – e observou tudo antes de focar em um grupo de meninos saindo de um ônibus, um borrão de cores brilhantes e cabelos armados que os faziam parecer mais velhos do que eram. Miles os viu caminhar pelo quarteirão, brincando e fazendo piadas, até chegarem à esquina. Ao alcançarem o fim da rua, pararam de conversar, passando por um grupo de caras mais velhos. Um deles disse algo aos meninos.

Bzzz. Bzzz.

O sentido aranha de Miles enviou vibrações para sua cabeça. *Zunido.*

Os garotos não pararam ou responderam. Apenas se dividiram, cada um caminhando para uma direção diferente. Um dos homens saiu do grupo para segui-los, e o seu alvo era o menino mais descolado. Aquele com uma mecha loira no cabelo.

Miles pulou para o edifício seguinte e o próximo, acompanhando a perseguição. O garoto corria pela calçada, às vezes pulando até a rua para escapar da multidão, ziguezagueando de bloco em bloco enquanto o rapaz o perseguia.

Então, o garoto com a mecha loira virou à esquerda em uma travessa da avenida e seguiu por uma rua silenciosa. Talvez a rua de sua casa, pensou Miles, ainda acompanhando de longe. Com o caminho livre, o homem apertou o passo e correu em direção ao garoto, agarrando-o pelos ombros e, para mostrar a que veio, colocando um braço ao redor de seu corpo para levantá-lo. O menino não gritou. Não pediu ajuda. Miles conhecia aquele silêncio. O silêncio de quem sabe que gritar é inútil e contra as regras. Gritar torna as coisas mais perigosas.

Eles deram mais alguns passos, fingindo que tudo estava normal, até que Miles notou o menino desamarrando os cadarços de seus tênis.

Bzzz.

Li mais cedo no jornal que há crianças por aí apanhando e tendo seus tênis roubados. A voz do pai de Miles nadava em sua cabeça enquanto ele pulava do prédio. No momento em que o garoto deu os tênis para o ladrão, Miles posicionou-se bem atrás dele.

Os olhos do menino arregalaram-se. O ladrão virou-se e deu de cara com os olhos vermelhos e brancos da máscara de aranha. Ele não disse nada. Apenas rosnou e balançou a cabeça.

— Cuida da sua vida — disse o ladrão, puxando a camiseta para cima e exibindo uma arma na cintura da calça.

— Isso é a minha vida — respondeu Miles. Ele e o homem se encararam na calçada. O menino afastou-se em silêncio, subindo os degraus de uma das casas.

O homem largou os tênis. De repente, o tremor do sentido aranha disparou, deixando-o ciente de que o ladrão ia pegar a arma. No entanto, antes que pudesse tocar o metal da pistola, Miles agarrou o pulso do homem. Usando apenas dois dedos, ele esmagou os ossos que ajudam o pulso a girar, fazendo com que o ladrão gritasse e fosse forçado a usar a outra mão para se sustentar. Quando o homem se dobrou de dor, Miles o atingiu com um gancho, forte e limpo, fazendo-o recuar e cair de costas.

— Você age como se fosse durão, mas é apenas um covarde — disse Miles, balançando a cabeça antes de pular em cima do cara. Ele pegou o ladrão pelo colarinho e o levantou. Mas, antes que pudesse acertar o rosto do homem, como um martelo, ele viu o menino de soslaio. A mecha loira. Ele estava aterrorizado. Seus olhos congelaram Miles a meio caminho do golpe.

Você é como eu.

Miles parou. Ele saiu de cima do ladrão, que agora era apenas uma lesma cheia de sal encolhida na calçada. Em seguida, pegou a arma na calça do homem e a destruiu sob seus pés. Então virou o ladrão de bruços e prendeu suas mãos nas costas, o pulso quebrado agora do tamanho de uma laranja. O sujeito gritou, e Miles usou a teia para prender firmemente seus braços.

Miles abaixou-se e pegou os tênis do ladrão, dando-os para o menino, que tremia de medo, junto ao próprio par de tênis.

– Faça o que quiser com eles. – Então, agachou-se e se aproximou do rosto ferido e ensanguentado do homem. – Diga para todo mundo o que acabou de acontecer. E se você, ou qualquer um de vocês, tentar de novo, eu saberei. Você não me conhece, mas eu te conheço. E eu *virei* atrás de você.

Enquanto o garoto se agachava e amarrava os cadarços de seus tênis, Miles jogou uma teia em um poste de luz para voltar às alturas. Ele pendurou-se à esquerda e à direita, de cima a baixo, deixando-se prender aleatoriamente a várias estruturas – postes de luz, arranha-céus, andaimes de construção. Enquanto se movimentava no ar, a adrenalina descia, forçando-o a lidar com o fato de que quase espancara um homem até a morte. *E se você o tivesse matado? Bem ali, diante daquela criança? E se você o tivesse matado?* Lágrimas surgiram nos cantos de seus olhos, mas não caíram. *O que deu em você? Quem é você? Você é como eu.*

– Não sou! – Disse Miles, a voz alta abafada pela máscara. Não que alguém pudesse ouvi-lo, já que estava cruzando os céus do Brooklyn usando fibra com Teflon. – Não sou! – Ele repetiu, cortando a teia e pousando no telhado de uma escola, o impulso forçando-o a rolar para a frente. Ao ficar de pé, tirou a máscara do rosto. Seu peito arfava. Olhou da beirada do prédio para os meninos que estavam na entrada da escola, altos, suados e passando uma bola de basquete como se fosse uma granada. Vestindo os uniformes de treino do time da escola. Uma escola que não era distante da casa de Miles. Ele não estava prestando muita atenção enquanto saltava de um lado para o outro, mas parecia que sua mente o havia colocado no piloto automático até o lar. Ou ao menos perto de lá. Assim, Miles pegou a dica e decidiu seguir em frente até sua casa.

Sentia-se chocado por ter sequer pensado em seguir naquela direção, já que sua casa não era exatamente o lugar a que Miles gostaria

MILES MORALES: HOMEM-ARANHA

de ir. Não depois do que havia acontecido mais cedo naquele dia, e especialmente porque não sabia se as notícias sobre a carteira quebrada já estariam o esperando por lá. Mas tinha tantas coisas na cabeça, tantas coisas para resolver, que preferia estar na companhia de seus pais chateados no conforto do próprio lar do que no seu dormitório fedido com os barulhos irritantes do *Super Mario Bros.*

Assim, com o dia começando a escurecer, Miles desceu dos muros da escola e decidiu caminhar pelo restante do trajeto no modo camuflagem. Os cachorros passeando pela rua se tornavam eufóricos, deixando os donos confusos conforme Miles ficava na frente deles fazendo caretas. Um gato branco o avistou e andou para trás em posição de ataque, assumindo a forma da letra N e sibilando antes de se esconder debaixo de um carro. Mas não de qualquer carro. Na verdade, era mais uma casa do que um carro. Os copos de café da adega cobriam o painel, bem como pedaços aleatórios de papel e outros resíduos. Sacos de lixo estavam empilhados nos bancos da frente. A ferrugem manchava a pintura azul-celeste do veículo. Esse carro era parte da vizinhança. E, embora Miles não soubesse o nome do cara, todo mundo sabia que havia um homem que dormia no banco de trás. Ninguém o perturbava. Todo dia as crianças tentavam criar coragem para espiá-lo. Miles, invisível e enxerido, decidiu tentar a sorte e dar fim à sua curiosidade. Ele espiou da janela de trás. Havia um cobertor listrado e amarrotado jogado ali como um fantasma adormecido. A porta não estava totalmente fechada, e a luz de cima estava ligada. Mas não se via o homem lá. Miles, então, fechou a porta e seguiu em frente.

O seu bloco estava quieto. Sem carros. Sem pessoas. Nem mesmo Fat Tony e seus garotos estavam ali, o que era estranho, porque eles sempre estavam – a menos que houvesse policiais por perto. Conforme Miles avançava na rua, porém, ele se dava conta de que era exatamente aquilo que estava acontecendo. Os policiais escoltavam Neek de sua casa. Neek, barbudo e careca, olhava confuso, como se não soubesse por que estava sendo preso. Seu rosto era uma bola de fogo e sua boca cuspia chamas.

– Me soltem! Me soltem! – Ele gritava com a voz rouca. – Não deixem que me levem! – Por um momento, Miles se esqueceu de que ninguém podia vê-lo e pensou que Neek estava falando com ele. Mas não.

Ele apenas gritava. Quebrando o código que foi mantido pelo garoto que quase teve os tênis roubados. Miles imaginou que Neek pudesse estar sofrendo um *flashback*, um sintoma de seu transtorno de estresse pós-traumático. Um gato branco — provavelmente o mesmo de antes — esfregou seu corpo nos degraus da casa de Neek enquanto os policiais o enfiavam no banco de trás da viatura e o levavam embora.

Quando eles sumiram de vista, Miles escalou a parede, passou pelo telhado de casa e desceu pela lateral até alcançar a janela de seu quarto. Ele sempre a deixava destrancada para esses momentos. Miles levantou a persiana e entrou no quarto com a graça de uma bailarina. Ele podia ouvir os pais conversando na sala de estar e percebeu que reclamavam, mas se sentia reconfortado pelo fato de não haver *novas* notícias ruins.

Silenciosamente, fuçou o guarda-roupa à procura de roupas, vestindo uma calça jeans e uma camiseta sobre o uniforme, além de uma blusa da bva, da época em que era calouro. Cada peça de roupa mudava de cor conforme ele as vestia, combinando com a madeira do guarda-roupa e do chão. Em seguida, saiu pela janela, voltou ao telhado e desceu até a entrada da casa, olhando para todas as direções antes de deixar o azul voltar à calça jeans e o marrom retornar à sua pele.

Então apertou o interfone.

— Quem é? — A voz do pai de Miles crepitou pelo aparelho.

— Hm… sou eu — respondeu Miles no interfone.

Silêncio por um segundo.

— Miles?

— Sim.

A porta se abriu, e Miles a empurrou para subir pelas escadas. Sua mãe abriu a porta do apartamento no exato momento em que ele apareceu.

— Miles?

— Oi, mãe. Desculpe, esqueci minha chave — ele disse, fechando a porta atrás de si. O pai estava sentado no sofá da sala; as contas, espalhadas pela mesinha de centro, como se os pais estivessem passando uma noite relaxante montando um quebra-cabeças. E, de certa maneira, estavam — precisavam descobrir como encaixar aquelas peças. Um quebra-cabeças de contas.

– Quase não deixei você entrar. O que está fazendo aqui? – Perguntou o pai, frio. Miles logo se preparou para o *Acabamos de receber uma ligação da escola. Você destruiu uma carteira?*

Em vez disso, ouviu da mãe um:

– Você deveria estar na escola, filho. – Miles nunca pensou que aquilo poderia soar tão doce.

– Não só você deveria estar lá como não deveria estar em *nenhum* outro lugar. Quero que fique na escola o suficiente para se sentir um maldito livro.

– Jeff. – A mãe de Miles sentou-se no braço do sofá, olhando o filho de maneira inquisitiva, mas ainda maternal.

– Eu apenas... – Miles começou, mas as palavras ficaram presas na garganta, como um anzol. Ele olhou para a mesinha de centro. Os papéis. Tantos deles. Números impressos em tinta preta. ATRASADA. VENCIDA. ÚLTIMO AVISO. Envelopes brancos amontoavam-se no canto da mesa. URGENTE. Um lápis, uma caderneta e uma calculadora, tudo se transformando em um borrão conforme Miles tentava falar. – Só vim para dizer... me desculpe. Eu sinto muito mesmo – falou Miles, a voz falhando e os olhos voltados à mãe.

– Eu sei – ela disse com um suspiro. – E agora você disse. Nós sabemos que você sente muito. Mas o que nós não sabemos é o que está acontecendo com você. – Seus olhos ficaram embaçados enquanto fitava Miles.

A morte do meu tio.

Minha escola.

Meu professor.

Meu primo preso recém-descoberto.

Meus superpoderes.

– Nada – respondeu Miles. – Bem, acho que só estou sentindo muita pressão. Mas eu estou... bem.

– Tem certeza? – Sua mãe inclinou-se, os olhos atravessando suas camadas. Sua máscara.

Miles desviou o olhar, analisando novamente a mesinha de centro. Virou-se para o pai, que também o olhava.

– Sim. – Miles assentiu. – Tenho certeza. – Ele deu um abraço na mãe. – Vou encontrar uma saída.

– Não. – Ela se afastou. – Você tem que se concentrar na escola. Nas notas. Isso é tudo. Seu pai e eu resolvemos o resto.

– Vocês não deveriam – disse Miles.

– Ah, Miles. Isso é o que você tem que fazer quando se é pai ou mãe.

– Eu não sabia disso! – Rosnou o pai de Miles.

– Não ligue para ele. Sim, a gente sabia. *Papi*, nós dois vamos passar fome se isso significar manter sua barriga cheia. Entendeu? – Uma pedra formou-se na garganta de Miles. – Falando em barriga cheia, deixa eu preparar um sanduíche para você levar.

– E está ficando tarde, então vou te acompanhar até a estação de trem – afirmou o pai de Miles, inclinando o corpo para a frente. – Eu te disse que estão roubando os tênis das pessoas. E, mesmo que os seus não sejam tão caros – ele olhou para os pés de Miles –, eles estão limpos.

Do lado de fora tudo permanecia quieto, com exceção do barulho de Fat Tony e seus garotos. Haviam retornado ao bloco e estavam encostados no portão, cortando o ar com o som de suas risadas.

– Qual é a boa, sr. Davis? Miley Miles? – Disse Fat Tony, levantando a mão.

– E aí, Tony? – Respondeu o pai de Miles, fechando o portão de entrada. Antes que Miles pudesse falar, o pai o pegou pelo braço e caminhou na direção oposta.

– Ei, sr. Davis? – Chamou Tony. O pai de Miles se virou. – Você viu o que aconteceu com Neek?

– Sim, eu vi.

– O que você acha que ele fez? – Perguntou Tony. Miles olhou para a casa de Neek do outro lado da rua. O gato agora estava sentado no degrau mais alto da entrada. Ele se lambeu antes de levantar a cabeça e olhar para Miles.

Era como se ele soubesse que Miles o via.

Era como se ele conhecesse Miles.

MILES MORALES: HOMEM-ARANHA

– Não tenho ideia – respondeu o pai de Miles, balançando a cabeça e virando-se. Miles ainda olhava para o gato. Seus olhos eram, estranhamente familiares. Quase magnéticos. O animal inclinou a cabeça, estudando Miles antes de se levantar e dobrar o corpo novamente como um arco feroz e peludo.

Você é como eu, Miles jurou ter visto o gato dizer. Jurou que viu o animal mexer a boca para formar tais palavras. Miles apertou os olhos, apenas para constatar que o gato estava apenas sibilando. Seu rabo se movia para a frente e para trás, mas não de uma maneira normal. A maioria dos rabos dos gatos se move como uma serpente encantada. Este, porém, se movia como o chocalho de uma cascavel. O pai de Miles o pegou novamente pelo braço, mas o garoto não conseguiu se virar. Seus olhos começaram a secar e sua visão se tornou embaçada. O rabo daquele gato se dividiu em vários rabos enrolados.

O gato do seu sonho.

E o gato do pulso do sr. Chamberlain.

Sr. Chamberlain.

– Vamos logo – disse Jeff. Miles tropeçou nos próprios pés, virando-se enquanto ainda mantinha os olhos no gato. *Sr. Chamberlain.* Miles olhou por sobre o ombro mais uma vez enquanto seguia em frente relutantemente. Seu cérebro disparava pensamentos. Bem, na verdade, apenas um: *é o sr. Chamberlain*. Ele não estava certo sobre o que aquilo significava, mas sabia que havia algo de errado com seu professor de História. Algo além de o cara ser apenas um babaca. Mas ainda havia tanta coisa que não fazia sentido. O que Chamberlain tinha a ver com Neek? E o que Miles tinha a ver com tudo isso?

– Então... você está bem? – Perguntou o pai de Miles cinco passos à frente, se é que se podia chamar o que Miles estava fazendo de caminhar. Aquilo parecia mais um cambalear. Não era algo muito Homem-Aranha.

– Uhum. Sim. – Miles tentou afastar a distração. Ele colocou as mãos no bolso da blusa e, sem poder resistir, olhou para trás mais uma vez à procura do gato, mas ele já não estava mais lá.

– Não parece. Você quer conversar sobre algo? Talvez sobre o que aconteceu hoje?

Miles engoliu a pedra ainda alojada em sua garganta e virou-se para o pai.

– Você… hum… acredita em mim? – Era isso o que lhe importava mais do que tudo. Uma coisa era ser acusado pelo diretor. Outra era perder a confiança dos pais. – Ou você acha que eu realmente roubei aquelas coisas da loja?

O pai de Miles suspirou.

– Eu acredito em você, filho.

– E ela? – Perguntou Miles.

– Quem, sua mãe? – O pai de Miles enfiou as mãos nos bolsos. – Ela está apenas preocupada com você. Afinal, veja do nosso ponto de vista. Nosso filho, que conhecemos desde que nasceu, que nunca esteve metido em nenhuma confusão, foi suspenso da escola semana passada por basicamente matar aula. E então, assim que voltou, perdeu o trabalho por conta de um roubo. Não acredito que você roubou, mas você disse que saiu para ir a um evento de poesia. Meu filho, o cara da matemática e da ciência, deixou o trabalho para ver o quê? Gente cantando? Fazendo *rap*? Poesia? Você tem que entender a impressão que isso causa. Você parece estar saindo dos trilhos, Miles. Então, de maneira bem compreensível, ela está com medo de que você fique igual ao…

– Tio Aaron.

– Sim. Igual ao tio Aaron. Olha, nunca achei que meu irmão fosse virar conversa de travesseiro entre sua mãe e eu, mas algo me diz que ele será hoje à noite. – O pai de Miles parou de andar, pegou no ombro do filho e o encarou. – Só me diga se está tudo bem.

– Está tudo bem.

– Então explique por que você deixou a loja. A verdade.

– Eu te disse. – Miles voltou a andar. O pai o seguiu. – Fui ao evento de poesia.

– Você foi para um evento de poesia. – O pai de Miles assentiu, olhando feio para a lateral do rosto de Miles. – Para quê?

– Crédito extra.

– Ah, está certo. – O pai de Miles concordou, e então deixou o silêncio constrangedor entre os dois inflar como um balão até explodir. – Então… qual é o nome dela?

– Quem?

– Da garota que te levou ao evento de poesia, filho. Olha, acredito quando você diz que foi pelo crédito extra. Mas algo me diz que esse não foi o único motivo. Você sabe que eu já fui adolescente, certo? Alguém fez a sua cabeça girar, a menos que você esteja a ponto de se tornar o próximo Langston Hughes e não estou sabendo. – Miles deu uma olhada no pai, que tentava evitar um sorriso no rosto. – Então... qual é o nome dela?

Miles balançou a cabeça.

– Alicia. – O pai riu discretamente.

– E ela sabe que você gosta dela?

– Não sei. Achei que soubesse, mas não tenho certeza agora. Tenho duas aulas com Alicia, mas toda vez que tento dizer alguma coisa, me sinto enjoado. A princípio, achei que fosse meu estúpido sentido aranha, e pode até ser isso também, mas...

– Mas você acha que é algo mais. *Borboletas*. – O pai de Miles cantou a palavra com uma voz boba e operística, movendo as mãos no ar como se estivesse conduzindo uma orquestra e trombando no filho.

– Tanto faz. – Miles o afastou. – De qualquer modo, eu *também* fui ao evento de poesia para entregar uma coisa que escrevi para ela.

– Então você realmente escreveu um poema para essa garota?

– Sim.

– Uau. Devem ser borboletas mesmo. E o que aconteceu quando você o entregou para ela?

– Eu não entreguei. Antes que tivesse a chance, ela me pediu para ler na frente de todo mundo. E entrei em pânico.

– Bem, fico feliz em te informar que você herdou isso do seu querido pai. – Jeff apontou para si. – Seu tio era confiante diante das mulheres. Eu não. Você já ouviu a história de como conheci sua mãe?

– Sim, a mãe me disse que vocês se conheceram em uma festa e que você foi bem paquerador.

– Essa é a versão dela porque ela é um doce. Mas a verdade é esta: era uma festa de Super Bowl que Aaron e eu organizamos em nosso apartamento pequeno e sujo na Lafayette. A sua mãe apareceu com o primo dela, que era um dos nossos amigos. Mas ela não pertencia àquele lugar.

Ela era uma garota católica do Bronx que não tinha nada a ver com a gente. Mas, assim que ela entrou, cara... foi o meu fim. Eu não consegui fazer mais nada pelo restante da noite. Acho que nem lembro quem estava jogando aquela final. Eu só estava tentando descobrir uma maneira de iniciar uma conversa com ela. Mas quando te digo que estava nervoso... eu estava *nervoso*. A única coisa em que conseguia pensar era agir como um bom anfitrião e servir drinques, chips com salsa e tudo mais. – Miles e o pai pararam na esquina por um instante para terem certeza de que nenhum carro estava vindo antes de atravessarem. – Então servi uma bebida para ela. *Champagne?* – O pai de Miles fingiu abrir uma garrafa. – Ela me agradeceu e deu um sorrisinho. Perguntei em seguida se ela queria chips com salsa. *Hors d'oeuvres?*[14] Mas, naquela hora, falei assim: *Or derbs?* E ela disse "sim" outra vez, rindo, o que sempre é um bom sinal. Então fui para o outro lado da sala e peguei a tigela inteira de salsa. Enquanto tentava atravessar a multidão, indo na direção de Rio, chutei a beirada da mesinha de centro e senti a tigela caindo. – Ele moveu as mãos como se estivesse fazendo malabarismo com bolas invisíveis. – Está vendo onde isso vai parar, né?

– Você não fez isso.

– Em cima dela. – O pai de Miles assentiu. Eles haviam chegado ao parque. Um atalho. Um homem estava deitado em um banco. Outro homem parou no meio do caminho, batendo as mãos nos bolsos à procura de algo que claramente havia esquecido. Um grupo de adolescentes fazia piadas uns com os outros. – A tigela toda de salsa – confirmou o pai de Miles.

– E o que ela fez?

– Miles, você me ouviu? Eu disse que derrubei a *tigela toda de salsa* nela. A sua mãe ficou maluca! – O pai de Miles gargalhou.

– Mas então... como vocês conseguiram ficar juntos?

– Ah, isso não é importante. O que importa é que não acho que a gente teria ficado junto se não fosse pela tal da salsa. – Ele colocou as mãos na cabeça, entrelaçando os dedos. – Então, esse poema que você escreveu para ela é sua salsa. Você tem que jogar a salsa nela, entendeu?

– Tipo, ler para ela?

---

14 Expressão da língua francesa que significa *aperitivos*. (N. T.)

MILES MORALES: HOMEM-ARANHA

– Exatamente. Jogue a salsa, filho. – O sorriso no rosto do pai de Miles era confiante, como se ele soubesse que aquele era um momento paternal. Uma preciosidade.

Eles estavam agora do outro lado do parque, nos degraus que levavam à estação de trem. Miles deixou os ombros caírem.

– E quanto ao tio Aaron?

– O que tem ele? – O pai de Miles retomou a seriedade, enrijecendo o corpo e baixando o olhar.

– Como era o jeito *dele* de conquistar as garotas?

O pai de Miles passou a mão pela boca como se estivesse se livrando de palavras secretas antes que elas fossem ouvidas.

– Olha, realmente não sei. Mas ele saía com as garotas, e saía muito. – Ele mordeu o lábio inferior e balançou de leve a cabeça. Em seguida, colocou a mão no bolso de trás e puxou um pedaço de papel dobrado, batendo-o na outra mão. – De qualquer modo, acho que essa é uma boa hora – ele falou com irritação, dando o papel ao filho.

Miles desdobrou a folha, reconhecendo o lápis. E as letras em maiúsculo.

CARO SR. DAVIS,

MEU NOME É AUSTIN. TENHO QUINZE ANOS E ESTOU ESCREVENDO DA ALA JUVENIL. PEGUEI INFORMAÇÕES SOBRE VOCÊ COM A MINHA VÓ. ELA SABIA SEU NOME, E ACHO QUE ENCONTROU SEU ENDEREÇO NA INTERNET. ESPERO QUE VOCÊ NÃO SE IMPORTE. ELA TEM ME FALADO SOBRE VOCÊ E DISSE QUE EU DEVERIA TENTAR CONHECER ESSA OUTRA METADE DA MINHA FAMÍLIA. O NOME DO MEU PAI ERA AARON, E, SE ESSE É O ENDEREÇO CORRETO, ENTÃO VOCÊ É O IRMÃO DELE. ISSO FAZ DE VOCÊ MEU TIO. NÃO SEI SE VOCÊ JÁ OUVIU FALAR DE MIM, POIS MINHA VÓ ME DISSE QUE VOCÊ E MEU PAI NÃO SE DAVAM BEM. TALVEZ VOCÊ NÃO SOUBESSE MESMO SOBRE MIM, OU SOUBESSE E ESTIVESSE COM MUITA RAIVA PARA ENTRAR EM CONTATO. EU ENTENDO. DE QUALQUER MODO, COMO ESTOU CERTO DE QUE VOCÊ SABE, MEU PAI NÃO ESTÁ MAIS ENTRE A GENTE. ENTÃO NÃO SEI SE ISSO É ULTRAPASSAR MEUS LIMITES, MAS EU GOSTARIA QUE VOCÊ TALVEZ VIESSE ME VISITAR. OS SÁBADOS SÃO

OS DIAS DE VISITA. EU NÃO RECEBO NINGUÉM, E SERIA LEGAL VER MINHA FAMÍLIA, MESMO QUE A GENTE NÃO SE CONHEÇA.

ESPERO QUE VOCÊ RECEBA ESTA CARTA.

AUSTIN DAVIS

Miles dobrou a carta e tentou esconder seu ceticismo. Tentou morder a língua.

– Você sabia sobre ele?

– Claro que não. Afinal, eu não falava direito com o Aaron há um bom tempo, e quando falava era para mandá-lo se afastar de você.

– Então você sequer sabia que esse garoto existia?

– Não até este último domingo, quando abri a correspondência. – Era o papel que a mãe de Miles segurava quando ele veio do banheiro. O papel que mudou a cor do rosto dela.

A cabeça de Miles estava a todo vapor, sua língua agora solta.

– Bem, eu sabia.

– Você o quê?

– Eu sabia sobre ele – respondeu Miles. – Quer dizer, não até ontem. Mas ele também me mandou uma carta.

– Na BVA?

– Sim. – Miles entregou a carta de volta ao pai. – Não te falei porque não queria que ficasse nervoso com isso. Mas... sim.

– Não gosto disso, filho. – O pai de Miles chacoalhou a cabeça, enfiou o papel no bolso e cruzou os braços no peito.

– A gente tem que ir vê-lo – soltou Miles, sentindo algo o remoer por dentro.

– Sem chances – retrucou o pai. – Olha... eu não sei. Não é tão simples assim.

– Bom, o que a mãe acha? – Miles sabia que a mãe tinha um fraco por crianças e odiava vê-las sofrendo. E elas não precisavam fazer parte da família para que Rio se sentisse assim. Ela amava Ganke como se ele fosse um filho. Miles sabia que, se havia uma chance de Austin ser um parente deles, ela iria querer entrar em contato com ele independentemente de como se sentia a respeito de Aaron. Ela teria que fazer isso.

O pai de Miles bufou com força, inflando as bochechas.

MILES MORALES: HOMEM-ARANHA

– Você conhece sua mãe. Ela acha que eu deveria vê-lo.

– Bom, então… é isso. Você precisa ir. E eu vou com você.

– Em primeiro lugar, que história é essa de me dar ordens, garoto? – Disse o pai de Miles friamente. – Você ainda está em apuros, e o castigo não está fora de cogitação. Só porque você acha que pode fazer o que quiser no trabalho não significa que pode fazer o que quiser *comigo*. Sem mencionar que você estava escondendo a verdade.

– Desculpe, desculpe. – Miles ajustou o tom da voz. – Mas… bom… agora que estamos sendo honestos quanto às coisas, você também precisa saber que respondi para ele.

– Você fez *o quê*? – O pai de Miles agarrou a própria cabeça como se estivesse tentando arrancá-la do pescoço.

– Eu tinha que responder. Na verdade, não pude evitar. Eu apenas… fiz. Enviei a carta de manhã.

O pai se afastou. Em seguida, voltou-se para o filho e olhou para o céu como se buscasse por uma resposta na lua quase coberta pelas nuvens.

– Olha, não sei se isso é uma boa ideia, Miles. A gente nem conhece esse garoto.

– É por isso que a gente tem que ir vê-lo.

– Nem sabemos se ele está falando a verdade.

Miles lançou ao pai um olhar desconfiado e firme.

– Tudo bem, tudo bem. – O pai jogou as mãos para cima. – O garoto *provavelmente* está falando a verdade. Afinal, ele não teria nenhuma razão para nos enganar.

– Exatamente. Então…?

– Então, por favor, entre no trem e volte para a escola. – O pai de Miles ficou frustrado. Seu celular tocou. Ele olhou para a tela e, em seguida, agarrou Miles pela nuca e o puxou para um abraço bruto, mas cheio de amor, quase chocando seu corpo contra o do filho. – É a sua mãe. Quando eu chegar em casa falarei sobre isso de novo com ela.

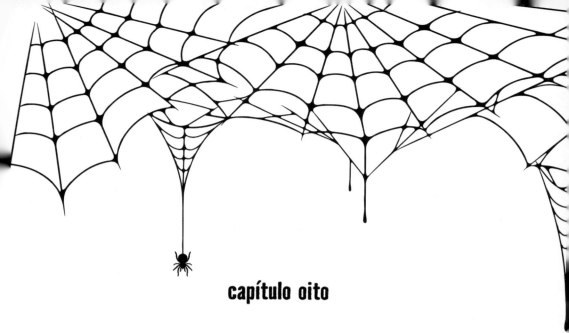

capítulo oito

Quando Miles voltou para seu dormitório, Ganke estava sentado à frente do computador com um pacote de salgadinho de queijo.

— Ei — cumprimentou Miles, fechando a porta atrás de si.

— Ei — respondeu Ganke, sem tirar os olhos da tela. Ele enfiou a mão no pacote e pegou um salgadinho, jogando-o na boca e chupando o tempero dos dedos. Em seguida, olhou para Miles, que passou logo atrás dele. — E aí, Homem-Aranha. Você saiu de *collant* e máscara e voltou usando jeans e uma blusa. O que você fez? Entrou para o crime e roubou um *hipster*?

— Você tá cheio de graça, mas não faz ideia. — Miles tirou a blusa, exibindo o uniforme preto e vermelho com teias. — Acabei de voltar da casa dos meus pais.

— E você ainda está vivo, o que me faz presumir que não houve outro telefonema sobre as desventuras de hoje em sala de aula — disse Ganke com uma voz afetada.

— Não. Mas eles estavam lá contando a grana e calculando as contas. Roubar alguém para ajudá-los não seria má ideia.

Ganke colocou a mão de volta no pacote, puxando o que parecia um amendoim de isopor daqueles usados em embalagens e enfiando-o na boca.

MILES MORALES: HOMEM-ARANHA

– Miles, por favor – ele disse. – Você jamais faria isso.

Miles largou-se na cama, tirando a máscara do bolso e jogando-a para o lado. Ele queria falar para Ganke sobre a porrada que deu no cara que tentou roubar os tênis do menino. Como ele o esmurrou. Como o sangue do cara respingou pela calçada. Como ele tirou os tênis do sujeito e os deu ao garoto para fazer justiça. Miles entendia aquele tipo de vingança. Estava dentro de si.

Mas não podia contar aquilo para Ganke. Ademais, se estava sendo honesto consigo, Ganke estava certo: ele jamais faria uma coisa dessas.

– Porque, não importa o que você diga, *você é como eu.* – As palavras desceram como seiva, em câmera lenta, pelo ouvido de Miles. Ele logo se lembrou do gato branco, e então do tio, rosnando com as mãos na direção do pescoço de Miles. Ganke prosseguiu: – Exceto, é claro, pelo fato de que sei dançar. Ah, e de que *você* é um super-herói, lembra? – Ele limpou o pó do salgadinho nas calças.

– Cara, só me dá uns salgadinhos. E o que dançar tem a ver com tudo isso?

– Por que você não vem até aqui *roubá-los*? – Riu Ganke, oferecendo o pacote para Miles, que o pegou rapidamente. – É sério, cara, e se você... sei lá, dançar em troca de dinheiro?

– *O quê*? – Miles fez uma careta.

– Não do jeito que você está pensando, cara. Estou dizendo... tipo, hora do show!

– Não.

– Miles, você viu o quanto esses garotos ganham e você precisa...

– Ganke – Miles colocou a mão para cima –, não vou fazer piruetas em um vagão por algumas moedas.

– Em primeiro lugar, você não teria que dar piruetas. Em segundo, com suas habilidades, nós ganharíamos notas, não moedas.

– Nós?

– Bom, preciso da minha comissão como empresário. Uma pequena fatia. Além do mais, alguém tem que coletar o dinheiro. – Ganke deu um sorriso angelical. – Pelo menos pense nisso.

Miles balançou a cabeça. Não havia chance. Definitivamente não podia se tornar um marginal, mas também não podia virar um dançarino de metrô. Afinal, ele nem sabia dançar. Embora tivesse toda a coordenação do mundo na hora de saltar sobre telhados ou desviar de socos, fazer seu corpo se mover no ritmo de uma música era um superpoder que ele não tinha.

– Que tal você pensar nisso? – Miles lançou teias na direção de Ganke, os fios grossos formando um espaguete na camiseta do amigo.

– Golpe baixo, Miles. – Ganke balançou a cabeça e não se importou de tirar a teia em sua manga.

Miles deu de ombros.

– O que você está fazendo? – Ele pegou o pacote de salgadinho.

– Pesquisando o meu nome para o dever de casa da Blaufuss, que, diga-se de passagem, você ainda tem que fazer. Sei que precisava sair para respirar ar puro ou algo assim quando saiu pela janela, mas espero que tenha inalado alguma inspiração poética. A menos que esteja planejando obter mais crédito extra.

– É... não. Nada de crédito extra. – Mas o pensamento de ter que escrever um poema àquela hora da noite, depois daquele dia, fez Miles sentir sua cabeça sendo esmagada por um torno mecânico. – É aquele do *qual é o significado de seu nome*, certo?

– Sim. E adivinha? Acho que meu nome não significa nada – disse Ganke.

Miles mastigou uma meia-lua com sabor de queijo.

– Você já pesquisou? – Ele perguntou, o salgadinho de queijo derretendo na boca.

– Sim, antes de você chegar. Para falar a verdade, pesquisei um bocado de nomes. Alicia, por exemplo, significa "nobreza". Ah, e tem o Chamberlain. Cara, o nome daquele babaca *significa* "administrador da casa". Rá! Mas o melhor *e* pior é o do Ratcliffe. Significa literalmente "penhasco vermelho". Pena que o Ryan não vai pular de um. – Ganke pediu o saco de salgadinho de volta e prosseguiu. – De qualquer maneira, a questão é que, quando procuro o meu, a única coisa que aparece é uma definição do *Urban Dictionary* que diz que o significado é "matar".

– Matar?

MILES MORALES: HOMEM-ARANHA

– Sim... quando você mata uma pessoa, aparentemente você a *gankeia*.

O rosto duro de exaustão de Miles deu lugar a um sorriso. Então, o sorriso virou risada.

– Não, cara. Isso aí se chama *gank* em inglês.

– Ah, *gank*? Eu conheço essa palavra. A internet disse *ganke* – acalmou-se Ganke. – Eu estava prestes a dizer: "poxa, meu nome significa *assassinar*"? – Ambos riram. – Na boa, meu nome não significa nada. Nem acho que é coreano, o que é esquisito.

– Você ligou para os seus pais? – Perguntou Miles. A risada que havia levantado o humor no quarto desapareceu. O rosto de Ganke ficou sério.

– Você sabe que estou evitando ligar para eles. Além disso, vou ligar e perguntar o quê? *Ei, vocês inventaram o meu nome?* Não. Eu poderia ligar para minha mãe, mas não quero ouvi-la ficar triste, cara. Ela provavelmente diria: *seu pai te deu esse nome* e começaria a chorar. Se eu ligar para meu pai, é capaz de ele dizer: *por quê? Você não acha que é bom o bastante?* ou *É o Lee que importa, filho.* – Ganke pegou um de seus tênis e o beijou, imitando o pai. – E quanto a você? Sabe o que seu nome significa?

– Estou surpreso que você ainda não tenha pesquisado.

– Bom, amigos de verdade não deixam seus amigos fugirem da lição de casa – afirmou Ganke. – Mas que seja. Vamos ver. *Miles. Miles. Humm.* – Ganke deixou o nome soar enquanto fingia refletir a respeito.

– Provavelmente significa "distância" ou algo assim – disse Miles. Ganke olhou de soslaio para o amigo.

– Foi o melhor que conseguiu pensar? Sério? Se significa algo, com certeza é "destruidor de carteiras". – Ele girou na cadeira para voltar ao notebook. Seus dedos dançaram sobre as teclas e seus olhos se lançaram da esquerda para a direita. – Hum – murmurou Ganke outra vez. Ele pegou o notebook, aproximou-se de Miles e colocou o computador sobre o colo do amigo. – Aqui. Leia.

Miles empurrou a tela para trás.

Miles /maɪlz/ – nome masculino; do latim, miles, *um soldado.*

– Soldado? – Miles apertou os olhos, rolando a tela para checar.

120

— Soldado.

Miles devia ter imaginado que havia algo de errado na aula da sra. Blaufuss quando Alicia não quis compartilhar seu poema. Na realidade, Alicia não quis participar da aula. Depois que a sala entregou seus *sijos* – incluindo o poema sobre soldados do qual Miles não estava muito orgulhoso e a obra de Ganke, intitulada *Coreano Sem Título* –, a sra. Blaufuss começou um discurso *nerd* sobre um poeta chamado U T'ak[15] e o *sijo* que ele escreveu sobre uma brisa de primavera derretendo a neve nas colinas. A sra. Blaufuss incitou a sala a comentar a respeito.

— O que ele quer dizer quando deseja que a brisa derreta o gelo velho se formando em suas orelhas? – Ela perguntou. Miles esperou Alicia responder, porque ele sabia que a garota entendia poesia como a maioria das pessoas não era capaz de compreender. Em vez disso, Ryan ofereceu sua interpretação.

— Na minha visão, a brisa é como uma carícia suave – explicou. Seu comentário foi seguido por um coro de grunhidos, com exceção de Alicia, que manteve o rosto enfiado no caderno enquanto escrevia ferozmente durante toda a aula. Ela e Miles não estavam se falando, o que não era uma surpresa, mas Alicia também não estava falando com ninguém. Nem Winnie. Nem sequer com a sra. Blaufuss, além do *Ei* no começo da aula.

Depois do almoço, no qual Ganke tentava fazer Miles imaginar como seria a aparência de um peixe-gato se ele fosse de fato metade peixe, metade gato, Miles seguiu para a aula de História. Ele entrou e tomou seu lugar na carteira agora, bamba e de pernas tortas, enquanto o sr. Chamberlain dava início à habitual rotina de escrever uma frase na lousa: o texto da Décima Terceira Emenda à Constituição Americana. Alicia entrou na sala junto a vários estudantes, os tênis rangendo,

---

15 O *sijo* mais antigo do qual se tem conhecimento é atribuído a U T'ak (1262--1342). (N. E.)

MILES MORALES: HOMEM-ARANHA

as mochilas batendo no chão, as cadeiras se arrastando contra o linóleo. Alicia dirigiu-se à sua carteira e largou a mochila. Olhou rapidamente para Miles, mas foi tempo suficiente para que ele visse algo nos olhos dela. Não era medo. Era raiva. A garota girou para o outro lado e foi em direção à lousa em que Chamberlain escrevia, pegando um pedaço de giz da caixa.

– Alicia? – O sr. Chamberlain olhou para ela enquanto Alicia começava a escrever abaixo de sua frase em letras maiúsculas.

NÓS SOMOS PESSOAS
NÓS NÃO SOMOS COISAS

– Alicia! – Gritou Chamberlain. Mas ela continuou.

NÓS NÃO SOMOS SACOS DE PANCADAS
NÓS NÃO SOMOS FANTOCHES

Miles não podia acreditar no que via. A sala toda estava em silêncio. Até mesmo o sr. Chamberlain ficou paralisado de choque. Finalmente, ele pegou um apagador e começou a apagar o que podia, mas Alicia apenas se moveu para outra parte da lousa, como se estivesse jogando uma partida intensa de pega-pega.

NÓS NÃO SOMOS BICHOS DE ESTIMAÇÃO
NÓS NÃO SOMOS PEÕES
NÓS SOMOS PESSOAS
NÓS SOMOS PESSOAS
NÓS SOMOS

– Já chega, Alicia! – Chamberlain largou o apagador. – Você perdeu o juízo? – Ele se aproximou e pegou o braço dela, tirando-a de perto da lousa.

– Não toque em mim. – Ela retrucou, afastando-se do professor. Miles levantou-se da cadeira instintivamente, sentindo a parte de trás dos joelhos pronta para o ataque. Chamberlain recuou. Miles acalmou-se. – Nunca, *nunca* coloque suas mãos em mim. – Alicia fez uma careta e começou a recitar o que havia escrito em voz alta: – Nós somos pessoas. Nós não somos coisas. Nós não somos sacos de pancadas.

– Vá para a sala do diretor, agora – rosnou Chamberlain, com as narinas abertas.

Alicia virou-se para a turma, que ainda estava boquiaberta. Alguns, como Brad Canby, surpreendentemente assentiam em aprovação.

– Nós não somos fantoches. Nós não somos bichos de estimação. Nós não somos peões.

– Saia da minha sala, Alicia! Isso já passou dos limites. Farei você ser suspensa! Expulsa!

Alicia encarou Miles. Diretamente para *ele*, os olhos brilhando.

– Nós somos pessoas. *Pessoas.* – Ela olhou novamente para o sr. Chamberlain, jogou o pedaço de giz no chão e pegou sua mochila para ir embora.

A quarta-feira, portanto, não foi *totalmente* desprovida de ação.

Pelo menos não tão desprovida quanto a quinta-feira.

Miles estava no seu melhor comportamento. Não havia vadiagem, a *crush* secreta estava arruinada e, infelizmente, não havia o trabalho na loja de conveniência. Havia apenas a escola. E seus pensamentos sobre Alicia. Miles sabia que ela tinha sido suspensa e não podia deixar de pensar que poderia ter feito algo, mesmo que fosse apenas recitar as palavras com ela. Mas não podia fazer isso. Não, ele *podia*, apenas não o *fez*.

Ela voltou para as aulas na sexta-feira, o último dia da unidade sobre os *sijos*. Alicia sentou-se no lugar, mantendo as costas viradas para Miles. Ele tentou conversar, mas não conseguiu achar as palavras. Não sabia onde havia deixado seus *ois*.

A sra. Blaufuss escreveu na lousa em uma letra cursiva cheia de curvas, *Se ao menos...*

– É assim que peço a vocês que comecem seus poemas. Todos vão escrever um, e, antes da aula acabar, leremos um após o outro, como se fosse um só poema; será o encerramento perfeito para esta unidade. – A sra. Blaufuss, que estava vestindo uma antiga camiseta de show da Janet Jackson, deu à sala trinta minutos. Quando o tempo acabou, ini-

MILES MORALES: HOMEM-ARANHA

ciou na parte da frente da sala com Shannon Offerman e seguiu para o fundo. O poema em andamento serpenteou pela sala, abordando problemas com a mãe, o desejo de ter um cabelo mais longo e até um "Se ao menos eu pudesse te amar" – este, obviamente, de Ryan. Então, chegou a vez de Alicia.

"Se ao menos a vida não fosse trama complexa,
cada pessoa uma mosca presa nessa teia,
E o medo, a aranha à espera para comer."

Ganke deu um tapa nas costas de Miles.

– Ela está falando de você – ele sussurrou.

– Não, não está – retrucou Miles, embora sentisse que ela pudesse estar. Alicia, no entanto, não lhe deu atenção, então Miles passou a maior parte da aula tentando fingir que ela não estava ali. Toda vez que seus olhares se cruzavam, ele imediatamente sentia que estava em algum ponto entre nu e invisível.

Winnie devia ser a próxima, mas estava ausente. Era, então, a vez de Miles. *Perfeito*. Ele limpou as teias de aranha da garganta.

– Hum… – ele coaxou. – Acho que fiz errado.

– Não existe isso, Miles. Assim como o poema sobre seu nome foi bom, sei que este também será. Talvez esteja diferente, mas não errado – assegurou a sra. Blaufuss.

Miles assentiu de leve, olhou para o papel e começou.

– Se ao menos o que gira em minha mente nas manhãs
antes de inalar beleza e exalar erros
Se ao menos fosse a brisa antes da tempestade.

Miles pôde ouvir o barulho do papel de Ganke atrás de si.

Os lábios da sra. Blaufuss abriram-se em um sorriso acolhedor.

– Muito bem, Miles. Ganke, você é o próximo.

– Pode passar – disse Ganke.

– O quê? Por quê? – Perguntou a sra. Blaufuss. Miles virou-se para trás. Ganke sempre ficava louco para recitar.

– Não estou pronto – explicou Ganke, mas Miles viu que poema do amigo estava pronto.

– Não importa. Vamos ouvi-lo. Tenho certeza de que você fez algo lindo – encorajou a sra. Blaufuss. Ela tinha um jeito de ver coisas boas em tudo. E em todos. Era uma Tripley menos serelepe. E todo mundo amava isso nela.

– Tudo bem.

"Se ao menos nossos pais soubessem como os amamos,
como precisamos que eles sorriam e se olhem
Olhos cheios do mesmo amor que sentimos por eles."

– Não é exatamente como eu queria dizer isso – explicou Ganke.

– Ficou bom, Ganke. Está legal. Vamos continuar. Próximo.

Miles virou-se e fez um aceno positivo para Ganke.

Pelo restante da semana, enquanto as aulas da sra. Blaufuss serão dedicadas à poesia, as aulas do sr. Chamberlain, desde a batalha de Alicia, se dedicaram à guerra. A mesma conversa maluca sobre "os dias do Velho Dixie"[16] e como, após a derrota na guerra, o Sul foi forçado a acabar com a escravidão.

– Nem escravidão, nem trabalhos forçados, salvo como punição de um crime pelo qual o réu tenha sido devidamente condenado, haverá nos Estados Unidos ou em qualquer lugar sujeito a sua jurisdição. – A Décima Terceira Emenda. O sr. Chamberlain a escreveu na lousa na quarta-feira, mas, depois de tudo que havia acontecido, ele decidiu retomar a aula na quinta-feira. O professor explicou o surgimento da emenda e seus principais articuladores (ou "desarticuladores", como ele preferia dizer), mas foi apenas na sexta-feira, depois de toda a preparação, que ele chegou ao seu ponto principal.

– A *beleza* disso – explicou o professor – é o sutil triunfo de tamanha tragédia para a Confederação, é isso. – Ele pegou um pedaço de giz e sublinhou na lousa as palavras *salvo como punição de um cri-*

---

16   "Velho Dixie" é a expressão usada para designar o Sul dos Estados Unidos nos tempos anteriores à Guerra Civil Americana. (N. T.)

MILES MORALES: HOMEM-ARANHA

me. – Vejam, o Sul floresceu novamente por meio de uma nova e mais inteligente forma de escravidão: a prisão. – O sr. Chamberlain sorriu, e seus olhos estavam abertos – uma quebra de sua costumeira pose de gnomo cego.

Na verdade, ele havia mantido os olhos abertos desde a terça-feira, quando Miles acertou a carteira, que, aliás, havia se destruído completamente. Apenas o topo da carteira havia resistido, pois já não havia mais pernas. Mesmo assim, o sr. Chamberlain fez Miles ficar nela, uma carteira que mais parecia um banquinho. E não só ele tinha que ficar naquela carteira, mas também era forçado a abandonar sua cadeira e se agachar para usar a superfície. Desde o dia anterior, Miles estava anotando informações sobre a emenda e curiosidades a respeito das autoridades que a escreveram. Naquela sexta-feira, estava fazendo a mesma coisa na mesma posição quando o sr. Chamberlain decidiu que aquilo não era o suficiente.

– Seria mais fácil se você ficasse de joelhos, Morales – disse o sr. Chamberlain. Quando falou isso, olhou também para Alicia. Ela havia retornado após um dia de suspensão, e Chamberlain estava de olho nela, como se temesse que a garota pulasse da carteira para o atacar. – Você só pode usar uma cadeira se ela estiver no mesmo nível que a carteira correspondente e, bom, como a sua não está adequada porque você decidiu destruí-la, suponho que deva denunciá-lo para a direção se você escolher essa opção.

– Mas a única razão para ele…

– Ah, Alicia – o sr. Chamberlain a interrompeu. – Não vamos ter outro episódio, vamos? – Miles notou os pés de Alicia batendo contra o chão, e, embora não conseguisse ver seu rosto, sabia que ela estava mordendo o lábio. – Você sabe que pode se juntar a ele lá embaixo se quiser.

Alicia parou de falar. Apenas balançou a cabeça, derrotada e desgostosa. Miles fez o mesmo. Ele não podia ser denunciado outra vez. Não podia ser suspenso ou expulso. Esta escola era sua chance. Sua oportunidade. Os pais o lembravam disso. Sua vizinhança toda o lembrava disso. Sem graça, Miles ajoelhou e continuou a fazer as anotações usando a carteira sem pernas.

Fez um esforço monumental para não perder a cabeça. Para não quebrar o que havia restado da carteira na cabeça de Chamberlain. Para não abri-lo na pancada e ver se ele estava cheio de pelos de gato branco ou algo assim. Porque definitivamente havia algo. Mas Miles continuou a engolir em seco, convulsionando com seu sentido aranha a todo vapor, o que fazia sua escrita se tornar um monte de rabiscos de tinta. Não bastasse isso, ele ainda precisava lidar com os olhares dos colegas, que se mantinham em silêncio – sem piadas ou gracinhas sobre Chamberlain. Miles imaginou que os demais olhavam para ele como se fosse alguém digno de pena e, ao mesmo tempo, uma bomba-relógio. Deviam estar criando um monte de histórias sobre ele. Um bolsinha refém do próprio temperamento, *provavelmente lidando com problemas familiares.*

No entanto, antes que Miles pudesse explodir novamente, ele foi mais uma vez salvo pelo gongo. Quando o sinal tocou, Alicia pulou de sua cadeira para ajudá-lo a se levantar. E, embora aquele fosse um gesto gentil, ele não conseguiu evitar de se desviar dela, chateado. Pequeno. Miles baixou o olhar e estudou o chão por um segundo antes de encarar o rosto dela e deixá-la ver o seu. Os olhos de Miles estavam embaçados. Os dela, também. Agora ele podia ver que a garota mordia o lábio inferior com força e chacoalhava a cabeça, tentando saber o que dizer.

– Eu… minha família – ela disse com dificuldade, balançando a cabeça.

Miles assentiu. Ele entendeu.

– Sim, a minha também – ele comentou, sentindo uma bola de beisebol presa na garganta.

Alicia virou-se para o sr. Chamberlain e tentou cortá-lo com os olhos, mas ele se virou e começou a apagar a lousa. Era um sinal de "não incomode".

Ela, então, saiu depressa da sala em meio aos rangidos e guinchos. Miles a seguiu.

– Morales, posso falar com você antes que saia, por favor? – Pediu Chamberlain, interrompendo os passos de Miles. O garoto aproximou-se do velho, que segurava nas mãos dois apagadores. Chegou perto o suficiente para ver o pelo branco saindo de suas narinas e a pele ressecada em volta dos lábios. Perto o suficiente para acabar com ele. – Você sabe – começou Chamberlain – que, enquanto ficar no lugar onde pertence, no lugar que fez para si próprio, você sobreviverá. – Em seguida, o professor levantou os apagadores e os bateu um contra o outro. – Ah, e como está indo o trabalho? – Ele viu o rosto de Miles rachar sob a pele, atrás da nuvem de giz. Enfim, Chamberlain acrescentou: – Que teia emaranhada nós tecemos.

Depois daquela aula e de uma experiência como aquela, Miles precisava fazer algo com toda sua raiva. Ele poderia acionar o modo camuflagem para chutar latas de lixo e fazer buracos nas paredes. Poderia fazer o que fizera alguns dias antes – procurar problemas, salvar alguém. Podia fazer tudo isso por trás de sua máscara. Assim, o Homem-Aranha executava o trabalho sujo por Miles para que ele, de algum modo, se purificasse. Ou ele poderia abordar Alicia humildemente e propor que organizassem algo com os Defensores de Sonhos. Alguma maneira de protestar contra Chamberlain.

Mas antes que pudesse decidir o que faria – *Bzzz.*

Uma mensagem de texto. Miles deu um empurrão na porta do prédio para sair, fazendo as dobradiças sofrerem com sua força, e foi cegado pelo sol. Ele virou de costas para bloquear a luz e enxergar a tela do celular. Imaginou que fosse Ganke perguntando sobre o que acontecera na aula de Chamberlain. Mas não era.

14:51] NOVA MENSAGEM DE PAI
AMANHÃ CEDO

E outra veio pouco depois. *Bzzz.*

14:53] NOVA MENSAGEM DE PAI
AUSTIN

E essas três palavras foram suficientes para ajudar Miles a esfriar a cabeça. Elas e o que Miles encontrou quando finalmente voltou ao dormitório.

Ganke. Sendo Ganke.

A música estava no último volume. *Hip-hop* dos anos oitenta. *Break-beat* das antigas que Ganke havia encontrado na internet. Coisas que o pai de Miles citava quando tentava provar o que era "*hip-hop* de verdade". Ganke estava pulando, escorregando e deslizando pelo quarto de meias, dançando às sacolejadas como se tivesse ganhado na loteria.

Quando Miles entrou no quarto, Ganke aproximou-se do amigo com passos de robô e um sorriso bobo no rosto. Ele bateu na palma da mão de Miles, fazendo ondas com o braço como se o amigo o tivesse eletrocutado. Em seguida, parou a música.

– É isso que você faz quando não estou por perto e você não está jogando videogame? – Perguntou Miles.

– Talvez. Quer dizer, às vezes. Como acha que mantenho esse físico? – Ganke limpou o suor da testa, largou-se em sua cadeira e se reclinou. – Fiquei sabendo o que aconteceu naquele *reality show* que é a aula do Chamberlain, e sabia que você estaria com o humor pra baixo. Então, imaginei que isso o ajudaria a relaxar... e dar uma *sacudida* no seu humor. – Ganke assentia lentamente.

– Valeu, cara. – Miles jogou a mochila na cama e sentou-se. – Mas estou bem. Meu pai disse que a gente vai visitar meu primo... quer dizer, Austin, amanhã.

– Sério?

– Sim. Mas isso não quer dizer que ver você bancando o Crazy Legs,[17] como era o nome dele mesmo? Crazy Legs?

– O nome de quem?

– Esquece. Só estou dizendo que agradeço muito sua tentativa de fazer eu me sentir melhor, cara.

– Bem, para ser honesto, isso foi para mim também – esclareceu Ganke. – Cara, é sexta-feira. E você sabe melhor do que ninguém que isso significa voltar para aquela casa estranha onde moro. – Ganke estalou os dedos e olhou para o próprio reflexo na tela preta do televisor. – E adivinha? Como não estarei lá no domingo, meu pai virá hoje

---

17   Richard Colón (1966-), cujo nome artístico é Crazy Legs, é um pioneiro dançarino de *hip-hop* do início da década de 1980 no Bronx e um dos primeiros a ser reconhecido pela mídia. (N.E.)

MILES MORALES: HOMEM-ARANHA

à noite para termos aquele jantar em família. Então, minha sexta-feira será basicamente nós três quietos ao redor da mesa enquanto comemos *kimchi jjigae*. Acredite em mim: carne de porco com batata é uma delícia, mas não tem o mesmo gosto quando ninguém está conversando. E aposto que terão um gosto ainda pior com isso tudo acontecendo em uma sexta-feira. Uma *sexta-feira*, Miles.

— Pois é. Eu te entendo.

— Isso é um saco. Então eu precisava colocar tudo para fora, você sabe.

Miles pensou em todos os planos que estavam passando por sua cabeça antes das mensagens do pai.

— Sim, eu sei como é.

Ganke virou-se para Miles.

— Você devia tentar.

— O quê? Não... Nem pensar.

— Vamos lá, cara. Só estamos nós aqui. — Ganke levantou-se e ligou novamente a música, o baixo marcando o ritmo e reverberando pelas paredes revestidas de gesso. Ele balançou a cabeça. — Me mostra do que você é capaz, colega. Se deixa levar. — Ganke soltou os braços enquanto Miles cruzou os próprios.

— Nós temos que ir. — Eles tinham que pegar o trem.

— Nós vamos. Assim que você fizer um movimento.

— Eu sei o que você está tentando fazer, Ganke.

— O quê? Tentando ajudar meu amigo a relaxar? Tentando ajudar um cara que considero meu irmão a lembrar que a vida ainda é boa? Tentando lembrar ao grande Miles Morales que nada pode pará-lo e que isso é motivo para celebração? O que tem de errado nisso?

— Deixa pra lá. — Miles suspirou porque sabia que Ganke não iria parar até que ele concordasse. E precisava sair do *campus* o mais rápido possível. — Vamos acabar logo com isso.

Miles levantou-se e alongou o pescoço para a esquerda e para a direita a fim de relaxar.

— Apenas sinta a música, cara — disse Ganke, encorajando-o. Miles balançou a cabeça no ritmo da batida e, quando sentiu que estava envolvido, começou a fazer... alguma coisa. Uma perna disparou, seguida da outra, como se estivesse dançando uma música folclórica irlandesa. Os braços, duros como ripas, balançaram à sua frente como os de um zumbi. Estava ruim. *Ruim*. Tão ruim que Ganke parou a música enquanto Miles se encontrava no meio de um solavanco.

– Quer saber? Essa foi uma má ideia. Vamos embora.

Hora do *rush*. Sexta-feira. Aquilo significava um trem lotado e sem assentos disponíveis. Miles e Ganke espremeram-se dentro do vagão e seguraram nas barras de metal sobre suas cabeças. As pessoas mais baixas encostavam em suas axilas, enquanto as maiores colocavam as palmas das mãos no teto. A maioria usava fones de ouvido, lia ou falava com alguém ao lado.

– Então, sobre a festa de Halloween amanhã – disse Ganke. – Você ainda vai, né?

– Por que você continua perguntando isso? – Ganke perturbou Miles quanto à festa durante toda a semana. Ele já tinha se convencido de que o amigo iria dar um bolo. Miles pensou mesmo em fazer isso e esteve a ponto de falar até se dar conta de que o sr. Chamberlain também estaria na festa, o que representava uma oportunidade para investigar a razão dos zunidos. Se havia uma chance de Miles quebrar o código Chamberlain, ele não perderia a festa de jeito nenhum.

Havia apenas um problema.

– Você pediu permissão aos seus pais? – Ganke conhecia Miles muito bem.

– Eu esqueci, mas irei.

– Você nem sequer sabe se pode sair de casa esse fim de semana? Afinal, você perdeu o emprego. E no dia seguinte quebrou uma carteira com as próprias mãos.

Miles olhou feio para Ganke, que apenas fez uma cara de *só estou dizendo*. As pessoas dentro do vagão se mexiam com o balanço do trem. Todas elas, exceto Miles.

MILES MORALES: HOMEM-ARANHA

– Você não precisa ficar me lembrando disso toda hora. De qualquer maneira, eu vou, Ganke.

– Tudo bem, ótimo. Então devo te dizer que, em sua honra, decidi me vestir de Homem-Aranha – informou Ganke em voz baixa, mantendo o rosto sério. – Você só precisa me emprestar seu uniforme. O tecido dele estica, né? Vai precisar. – Ganke fez uma pausa. – A menos, é claro, que você esteja planejando se vestir como ele. Ou como você.

– Tanto faz. – Ambos riram. Um deficiente visual serpenteou entre as pessoas, usando a bengala para tocar as canelas dos passageiros. Ele balançou ruidosamente uma caneca pedindo "por favor, você pode me dar alguns trocados? Por favor, você pode me dar alguns trocados?".

– O que você acha? – Ganke sussurrou enquanto o homem se aproximava. Miles concentrou-se no velho, estudando a hesitação em seus movimentos e os músculos ao redor dos olhos. Miles assentiu para Ganke, e ambos colocaram dinheiro na caneca.

O trem parou na estação Prospect Park e as pessoas desembarcaram, abrindo espaço para que Miles e Ganke respirassem. Idosos e adolescentes folgados correram para ocupar os assentos, espremendo-se entre as pessoas que ouviam música e liam. Miles e Ganke moveram as mãos do teto para as barras do vagão enquanto as portas se fechavam. E então…

– Boa tarde, senhoras e senhores. Nós odiamos te perturbar em seu caminho para casa, mas na verdade viemos dar a vocês um começo perfeito para o fim de semana. A maioria sabe que horas são, mas, caso tenham vindo de fora, nós damos as boas-vindas para nossa cidade maluca com a… *HORA DO SHOW*! – Um menino de voz rouca endireitou-se pelo corredor, com a camiseta amarrada na cabeça e as mãos em concha ao redor da boca.

– HORA DO SHOW! – Gritaram dois ou três garotos em uníssono.

– Hora do show! – Empolgou-se Ganke, erguendo e baixando as sobrancelhas para Miles.

A música começou, e então vieram as palmas.

– Prestem atenção! – Gritou o mais novo enquanto um dos dançarinos mais velhos começava a dançar. A partir daí, vieram piruetas, movimentos de ponta-cabeça e truques com as barras do vagão, deixando os turistas maravilhados, boquiabertos e com os dedos nos bolsos e bolsas.

Trinta segundos mais tarde, os garotos da trupe gritaram:

– Este é o nosso show! – O garoto sem camisa começou a aplaudir novamente, motivando os demais no vagão a se juntarem a ele. Então percorreu o corredor inteiro com um chapéu para coletar as doações dos espectadores. Ganke segurava uma nota de vinte dólares no ar, mas, quando o menino se aproximou do fim do vagão onde ele e Miles estavam, Ganke fechou os dedos ao redor do dinheiro.

– Vamos fazer um duelo de dança apostando uma grana.

– Ganke, não – reclamou Miles. – Garoto, ele não...

O menino olhou para Ganke. Foi como se não estivesse ouvindo Miles.

– E por que eu faria isso? Já ganhei esse dinheiro. – Ele balançou levemente o chapéu.

– Você acabou de conseguir cerca de dez dólares neste vagão. Tenho o dobro disso na minha mão. Você pode sair daqui com trinta ou com dez dólares. Você não perde nada. É uma aposta segura.

– E sou eu contra você? – Perguntou o menino. – O que você pensa que eu sou, um bobão?

Ganke riu.

– Beleza, chame quem é o melhor de vocês.

O garoto chamou o restante do grupo. Miles tentou acabar com aquela cena toda, mas Ganke continuou a balançar a nota, o que tornou Miles praticamente invisível.

– Certo, vamos lá. Eu contra você – disse o líder do grupo. Ele era um garoto magro com tranças e brincos enormes que simulavam diamantes.

– Não, não, não. Vocês escolheram *seu* melhor cara, então eu posso escolher o *meu*. – Ganke colocou o braço ao redor de Miles. – Ele.

– Ele tá só zoando. É ele quem vai dançar. Eu não sei d-dançar – gaguejou Miles.

– É, não parece que você sabe – provocou o mais novo. – E nem você – disse para Ganke.

Ganke reagiu fazendo um movimento de onda com o corpo.

MILES MORALES: HOMEM-ARANHA

– Não me desafie – ele alertou. – Mas ele é melhor. – Ganke inclinou-se na direção de Miles e sussurrou: – Só não faça o que você fez no quarto. – Em seguida, ele se virou para o grupo e mandou: – Solta o som!

A batida começou a soar novamente do surrado aparelho portátil. Era o trecho repetido de uma música eletrônica que Miles nunca ouvira. Em seguida, vieram as palmas.

– Segunda rodada, senhoras e senhores. Uma competição amigável! – O garoto de tranças começou a contorcer o corpo, quase dando um nó em si próprio no ritmo da batida. Seus braços e suas pernas, longos e flexíveis, mostraram-se surpreendentemente fortes conforme ele pulava, agarrava as barras de metal no teto e percorria o vagão girando as pernas como se pedalasse uma bicicleta.

– Me dê sua mochila – disse Ganke, praticamente arrancando-a das costas de Miles.

– Sua vez – afirmou o garoto.

– Cara, no que você me enfiou? – Perguntou Miles, mas, antes que pudesse dizer outra coisa, Ganke o empurrou para o círculo invisível de dança. Todos assistiam. Até mesmo os nova-iorquinos, que estavam acostumados a ignorar esses espetáculos. Homens negros mais velhos olhavam por cima dos óculos, sorrindo. Moças brancas mais jovens mantinham as mãos no colo na expectativa do que estava por vir. Crianças batiam palmas ao som da música.

– Vai! Vai! Vai! – Exclamou Ganke. Miles congelou. E então, contra a sugestão de Ganke, Miles começou sua estranha dança da convulsão, pernas e braços indo para direções diferentes e o rosto se contorcendo muito mais que o próprio corpo, que parecia ter virado pedra. As crianças começaram a rir.

– Ah, ele está só se aquecendo – informou Ganke, virando-se para Miles. – Rasteje pelo teto.

– Fazer o quê?

– O *teto* do vagão… *rasteje*. – E piscou.

Nesse momento Miles entendeu o que Ganke tentava dizer. Ele virou as costas para o público e correu até o fim do vagão, costurando entre as barras de metal. Ao chegar lá, saltou na porta que leva para o vagão seguinte e ganhou impulso para alcançar o teto do trem e rastejar até a outra ponta. Sem barras de metal. Apenas dedos e pés.

Todos os presentes foram à loucura, explodindo em uma mistura de empolgação e confusão. Até mesmo os dançarinos aplaudiram e acenaram com a cabeça. Eles pausaram a música, balançando as mãos e gritando:

– Acabou! Acabou!

Ganke colocou a nota de vinte dólares de volta no bolso, abriu a mochila e percorreu o vagão coletando dinheiro de... *todo mundo*. Até mesmo o grupo dos dançarinos lhes deu um dólar.

Os mais jovens do grupo olharam de maneira interrogativa para Miles. Até tentaram repetir o rastejar de Miles, em um esforço ridículo de se agarrar ao teto que se revelou uma perda de tempo. Por fim, os garotos saíram do trem e foram para o vagão seguinte apresentar outro show enquanto Ganke tirava as notas da mochila e as dava para Miles.

– Quanto deu? – Perguntou.

– Cerca de quarenta dólares – respondeu Miles sem acreditar.

– Aham – confirmou o amigo. O trem estava parando na estação Atlantic Avenue, onde Miles precisava descer para pegar a linha C rumo à Lafayette. Miles colocou quatro dólares nas mãos de Ganke. – Minha comissão é de vinte por cento. Além disso, essa será a única diversão que terei hoje à noite antes do *jantar da perdição*, então... vamos lá. – Miles colocou mais quatro dólares nas mãos de Ganke, levantou-se e colocou a mochila sobre o ombro. Em seguida, correu para a porta, tentando sair enquanto outros tentavam entrar, ao que Ganke gritou: – Eu te disse!

Trinta dólares mais rico, Miles caminhou pelo parque em direção à sua casa. Era fim de tarde, e os mais velhos jogavam xadrez e tocavam *soul* da janela de um carro abandonado. Crianças balançavam de um lado para o outro em suas bicicletas com rodinhas de apoio. Namorados se beijavam nos bancos de madeira – que em breve se tornariam

MILES MORALES: HOMEM-ARANHA

camas para os moradores de rua – próximos às senhoras que davam panfletos da igreja. Uma brisa estava no ar, e as árvores no parque se agitavam, com as folhas sussurrando para o Brooklyn.

Miles andou perto dos passeadores de cães, que levavam *pit bulls* e *poodles* para passear. Pessoas iam e vinham da adega da esquina, a porta abrindo e fechando sem parar. Pessoas estilosas que se vestiam de acordo com as tendências tiravam fotos diante de um carro azul-celeste enferrujado. O mesmo carro que costumava ser a casa de um homem. Um homem que não estava mais lá.

Miles passou por sua casa, desceu o quarteirão e virou a esquina para ir ao mercado. Não a adega, mas o supermercado mesmo. Havia flores em baldes alinhados na entrada. Um dos homens que trabalhava lá estava cuidando delas.

– Quanto custam? – Perguntou Miles, dando uma olhada nas rosas.

– Quinze dólares – respondeu o homem.

Miles não disse mais nada. Apenas continuou andando. Rosas seriam legais para sua mãe, mas custariam a metade de seu dinheiro. Ele sabia que podia ir ao supermercado comprar ingredientes, o que seria inteligente, e, talvez, convencer o pai a cozinhar o jantar para sua mãe, para variar. Ela merecia. Mas desastres vêm em todas as formas, e as tentativas suas e do pai de fazer o jantar resultariam em tragédia. E, mesmo que não resultassem, Rio ficaria em cima deles, com a mão na testa, dando ordens em uma mistura de espanhol e repetindo: – *Alluda me, santos.* – Me ajudem, santos.

Miles tinha outros planos.

A próxima parada era a loja de um dólar. Uma senhora segurou a porta aberta para Miles entrar na terra dos pratos de papel, lembrancinhas de festa, cartões de parabéns e das versões mais baratas de quase todas as coisas já inventadas. Carrinhos com rodas bambas chacoalhavam, caixas registradoras apitavam a cada produto escaneado e sacolas plásticas faziam seu costumeiro barulho. Miles deu uma volta na loja, dando uma olhada em cada corredor, até encontrar Frenchie. Ela estava agachada, colocando preços em aromatizadores de banheiro.

– Ei, Frenchie.

– Miles? – Frenchie pareceu surpresa ao vê-lo, o que fazia sentido, já que o garoto raramente estava por perto. – O que está fazendo aqui?

– Procurando flores.

– Flores? – Frenchie levantou-se com um sorrisinho no rosto, cruzando os braços. – Sei que você ainda não tem idade para namorar. Eu me lembro quando seu pai me pagava para ser sua babá, e você só sabia fazer xixi nas calças, sem parar. Agora você está aqui procurando flores.

– Não é para uma garota. Quer dizer, é… é para minha mãe.

– Aham. É bom que sejam – provocou Frenchie. – Que doçura. Espero que Martell seja tão atencioso quanto você quando ficar mais velho.

– Ah, ele vai te comprar um jardim de rosas quando entrar na liga.

– Eiii, você falou toda a verdade! – Frenchie colocou as mãos para cima e fechou os olhos como se fizesse uma rápida prece. – Vamos lá.

Ela levou Miles para o outro lado da loja, onde estavam as flores.

– Bem aqui. – Apontou para a fileira de verdes, marrons, vermelhos e amarelos, todas as cores do outono, no corredor dois.

– Vocês não têm flores de verdade? Estas são de plástico – disse Miles, apertando a pétala de tecido de uma das rosas falsas.

– Filho, você está na loja de um dólar – retrucou Frenchie. Miles pegou uma das rosas e a cheirou, sentindo-se imediatamente estúpido por fazer aquilo. Frenchie acrescentou: – Se quer saber, estas são dois dólares.

Depois de comprar a rosa, ele foi até a Raymond's Pizza – que não deve ser confundida com a Ray's Pizza. Elas não eram a mesma coisa. Miles imaginou que seria mais seguro se Raymond fizesse o jantar da família Morales do que ele próprio e o pai. Pizza sempre funciona e não requer nada.

As pessoas formavam fila no caixa para fazer seus pedidos de fatias.

– Duas tradicionais.

– Vou querer de pepperoni.

– Uma tradicional e duas de calabresa, por favor.

Os homens atrás do balcão cortavam as pizzas em pedaços, deslizavam-nas até um grande forno para serem aquecidas e as pegavam de volta para servi-las em pratinhos de papel. Por fim, eram empurradas até o outro lado do balcão para serem embaladas.

– Próximo! – Chamou o cara atrás do balcão enquanto fechava com força a gaveta da caixa registradora.

– Quero uma pizza inteira. Tradicional – pediu Miles.

– Pizza inteira. Certo – repetiu o homem. Em seguida, atendeu a próxima pessoa, um cara que parecia um pouco mais velho que Miles.

– Vocês têm de anchovas? – Perguntou o rapaz.

– Estamos em falta, cara. – A menção a anchovas fez Miles se lembrar do tio e dos seus pedidos de pizza na Ray's da Baruch Houses. Um calafrio percorreu-lhe o corpo.

– Certo, bom, vou querer uma de pepperoni. Bem passada.

Cerca de cinco minutos mais tarde, a pizza de Miles foi tirada do forno e colocada em uma caixa. Ela veio deslizando pelo balcão.

– Pizza de tamanho normal, certo? – Perguntou o homem atrás da caixa registradora.

– Sim.

– Quinze dólares. – Miles colocou o dinheiro no balcão, pegou a caixa e seguiu em direção à porta, passando atrás do cara que havia pedido a pizza de anchovas. A porta, porém, estava sendo segurada por outra pessoa. Alguém familiar. A princípio, Miles não conseguiu identificá-lo, mas, assim que todos começaram a andar, o cara das anchovas, o sujeito da porta e, por último, Miles, o garoto percebeu quem era aquele homem. Era o ladrão, com o rosto ainda preto e arroxeado da lição que Miles lhe ensinara. Miles notou que o sujeito, que agora segurava uma pizza em direção à boca, usava tênis novos. Air Max com *Infrareds*. Os mesmos que Ganke estava usando na quadra de beisebol. O sentido aranha de Miles zuniu. O ladrão continuou olhando para a esquerda e a direita, assegurando-se de que não havia policiais ao redor. Ou o Homem-Aranha.

O rapaz virou-se. Mas era apenas Miles, como Miles, olhando-o de volta com a cara feia. Quando chegaram à esquina, o ladrão virou para a esquerda, o cara das anchovas seguiu em frente, e Miles virou para a direita.

Miles subiu os degraus até sua casa com a pizza e a rosa em mãos. Ele ouvia a música vindo do outro lado da porta. Virou a chave de leve, o suficiente para abrir a porta, surpreendendo o pai e a mãe dançando na sala de estar de mãos dadas. Sopros, campanas, timbales e tambores de conga retumbavam pelas caixas de som. Salsa. O Fania All-Stars.

– Ei, Miles – cantarolou a mãe, recuando e girando os braços. Seu pai aproximou-se e tomou a mão dela por um instante antes de soltá-la para dar uma volta. A voz de Celia Cruz envolveu-os como um cobertor quentinho enquanto o pai de Miles puxava a esposa e a deixava cair para trás em seus braços de maneira desajeitada.

– Rio, o garoto chegou trazendo presentes – disse o pai, afastando-se da esposa.

– Hum... eu trouxe uma pizza. – Miles estava em choque. Ele colocou a caixa na mesa da cozinha. Não esperava que seus pais estivessem dançando e rindo. Não que eles nunca tivessem feito isso, mas Miles imaginou que, após a semana que tiveram, os encontraria em casa olhando para a tv, discutindo sobre as contas e esperando por ele para que botassem em prática um possível castigo.

– Pizza! – Gritou a mãe de Miles. – Que amor, filho. Obrigada.

– Você a roubou? – Perguntou o pai ao erguer a tampa da caixa. O vapor do queijo subiu até seu rosto.

– E importa? – Miles brincou conforme o pai enfiava o dedo no queijo.

– Não.

Até agora, tudo bem.

– E eu trouxe isto para você. – Miles estendeu a rosa para a mãe.

– Para mim? – Ela fingiu timidez. – Achei que fosse para sua garota da escola. *Tu amor.*

– Não. Não é. Além do mais, não tenho uma garota da escola – respondeu Miles. A mãe segurou a rosa e a levou até o nariz.

– Você ainda não jogou a salsa? – Seu pai murmurou, colocando uma fatia de pizza em um dos pratos que pegou do armário. – Aliás, essa rosa é de plástico?

Miles deixou as alças da mochila deslizarem pelos ombros e juntou as mãos.

– A pizza e a rosa foram apenas para dizer que sinto muito.

– Pare de pedir desculpas e venha dançar comigo – pediu a mãe ao se aproximar. – Você se lembra disso, Miles. A gente dançava toda hora quando você era pequeno. – A sra. Morales dançou para a frente e para trás, braços e pernas se movendo em sincronia.

– Quando você não estava mijando nas calças, mijando na cama ou me enchendo a paciência – brincou o pai.

– Que seja. – A mãe afastou as palavras do pai como se fossem moscas e colocou a rosa no sofá. – Me siga.

E a partir daí, Miles e a mãe dançaram e dançaram, seu corpo balançando e se esquivando como se estivesse lutando boxe.

– Menos bunda, mais cintura. Quadril. Quadril. Deixe seu corpo fazer o que quiser. Ele está te contando como quer se mexer – instruiu a mãe. Até que o pai entrou no meio.

– *Yo soy un hombre sincero, de donde crece la palma* – cantou Celia.[18]

– Opa! – Gritou a mãe de Miles, pegando na mão do marido.

– Viu, filho? Depois de jogar a salsa, você deve atacá-la com o movimento de girar – gabou-se o pai. – Sempre funciona.

Horas mais tarde, enquanto Miles estava sentado no quarto fazendo a limpeza semanal dos tênis – usando uma escova de dentes para esfregar a sola, ele ouviu uma batida na porta. Imaginou que aquela seria a hora da verdade. Seu pai era conhecido por agir assim. Esperar o dia todo, brincando e agindo como se tudo estivesse bem. e *bam!* Vinha o castigo.

– Pode entrar.

E, assim como imaginou, ali estava o pai. Ele fechou a porta atrás de si e se encostou nela.

– Eles estão ótimos, cara – o pai elogiou.

– Obrigado.

– Então, precisamos conversar. – Miles suspirou, mas o suspiro foi cortado pelas palavras seguintes do pai. – Sobre amanhã. Só queria conversar com você e ter certeza de que ainda está interessado nisso. Se não estiver, não tem problema.

– Sobre a prisão? Sim, estou dentro. – Miles, aliviado, colocou o tênis no chão. – Você também está?

Foi a vez do pai de Miles suspirar.

---

18   Celia Cruz (1925-2003) foi uma cantora cubana. O trecho em destaque pertence à música *Guantanamera*. (N.E.)

– Sim. – Ele aproximou-se da cama e se sentou. – Vamos ter certeza de que tudo vai ficar bem, não importa o que aconteça. Afinal, a gente pode descobrir que ele não é quem achamos que é. Ou pode dizer algo perturbador. A prisão... faz coisas com você. Acredite em mim, eu sei. – Miles ouviu o desconforto na voz do pai, ouviu sua garganta secar. Mas não respondeu. Apenas fitou o pai e assentiu. O pai bateu as mãos nas próprias coxas e se levantou da cama. – Ótimo, isso era tudo o que queria dizer. – Ele se inclinou e beijou Miles na testa. Boa noite.

Ao abrir a porta, virou-se para o filho.

– Ah, e obrigado pela pizza. – Um sorrisinho abriu-se em seu rosto. – Mas uma anchova ou duas a teriam deixado ainda melhor.

Com a carga daquele dia pesando em Miles, o sono veio assim que o pai saiu. Não levou muito tempo até que fosse dominado por ele – o estado de sonho – e, quando aconteceu, foi de maneira suave. Miles não se lembrou de ter deitado ou se coberto. Apenas de estar sentado na cama e, de repente, como num piscar de olhos, estar em um sofá. Um sofá de couro. Mas não em sua casa. *Naquela* casa. Aquela em que Miles nunca havia estado, mas conhecia bem. A pequena janela de seu quarto agora era palaciana e ostentava cortinas cor de creme que estavam fechadas. Seus pés se encontravam sobre o piso de mosaico. Ele sentia o cheiro de sujeira, umidade e fumaça de tabaco. Pelos de gato flutuavam no ar como pequenos espíritos.

– Sabe qual é o problema que tenho com você, Miles? – A voz veio de uma poltrona ao seu lado. Ele não notara que havia alguém lá, apesar do tamanho enorme da poltrona. Era o sr. Chamberlain. Com uma pele amarelada e quase transparente. Com seu bigode e os lábios rachados. Estava sentado com as mãos juntas, as unhas roídas até as cutículas. – É a sua arrogância. Você realmente acredita que pode salvar as pessoas. Que pode fazer o bem. Superpoderes não pertencem a galhos que vêm de uma árvore como a sua. Porque sua árvore está apodrecida até a raiz. Você, meu jovem, está condenado a ser cortado.

Miles não podia falar. Era como se a língua tivesse sido cortada da boca. Em pânico, deslizou até o outro lado do sofá, o couro grunhindo a cada centímetro. Então, um gato branco saltou até o encosto do sofá.

MILES MORALES: HOMEM-ARANHA

Miles o fitou. Em seguida, olhou para o sr. Chamberlain, que se tornara uma figura ainda mais fantasmagórica. Cabelos longos e brancos até o queixo. Nariz fino. Dentes que pareciam grãos de milho.

– Homem-Aranha – disse o homem com uma voz assustadora e um sorriso repugnante. – Você não me conhece, mas eu te conheço. E *irei* atrás de você.

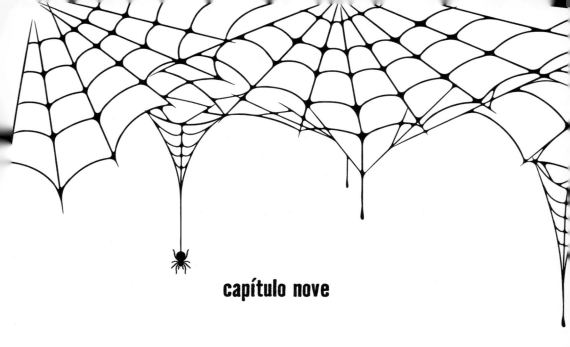

capítulo nove

— Você não *me* conhece. Eu *te* conheço! — O pai de Miles gritou em tom de brincadeira no corredor. Miles acordou, o coração batendo como um animal selvagem tentando escapar de seu peito. — Se você for com a gente, Rio, Miles voltará para casa com cortes nas sobrancelhas e desenhos na cabeça inteira.

— Rá! Jeff, não estamos mais nos anos noventa. Os meninos não cortam mais as sobrancelhas.

— A questão não é essa. A questão é: você ia deixar o garoto fazer o que quisesse.

— Mas o cabelo é dele, *papi*.

— Sim, eu sei. — *Toc, toc, toc.* — Miles, levanta daí, cara! Você precisa cortar esse cabelo antes da gente ir para a cadeia. — O pai de Miles continuou andando pelo corredor. — Sim, querida, eu sei. Mas ele vai para aquela escola, e não quero ninguém falando alguma doideira sobre nosso garoto. Vamos mantê-lo arrumado até o verão. Depois disso, não me importo se ele *arrancar* as sobrancelhas!

— Por que você continua falando de sobrancelhas?

Bom dia, Miles disse para si mesmo, as mãos cobrindo o rosto à medida que os olhos se ajustavam à luz do sol entrando pela janela. Um dos olhos, porém, não abriu. Ele esfregou e esfregou até lacrimejar, mas as lágrimas não conseguiram expulsar o que havia ali. Então foi ao banheiro; usando dois dedos para puxar a pele em volta do olho, usou a outra mão para pegar o que estava lá dentro. Segurou o que o incomodava diante do espelho. Era um longo cabelo branco.

Isso o fez tomar um longo banho quente.

Porém, não longo o bastante, já que sua mãe começou a bater na porta do banheiro.

– Miles, temos que pagar por essa água quente! – E ainda: – Miles, seu pai está ficando impaciente, e você sabe o que isso significa!

Aquilo significava que o pai comeria o café da manhã de Miles. Para descontar.

Depois de afastar de si aquele estranho pesadelo, Miles terminou o banho e se vestiu, devorou o café da manhã – ovos e *waffles* de micro--ondas –, beijou a mãe, observou enquanto o pai beijava a mãe e saiu naquele sábado para a Missão nº 1: A Barbearia.

– Escute o que estou te dizendo.

– Não, *você* vai escutar o que estou te dizendo. Venho aqui desde criança, agora você quer que eu pague trinta dólares pela merda de um corte, House? Para passar máquina um e raspar minha barba? *Trinta* dólares?

– Bem, são quinze pelo corte e quinze pela barba. Dez para crianças e oito para gênios. – House acenou para Miles.

– Uhum. Roubo – resmungou o cliente.

– *Roubo*? Quer saber, vocês piadistas me matam. Se Michael Jordan diz *hoje eu decidi cobrar trezentos dólares pelos meus tênis*, vocês *não* veem problema em comprar essas espaçonaves para calçar nos pés. Olhando daqui, até parece que os seus pés estão no futuro enquanto o restante da sua bunda ainda está no gueto. Mas no *momento* – House, o dono da Casa do Corte de House, colocou um dedo no ar – que eu aumento o preço dos cortes de cabelo, todo mundo reclama e chora. Sem contar que ninguém tem o traseiro chutado na rua por causa de um corte.

Ele estava cortando o cabelo de um homem que vestia roupas de pedreiro – calças jeans sujas e botas cheias de lama. Deslizou a máquina por sua cabeça e seus cabelos rolaram em tufos, caindo como flocos de neve até o chão.

– Olha, eu só acho que deveria ter um desconto pela fidelidade. – O homem que reclamava dos preços estava sentado perto de Miles e seu pai. Ele parecia um daqueles caras perto dos cinquenta, mas que ainda jogavam basquete com tipos como Benji e o Homem-Catarro todos os finais de semana para se manterem jovens.

– *Fidelidade*? – House desligou a máquina de cortar cabelo e a apontou para o homem. – Você não sabe nada sobre fidelidade. Se eu não te cobrar esse valor, não consigo pagar o aluguel deste lugar. *Você* vai me ligar e me convidar para seu apartamento de alto padrão na área nobre para que eu retoque o seu cabelo ou faça sua barba? Imbecis como você falam besteiras assim como se Nova York não fosse a nova Disney World. Quando foi a última vez que o Mickey Mouse te ofereceu uma entrada grátis pro castelo ou sei lá o que eles têm lá embaixo? Hein? Nunca!

– Cara, se apressa aí para que a gente consiga cortar o cabelo. Está sempre falando.

– Ah, você vai ter seu cabelo cortado. Continue com sua conversa-fiada. Além do mais, você conhece as regras, ou espera, ou sai fora. De qualquer forma, você vem depois do Pequeno Quatro. – House referia-se a Miles. – Vocês sabem por que o chamo assim. A média dele é sempre 4.0. É uma das pessoas mais inteligentes da comunidade e, com certeza, a mais esperta deste salão.

O sr. Frankie, que exibia uma calça jeans coberta de respingos de tinta, estava jogando xadrez com Derrick, um dos barbeiros mais jovens, que não tinha clientes àquela hora do dia. Ele costumava cortar o cabelo das crianças porque sabia imitar uma divertida voz fina de gás hélio que as fazia parar de chorar, mas elas só começavam a chegar por volta das onze. A sra. Shine também estava lá. Ela tinha os cabelos armados e sempre vinha ao House para apará-los.

– Meu Cyrus era um aluno 4.0. O maior nerd que já se viu – disse a sra. Shine, com um tremor doce na voz. – Que isso lhe sirva de lição, Miles: fique longe das drogas.

MILES MORALES: HOMEM-ARANHA

– Sim, senhora – concordou Miles. A sra. Shine assentiu e cerrou os lábios.

– Onde está o Cyrus hoje em dia? – Perguntou House. – Não o tenho o visto.

A sra. Shine ficou olhando para o nada.

– Nem eu. Um tempo atrás, os policiais vieram à minha casa para levá-lo. Não tenho notícias desde então, mas imagino que esteja melhor lá do que aqui. Pelo menos lá ele pode ter alguma ajuda. Ficar limpo.

– Sim – concordou o pai de Miles. – Tenho certeza de que ele está bem. – Então veio o silêncio. O desconforto pareceu baixar o teto do salão. Por fim, House voltou a falar.

– Sabe quem eu também não vi mais? O Benny do Banco Traseiro.

– Quem? – A sra. Shine saiu de seu transe de tristeza.

– Benny. O morador de rua que dormia no carro da esquina. Ele sempre vinha aqui, e eu lhe dava um corte de cabelo em troca da limpeza do chão.

– Ah, sim. Eu não sabia que esse era o nome dele. Eu deixava latas de café cheias de biscoitos sobre o porta-malas do carro no Dia de Ação de Graças e no Natal. Também não o tenho visto.

– Nem eu – disse Derrick, movendo sua rainha para o outro lado do tabuleiro.

– Eu o vi – falou Frankie. – Coisa de duas semanas atrás. Ele estava sendo tirado do carro e jogado em uma van da polícia.

– O que ele fez? – Perguntou House, tirando o avental do pescoço do cliente e espanando o cabelo de sua blusa.

– Não tenho ideia – respondeu Frankie. – Mas foi a última vez que o vi.

Miles pensou no poema que havia escrito para a sra. Blaufuss sobre o Benny do Banco Traseiro: *Homens Desaparecidos*. Fazia muito tempo que ele estava por lá, mas poucos conheciam seu nome. A mesma coisa com Neek. Ele raramente saía de casa, de modo que, se você não vivesse do outro lado da rua, onde podia avistá-lo olhando pelas persianas, jamais saberia que ele vivia ali. E Cyrus Shine era um zumbi na maior parte do tempo, ignorado pela maioria das pessoas. *Homens Invisíveis* também seria um título adequado.

146

Todos na barbearia balançaram a cabeça em sinal de desgosto, e logo depois a conversa foi retomada. House espirrou laquê no cabelo do pedreiro, deixando o ar cheirando a coco e baunilha. Em seguida, House usou a mão para ajeitar os cachos do homem e segurou um espelho diante dele.

O homem assentiu. Pagou. Deu gorjeta. E saiu.

– Pequeno Quatro, é a sua vez! – Disse House, batendo na cadeira para tirar os cabelos caídos. Assim que Miles se sentou, o pai se apressou:

– Um corte César baixo. Máquina um. Nada especial, por favor.

– Uau. Relaxa, Jeff. Parece que eu nunca cortei o cabelo dele antes. Quando ele senta na minha cadeira, você sai de cena e eu entro – afirmou House. – *Então*, Miles, como está a escola?

– Está bem. – *Está um saco.*

– Já descobriu como construir uma máquina de teletransporte?

– Eu queria que alguém fizesse isso. – Derrick moveu seu cavalo para saltar por cima de um peão.

– Não, ainda não – respondeu Miles. – Estou tentando me manter focado para terminar meus estudos e sair de lá. – *E também acho que meu professor pode estar tentando me matar.*

– É isso mesmo – disse o reclamão sentado próximo a ele. – Quero que o House se mantenha focado para que eu saia *daqui*!

E assim a conversa prosseguiu, com discussões sobre o preço do corte, fofocas sobre o preço que fulano cobrou para vender sua casa e especulações sobre o valor pago pela nova casa na região sul. Ocasionalmente, alguém aumentava o volume do rádio sempre que tocava alguma das músicas de House – batidas dos anos oitenta que eram usadas para *samples* de *hip-hop*, como o pai de Miles sempre gostava de lembrar. E havia a sensação da máquina sobre a cabeça de Miles, o cabelo caindo no rosto, a lâmina quente em seu pescoço e testa e o som familiar do zunido em seu ouvido. Quando House terminou o corte, o pai de Miles se levantou para pagar, mas Miles tirou do bolso o dinheiro que havia restado da ridícula apresentação no trem do dia anterior.

– Pode deixar – ele disse, contando as notas de um dólar.

– Você anda fazendo *strip-tease*, filho? – Perguntou House.

Derrick e o reclamão riram. A sra. Shine virou-se para esconder seu sorrisinho.

– Não.

– É bom que não esteja – acrescentou o pai de Miles.

– Não estou. – Miles colocou o dinheiro nas mãos de House. – Mas preciso de um trabalho. E já que o Benny sumiu, hum, foi preso, talvez eu possa limpar o chão daqui aos sábados.

House assentiu, ainda segurando a mão de Miles, com o dinheiro espremido entre as palmas de ambos.

– Quanto você cobra?

– Dez dólares a hora e cortes de graça para meu pai e para mim.

House olhou para o pai de Miles, que observava a cena com orgulho.

– Quantos anos você tem? Treze?

Miles lembrou-se da aula do sr. Chamberlain. De si próprio naquela carteira quebrada.

Treze. Décima Terceira.

Exceto como punição por um crime...

– Dezesseis – respondeu o pai de Miles por ele, trazendo-o de volta à barbearia.

– Eu sei, mas ele é brutal como um garoto de treze anos. Meu neto está no oitavo ano e tenta me trapacear toda vez que o vejo. – House coçou o queixo. – Que tal oito e cinquenta a hora e cortes de graça para *você*?

– Fechado! – Adiantou-se novamente o pai de Miles, incapaz de se controlar. – Ele vai começar na próxima semana.

– Ótimo, fico feliz que esteja tudo acertado – disse o reclamão. – Agora vocês poderiam, por favor... *por favor*, sair do caminho para que este tonto corte meu cabelo?

Hora da Missão nº 2: Visitando Austin.

O caminho até a prisão foi basicamente o pai de Miles falando mais alto do que a música que estava tocando – *rap* dos anos noventa – sobre como ficou feliz em vê-lo "tomar alguma inciativa" e pedir um trabalho para House e sobre como o irmão e ele tentaram fazer dinheiro por conta própria na idade de Miles, mas de maneira ilegal. Neste meio-tempo, Miles trocava mensagens com Ganke.

11:51 PARA GANKE
VC SOBREVIVEU AO JANTAR DE ONTEM?

11:52 1 NOVA MENSAGEM DE GANKE
AINDA TÔ VIVO. SEM LÁGRIMAS

— Se a gente tivesse sido esperto como você, Miles… Não há nada de errado em fazer dinheiro aos poucos, filho. Sempre se lembre disso — aconselhou o pai de Miles.

11:54 PARA GANKE
LEGAL. TÔ INDO PRA CADEIA AGORA.

— Está me ouvindo, Miles? Está escutando? — Perguntou o pai.
— Sim. Estou ouvindo. Dinheiro aos poucos — respondeu Miles.

11:55 1 NOVA MENSAGEM DE GANKE
NUNCA MAIS ESCREVA ISSO! DÁ AZAR

Miles inclinou-se e bateu na madeira do painel do carro. Ele não sabia se aquilo significaria alguma coisa ou teria algum efeito, e até se sentiu um pouco idiota por isso, mas tomou as devidas precauções. Bata na madeira.

Quase uma hora mais tarde, o carro chegou à Estrada da Velha Fábrica na região mais árida do Brooklyn que Miles já havia visto. Muita terra. Nenhum prédio grande. Bem, um prédio grande. Estacionaram diante da prisão e foram recebidos por uma imensa placa de cimento. DEPARTAMENTO DE CORREÇÕES. Havia guardas parados diante daquele grande bloco sem janelas. Havia também guindastes, escavadeiras, cones e fitas em um dos lados do prédio.

MILES MORALES: HOMEM-ARANHA

– Este lugar está sempre em construção. Olha, acho que eles estão fazendo isso desde a época em que Aaron e eu entrávamos e saíamos daqui – explicou o pai. – Este lugar era muito menor antigamente. – Ele desligou o carro. Miles estava impaciente e tentou se a calmar. – Antes da gente entrar, preciso te relembrar que a prisão muda as pessoas. Não quero que crie altas expectativas ou algo assim. Vamos apenas conhecê-lo onde ele está. – Miles assentiu e estendeu a mão até a maçaneta da porta. – E também – continuou seu pai. Miles parou enquanto abria a porta. – Sei que já disse isso antes, mas preciso que você saiba que não importa o que aconteça, sendo ele nosso parente ou não, estou orgulhoso por você querer visitá-lo. Você sabe, Aaron e eu não recebíamos visitas na ala juvenil. Nossa mãe não suportava a ideia de nos ver presos, e nosso pai... você sabe. – Miles assentiu novamente, empurrando a porta. – Então... estou orgulhoso por você se importar – concluiu o pai.

Após passarem pelo detector de metais e serem revistados por um homem que tinha o *tamanho* de um detector de metais, Miles e o pai foram até a estéril sala de espera falar com a atendente.

– Quem vocês vieram visitar aqui? – Ela perguntou por uma pequena janela.

– Austin Davis.

– Assinem aqui e me deem suas identidades, por favor.

Miles e o pai assinaram a prancheta no balcão em frente à janela. Nome do visitante. Nome do visitado. Data da visita. Hora de entrada. O pai de Miles deslizou sua identidade por baixo da janela. A atendente fez uma cópia e a entregou de volta.

– Muito bem, sr. Davis. Alguém virá para levá-los em um minuto.

– Hum, me desculpe, mas esse é o horário de visitas, certo? – Perguntou o pai de Miles, olhando ao redor da sala vazia.

– Sim, senhor.

– Onde está todo mundo?

A senhora do outro lado do balcão balançou a cabeça.

– Parece que são apenas vocês dois.

Miles viu o pai observar a sala cinzenta novamente. Parecia examinar os cantos e as câmeras, relembrando como era a vida lá. Miles imaginou se o pai estava pensando no irmão, que ainda saiu e entrou naquele lugar muito depois de ele ter desistido daquela vida. No irmão que não recebia visitas porque ele não vinha.

Nas paredes acinzentadas havia três placas alinhadas como quadros caríssimos de arte abstrata em uma galeria. Miles olhou-as mais de perto. Na primeira, em letras pretas sobre uma estrela de xerife, lia-se:

DEPARTAMENTO DE CORREÇÕES DO CONDADO DE KINGS
AVISO IMPORTANTE
ESQUEMA DE VISITAÇÃO
SÁBADOS: SOBRENOMES COM INICIAIS DE A–L
DOMINGOS: SOBRENOMES COM INICIAIS DE M–Z

A placa seguinte trazia uma lista de regras.

AOS PAIS
- Visitantes que aparentarem embriaguez podem ter o acesso à visitação negado.
- Visitantes que estiverem vestidos de maneira inapropriada (com roupas sexualmente apelativas ou vestimentas relacionadas a gangues) podem ter o acesso à visitação negado.
- Pais que trouxerem crianças não devem deixá-las desacompanhadas em nenhum momento.
- Não é permitido cortar ou trançar os cabelos dos menores na sala de visitas.

Enquanto Miles lia, o pai se aproximava para também ler a longa lista de regras.

AOS JOVENS
- Os jovens não devem apertar as mãos de nenhum menor na área de visitação.
- É proibido falar palavrões.

MILES MORALES: HOMEM-ARANHA

- Tolerância zero para gangues.
- Vista-se apropriadamente. Nada de chinelos ou calças abaixo da cintura.
- É proibido passar cartas, números de telefone ou correspondências.
- É proibido falar alto.

Finalmente, ouviu-se um zunido semelhante ao de uma eletrocussão. E outro. A porta, então, foi aberta por uma guarda.

– Davis? – Ela disse, a voz ecoando pelas paredes da sala de espera vazia. – Venham por aqui, por favor.

Miles e o pai passaram pela porta e esperaram que ela se fechasse para que a entrada seguinte fosse liberada. O clique do ferrolho se fechando junto ao barulho da porta à frente se abrindo e raspando o chão fez Miles sentir um calafrio na espinha. Quando a segunda porta se abriu, caminharam por um corredor, que Miles estranhamente associou ao corredor da escola em que fez o Ensino Fundamental. Não se ouvia nada senão o barulho pegajoso da borracha sobre o linóleo e, às vezes, um guinchar.

Antes que se dessem conta, Miles e o pai estavam lá. Na porta da sala de visitas. A guarda apertou uma campainha e esperou. Ouviu-se um som ruidoso do alto-falante no interfone, e, em seguida, o ferrolho foi aberto. A guarda abriu a porta, entrou primeiro e fez um gesto para que Miles e o pai se unissem a ela.

A sala estava vazia. Era grande o suficiente para ao menos vinte pessoas e mobiliada com assentos para todas elas. Mas havia uma única pessoa, além de outro guarda encostado contra a parede. Miles presumiu que a função daquele guarda fosse escoltar Austin de sua cela até a sala e depois levá-lo de volta. Havia um garoto sentado em uma das mesas, com cabelo afro emaranhado, uniforme cáqui e mãos nervosas batendo na mesa. A pele de seu rosto estava flácida pela exaustão, fazendo-o parecer mais velho do que era. A guarda que escoltou Miles e o pai falou com o outro guarda, e então se posicionou no canto oposto.

– Austin? – Chamou o pai, andando em sua direção ao lado de Miles. Jeff estendeu a mão.

– Sem contato – advertiu o guarda de Austin.

– É verdade. – Jeff puxou a mão de volta, olhando para o guarda. – Eu me esqueci. – Ele e Miles sentaram-se à na pequena mesa.

– Hum… – começou Austin. – Como devo chamá-lo?

Miles ficou apenas olhando para Austin, para seu rosto.

– Eu… olha, isso não é importante. Hum… este é o Miles.

Austin olhou para o primo.

– E aí, cara?

– E aí? – Devolveu Miles, estudando os olhos de Austin. Ele não estava procurando nenhum indício nem brecha capaz de revelar que Austin não era quem dizia ser. Miles sabia que Austin era exatamente o que disse – da família. Ele soube quando entrou na sala.

Um balão de embaraço inflou-se entre eles.

– Então você é o filho do tio Aaron, hein? – Perguntou Miles, tentando estourar o balão.

– Sim.

O sr. Morales passou a mão pelo rosto.

– Você pode… explicar isso pra mim? Eu simplesmente…

– Você simplesmente não sabia que eu existia. Eu sei – disse Austin de maneira franca. – Olha, não temos muito tempo aqui, e vocês não precisam ficar se não quiserem. Eu só queria que mais gente soubesse que estou aqui. Gente do meu sangue. Minha avó é velha demais para vir aqui.

– Certo, então, meu irmão era o seu pai – afirmou o pai de Miles. – Mas quem é sua mãe?

– O nome dela era Nadine.

Miles viu o pai revirando aquele nome na cabeça, tentando identificá-lo.

– Nadine? Eu não me lembro de nenhuma Nadine.

– Pois é. Ela e meu pai não estavam juntos, mas eram próximos. Você sabe.

– E ela… – disse Miles.

– Ela morreu.

– Sinto muito.

MILES MORALES: HOMEM-ARANHA

– Sim, eu também. Ela era a melhor. Sabe quando uma pessoa é tão fácil de amar que você faria qualquer coisa por ela? Minha mãe era assim.

– Sei como é – respondeu Miles, pensando na própria mãe. Houve uma pausa, um momento em que todo mundo se mediu.

– Olha, garoto… Austin, por que estamos aqui? – Perguntou Jeff em um tom agressivo.

– Eu te disse.

– Mas o que você quer de mim? Da gente?

Austin inclinou-se na cadeira.

– Não quero nada. Não há nada que você pode me dar. Exceto… – Austin recostou-se novamente. – Me diga: por que você nunca esteve por perto?

O pai de Miles bufou.

– Porque seu pai e eu não nos dávamos bem.

– E por isso você cortou relações por quase vinte anos?

– Eu tinha que fazer isso. Não sei o quanto você sabe sobre Aaron, mas…

– Eu sei no que ele estava metido.

– Bom, então devia fazer sentido o porquê de eu deixar Aaron sozinho após decidir sair do crime e perceber que ele não era capaz de fazer o mesmo. Ou melhor, não queria fazer o mesmo.

– Mas ele saiu.

– O quê?

Austin deu um sorriso torto, assentindo.

– Ele saiu do crime. Por um tempo. – Austin fitou Miles. – Você o conhecia? – Miles olhou para o pai e pensou em todas as visitas secretas que havia feito à casa do tio sem que os pais soubessem. Pensou na pizza, no refrigerante de uva e no apartamento sujo do conjunto habitacional Baruch. Pensou na última vez que o viu, na batalha e na explosão.

– Mais ou menos – respondeu Miles, coçando a mordida da aranha em sua mão.

– Bem, ele era legal – afirmou Austin, retomando a atenção de Miles. – Um cara bom que queria fazer o bem para as pessoas, mas… não sei. Assim, quando minha mãe ficou grávida de mim, meu pai decidiu virar um homem de família.

154

— Isso não é muito a cara do Aaron – Jeff disse.

— Bem, mas ele foi. Minha mãe sempre dizia que ele viu você se endireitar depois que se casou e começou uma família, e meu pai sentiu que precisava fazer aquilo também. E fez. Arranjou emprego em uma pizzaria como preparador de massas. E mesmo que não ganhasse muito dinheiro, era o suficiente para que, com o salário de minha mãe, pudesse manter um teto em nossas cabeças. Mas aí ela ficou doente.

— Sua mãe? – Perguntou Miles.

— Sim. Câncer de estômago. Ela teve que parar de trabalhar. E depois de um tempo, começou a faltar grana. Não sei quanto custa uma quimioterapia, mas sei que é bastante. Então, meu pai voltou à antiga vida.

— De roubos.

Austin estremeceu levemente quando Miles disse aquilo.

— Sim. Tudo o que ele conseguia, vendia para pagar as despesas médicas dela. Pelo menos, quase tudo. Ele sempre guardava um pouco para me comprar tênis, o que era legal. Mas aí, vocês sabem... ele morreu.

Miles ajeitou-se na cadeira, sentindo um desconforto pegajoso como algodão molhado.

— Então assumi a responsabilidade. Tentei aliviar aquele peso. Não podia deixar minha mãe morrer sem ao menos tentar fazer algo. Eu saí da escola, não estava indo bem mesmo, e os professores nem se importaram de perguntar o motivo, e imaginei que roubar carros como menor seria fácil, já que a polícia só me daria um castigo simples se fosse pego. Mas, quando fui flagrado, eles aumentaram as acusações quando descobriram quem era o meu pai. Então vim parar aqui, onde estou há quase um ano. Consigo lidar com isso na maior parte do tempo, mas há algumas coisas difíceis de esquecer, como o fato de minha mãe ter morrido no dia em que vim para cá.

Aquele foi outro soco no estômago de Miles. Ao observar o pai, que agora parecia mais brando, Miles imaginou que aquele golpe fantasma de culpa também havia tirado seu ar.

— Sinto muito por ouvir isso, Austin.

— Eu também – completou Miles.

MILES MORALES: HOMEM-ARANHA

– Pois é, eu também. – Austin forçou um sorriso triste. Miles havia se acostumado àquele sorriso doloroso porque o via com frequência em Ganke.

– Cinco minutos – disse a guarda, a voz ressoando pelas paredes frias. Miles olhou para ela e voltou-se para a Austin.

– Hum, quais são as outras coisas difíceis de esquecer? – Perguntou Miles.

– O quê? – Retrucou Austin, os olhos semicerrados.

– Miles. – O garoto pôde sentir o olhar do pai na lateral de seu rosto. Ele o ignorou e continuou.

– Você disse que há algumas coisas que são difíceis de esquecer. Uma delas é… hum… sua mãe. – Miles engoliu em seco. – Mas… o que mais?

– Você não precisa responder. – O pai de Miles virou a cabeça para o lado e olhou para o filho como se ele tivesse ficado maluco. – O que você tem na cabeça?

Miles não sabia como responder. Porque não tinha uma resposta. Ele apenas sabia que estava olhando para o rosto de alguém que se parecia com ele. Alguém que, como ele, fez o que achou que devia ser feito. Alguém que amava sua família apesar de todos os defeitos, como ele.

– Está tudo bem. – Austin inclinou-se para a frente, entrelaçando os dedos e olhando para o rosto de Miles. – Às vezes, tenho pesadelos. Faz anos que eu tenho, mas, desde que cheguei aqui, eles pioraram.

Foi a vez de Miles se inclinar para a frente. O pai, no entanto, permaneceu afastado.

– Que tipo de pesadelos? – Perguntou Miles.

– Coisas malucas. Olha, todo mundo aqui vem de situações parecidas com a minha. Foram forçados a agir de certa forma para sobreviver ou foram totalmente esquecidos. E todos eles também se parecem comigo, com nós dois, se você entende o que quero dizer. Então, às vezes, sonho que todo mundo nesse lugar muda. Eles se transformam em coisas, mas eu continuo o mesmo. E eles me atacam. Então, quando acordo, estou olhando para eles como se fosse louco. Meus sonhos me fazem pensar que não posso confiar em ninguém aqui. Em outros momentos, tenho pesadelos normais, de criança. – Ele baixou a voz e continuou. – Sonho com aquele idiota ali me dizendo que nunca serei nada, o que não é exatamente um pesadelo, já que ele sempre diz isso quando estou acordado. A diferença é que, no meu sonho, ele tem a voz do meu pai.

– Jesus… – Jeff balançou a cabeça, visivelmente chateado.

– Você é como eu – disse Austin.

– O quê? – Miles se afastou um pouco.

– É o que ele sempre diz no sonho. "Você é como eu."

– Acabou o tempo! – Gritou a guarda.

Pai e filho se levantaram. Miles, agitado pelo que havia acabado de escutar, quase estendeu a mão para cumprimentá-lo, mas se lembrou de que o contato não era permitido.

– Ah. Justo agora que estávamos nos conhecendo mais. Bem, se vocês não voltarem, tudo bem. Obrigado por virem desta vez – agradeceu Austin, incapaz de esconder seu desapontamento.

– Espere aí, tenho uma última pergunta – disse Miles.

– Nós temos que ir. – O pai lhe deu um tapinha no braço.

– Eu sei, mas vai ser rápido. No que os caras daqui se transformam em seus sonhos?

O pai de Miles,virou-se, para mostrar à guarda que eles a tinham escutado. Todo o Brooklyn a escutou.

Austin pareceu confuso com a pergunta.

– Eu não sei, gatos brancos e coisas doidas do tipo.

– Gatos brancos? – Repetiu Miles, enquanto o pai, agora apertando-lhe o braço, o virava.

– Sim, por quê?

– Nós… hum… voltaremos para vê-lo – Jeff afirmou com esforço, cortando a conversa antes que a guarda os advertisse de novo. – Pode aguardar.

Ao atravessar a sala, Miles virou-se e viu o guarda se aproximando para escoltar Austin de volta à sua cela. Seu distintivo reluzia sob a luz fluorescente. O nome no crachá não era grande o bastante para que a maioria das pessoas conseguisse ler à distância, mas Miles podia ler claramente. CHAMBERLAIN.

Miles olhava de relance para o pai de tempos em tempos no caminho de volta para casa. Os olhos dele estavam focados na estrada, mas havia linhas parecidas com canais marcando sua testa. Miles esperava que o pai não estivesse pensando naquela conversa sobre gatos brancos, pois ainda não havia jeito de explicar aquilo. Ele próprio não entendia. Havia tantas coisas em sua cabeça que se sentiu fisicamente pesado, como se os ossos de seu corpo tivessem se tornado densos demais. Gatos brancos, seu professor, e os pesadelos que tinha com o tio. Seu tio. Os pares de tênis que sempre estavam na casa do tio agora faziam mais sentido.

— Então... — disse o pai de Miles, as linhas na testa relaxando conforme ele finalmente estacionava na frente de casa. Colocou o carro no ponto morto. — Aquilo foi... interessante.

— Sim — concordou Miles, ainda incerto sobre o que dizer.

— Eu só... nunca imaginei. Sei que, quando você toma decisões, deve viver com elas, mas nunca parei para pensar no porquê ele fazia aquelas coisas. Ou mesmo no que o fez sair da linha, embora eu estivesse lá quando aconteceu. Eu queria ter estado com ele. Talvez tentado imaginar uma maneira de ajudá-lo. Olha, eu poderia até mesmo ter arrumado um trabalho para ele — Jeff refletiu. — Mas achei que ainda estava sujo. Sempre pensei que seu tio não conseguia evitar ser daquele jeito. Ou... que só não queria. Ele arruinou o nome de um jeito irreversível, e tudo o que eu queria era ser deixado em paz.

Tudo o que pedimos é sermos deixados em paz. A frase de Jefferson Davis ouvida na aula atravessou a mente de Miles como um relâmpago em seu cérebro. O garoto olhou para o pai; podia ver o conflito em seus olhos, podia ouvir o incômodo se movendo em sua garganta.

— Há sempre outros detalhes em uma história, né? Um nome, seja bom ou ruim, quase nunca é *só* um nome. Há sempre algo por trás dele. Algo a mais.

— Sim. Acho que você está certo — o pai concordou. — Talvez a gente volte lá no próximo fim de semana para vê-lo, se você quiser.

Depois de seu trabalho, é claro. – Um sorriso orgulhoso apareceu no rosto do pai de Miles. – Além do mais, você sabe que sua mãe vai querer conhecê-lo.

Eles saíram do carro e subiram as escadas. Ao abrir a porta, Miles viu sua mãe e Ganke sentados no sofá assistindo a um canal em língua espanhola.

– Espere, senhora M, o que ela acabou de dizer? – Perguntou Ganke. A mãe de Miles estava sentada próxima a ele pegando uvas de uma sacola plástica.

– Ela disse que ama ele.

– Mas você disse que ela disse que ama ele há alguns segundos.

– Porque ela disse, Ganke.

– Hum, tá. E o que ele está dizendo?

– Ele está dizendo que está morrendo.

– Hum... oi? – Miles cumprimentou.

– Ei, Miles – Ganke respondeu por sobre o ombro.

– Ai, querido, você parece meu filho de novo – provocou a mãe de Miles. O pai inclinou-se no sofá e beijou a cabeça da esposa. – Como foi... tudo?

– Em um único dia seu filho foi para a cadeia e arranjou um trabalho – brincou o pai.

– Eu não sabia que você ia vir tão cedo, cara – disse Miles para Ganke, ignorando os pais. Ele sentou-se no braço do sofá.

– Nem eu – concordou o sr. Morales.

– Eu menos, mas é melhor você ficar feliz por não estar de castigo ou teria que mandá-lo de volta para casa.

Aquela era a primeira vez desde que tinha chegado em casa que Miles soube com certeza que não estava de castigo. Ele estrangulou seu sorriso entre os maxilares, mas por dentro estava muito, muito feliz. Nada de macarrão instantâneo para ele.

– *Claro* que eu viria. – Ganke manteve um olho e uma orelha ligados na televisão. – Nós temos um trabalho a fazer.

– Trabalho? – Perguntou Miles.

– Trabalho? – Repetiu a mãe antes de ser tragada de volta para o romance na TV.

MILES MORALES: HOMEM-ARANHA

— Fantasias de *Halloween* e coisas assim — cutucou Ganke, movendo as sobrancelhas.

— Ah, sim, as fantasias de *Halloween*. Para a festa. Na escola — acrescentou Miles, descontraído.

— Você está tentando me pedir alguma coisa, Miles Morales? — Indagou a mãe. O pai fez barulho de pum com a boca.

— Você não pediu a eles? — Gemeu Ganke.

— Hum… Mãe, hoje à noite haverá a festa de *Halloween* da escola. — Miles mostrou os dentes. — E Ganke vai.

O pai de Miles fez outro barulho de pum.

— Garoto, fala logo que você quer ir!

A mãe dividia-se entre a novela e o filho, parando enfim em Miles.

— Mãe, posso ir, por favor?

— A garota vai estar lá?

— Mãe.

— O quê? Só estou perguntando! — Ela virou-se para Ganke. — Ela vai estar lá, Ganke?

— Acho que sim — respondeu Ganke com um olhar diabólico.

— Uhum. Bom, acho que você pode ir — ela disse com um sorriso maroto, voltando sua atenção à TV.

No quarto de Miles, Ganke deitou-se na cama enquanto o amigo ficava no chão.

— Então você sobreviveu ao jantar.

— Sim. Não foi tão ruim. Como eu disse no celular, não teve choro. Mas isso porque decidimos assistir a um desses programas sobre crimes não solucionados pela polícia. Os policiais descobriram que a mulher do cara havia moído ele com um desses trituradores de galhos. Foi nojento. Mas… interessante.

— Uau.

— Pois é — disse Ganke. — E quanto a você? Como foi o encontro com seu primo? Uh… primo, certo?

— Sim, primo. Foi estranho, cara. Mas legal. Ele se parece comigo, o que é maluco. Não tivemos muito tempo para conversar porque meu pai estava fazendo a maior parte das perguntas, mas uma coisa que descobri foi que ele tem tido os mesmos pesadelos que eu. Ah, e o que foi ainda mais maluco é que o nome do guarda que o escoltou era Chamberlain. Estava no crachá dele.

– Ele se parecia com um *troll* que, se provocado, poderia moer pessoas com um triturador de galhos?

– O quê? – Miles levantou-se e foi até o armário.

– Nada. Mas e aí, vocês voltarão lá?

– Acho que sim. Quer dizer, pelo que estou vendo, nós meio que precisamos. Austin está em regime fechado.

– Pois é. – Ganke mordiscou uma unha. – Sabe quem *não* está em regime fechado? Você. Nada de castigo. Nem sei como escapou dessa.

– É, nem eu. – Miles deu uma olhada no seu corte de cabelo no espelho do armário. – A escola não ligou para falar sobre a carteira. Além disso, falei pro meu pai sobre toda a história de deixar a loja e sobre Alicia, e ele contou tudo para minha mãe. Acho que isso amenizou as coisas.

– Alicia, que provavelmente vai pra festa hoje à noite vestida como uma linda morta-viva. Que pena que você será um fantasma para ela.

– Que nada. – Miles virou-se para Ganke. – Eu vou jogar a salsa nela.

– Espera, vai fazer o quê?

– Não se preocupe.

– Bom, escute, sendo uma figura tão positiva em sua vida, eu te salvei de outro problema ao presumir que você não estaria preparado para a liberdade, pois trouxe uma das minhas antigas fantasias para você usar. – Ganke pegou sua mochila e tirou dela uma sacola plástica, na qual havia uma máscara de borracha. Ele a entregou para Miles.

– O que é isso?

– Um zumbi – explicou Ganke. – E o melhor é que você pode se vestir do jeito que vem se vestindo nos últimos dias pra fantasia funcionar perfeitamente. Já está oitenta e cinco por cento completa! – Ganke fez cara de bobo.

Após cogitarem cenários do que poderia acontecer assim que Miles enfim decidisse abordar Alicia para "jogar a salsa" e dançar com ela, chegou a hora de se arrumar para a festa. Miles colocou uma calça de moletom esfarrapada, uma camiseta velha e a máscara de zumbi. Não estava incrível, mas era bom o bastante. Ganke, por sua vez,

MILES MORALES: HOMEM-ARANHA

vestiu um terno de lã, uma touca de natação cor-de-rosa e pequenos óculos redondos.

– Que fantasia é essa, cara? – Perguntou Miles, medindo o amigo.

– Sou o diretor Kushner fingindo ser o sr. Chamberlain – ele esclareceu, juntando as mãos e fechando os olhos. – Eu vou literalmente ficar desse jeito no meio da pista de dança o tempo inteiro.

Miles deu uma gargalhada.

– Miles! – Chamou a mãe do corredor. O garoto entreabriu a porta.

– Sim!

– Venha falar com as visitas. John e os rapazes estão aqui.

John era ex-fuzileiro naval, advogado e um dos amigos mais próximos do pai de Miles. Ele e os rapazes que a mãe citou estavam na sala de estar, como faziam um sábado por mês por mais tempo que Miles podia lembrar. Jogando cartas. Espadas, para ser mais exato.

Quando Miles e Ganke saíram do quarto – cerca de dez minutos após o anúncio sobre John –, o grupo estava acomodado e o jogo ia de vento em popa.

– Os vagabundos vão levar uma surra! – Provocou Carlo, um velho amigo do pai de Miles de seus tempos como marginal. Carlo sempre vestia camisas abertas e sapatos de sola dura e exibia uma cicatriz na bochecha que mais parecia uma centopeia. Ele estava segurando uma carta no ar, esperando a vez de Jeff, que colocou na mesa uma rainha de paus, e Carlo bateu com um cinco de espadas. – Tire essa bagunça daí, cara! – Zombou Carlo, recolhendo as cartas.

Próximo a ele estava Sherman. Todo mundo o chamava de Sip porque ele era do Mississippi. Ele não falava muito. Jeff conheceu Sip na mesma noite em que viu Rio pela primeira vez, naquela festa do Super Bowl. Quando Jeff perguntou-lhe por que havia deixado o Mississippi, tudo o que ele disse foi:

– A poeira ficou muito grossa. – O pai de Miles não havia entendido o significado daquilo, mas sabia que não tinha nada a ver com poeira.

– Uhum – resmungou Sip cortando o baralho. – Vocês ficam felizes muito rápido aqui em Nova York. Às vezes, as coisas têm que ficar mornas antes de ficarem quentes.

– Sip, por favor – disse John John, tocando as cartas. – Você vive aqui há quase vinte anos. Já é um de nós.

– Não, não sou. Sou cria do Mississippi e serei até morrer. Posso até morar na cidade grande agora, mas acredite em mim, ainda conheço os modos do Sul. Ainda sei o que é paciência. – Sip piscou para Jeff, seu parceiro no jogo. John John balançou a cabeça e deu as cartas.

Miles e Ganke foram para a cozinha tomar um copo de suco antes de saírem.

– Ah! – Berrou a mãe de Miles, que estava no balcão da cozinha colocando doces em uma tigela para a sessão de "Gostosuras ou Travessuras". – Meus bebês estão tão fofos!

– Não há bebês nesta casa! – Gritou Carlo da sala de estar.

– São bebês para ela – Jeff falou entredentes.

– São bebês para mim! – Gritou de volta a mãe de Miles. – Deem uma olhada – ela disse, mostrando Miles e Ganke para o grupo de homens na mesa.

– Que fantasia é essa, filho? – Perguntou o pai de Miles. O garoto não estava usando a máscara.

– Um zumbi. – Miles mostrou a máscara.

– Bem, vejam só – disse John John. – Você acertou na mosca.

– Com certeza – acrescentou Sip com um sorriso torto enquanto rearranjava as cartas na mão.

– E quanto a você, Ganke? – Perguntou o pai de Miles.

– É complicado. Mas, basicamente, eu sou o diretor da nossa escola fingindo ser nosso professor de História, o sr. Chamberlain.

A mãe de Miles deixou escapar um gritinho.

– Que engraçado. Mas estou feliz por ser você usando essa fantasia, e não Miles.

– Sim. Ele seria suspenso de novo – afirmou Jeff, balançando a cabeça.

– O menino foi suspenso? – John John colocou suas cartas na mesa viradas para baixo e tomou um gole de bebida.

– Sim, o professor dele, sr. Chamberlain, o suspendeu por sair da sala por conta de uma, hum, emergência no banheiro.

MILES MORALES: HOMEM-ARANHA

– E eles o *suspenderam* por causa disso? Porque o garoto precisava fazer o número um... ou dois? – Acrescentou Carlo.

– Não importa. Parece um exagero na disciplina, até mesmo para mim – disse John John.

– Cara, deixa eu te contar uma coisa, nunca conheci um Chamberlain de quem gostasse – disse Carlo, também colocando suas cartas na mesa. – Para falar a verdade, quando estava na escola, também tive problemas com um professor chamado sr. Chamberlain.

– Ele era desse jeito? – Perguntou Ganke, instantaneamente assumindo sua pose de Chamberlain: mãos unidas e olhos fechados.

– Hum... não. – Carlo observou Ganke. – Este cara tinha um cabelo armado estranho. Parecia o Ronald McDonald. E não era meu professor de História. Era meu professor de Inglês. Mas eu não era bom em leitura, sabe. E ele sabia disso. Ainda assim, me chamava para ler. Todos os dias.

– Você disse pra ele que não queria ler? – Perguntou Miles.

– Sim, disse. Um dia, cheguei até mesmo a ficar depois da aula para explicar que talvez precisasse de um tutor ou algo do tipo. Mas ele não se importou. Continuou me chamando e deixando que as outras crianças rissem de mim, até que um dia passei a ignorá-lo. E, quando *isso* aconteceu, ele começou a me suspender. E não demorou muito até que eu saísse da escola.

O pai de Miles balançou a cabeça.

– E quantos anos você tinha?

– Não sei. Provavelmente quinze ou dezesseis. Era velho o suficiente para colocar minhas mãos no pote de veneno, e você *sabe* que eu fiz isso. – Ele acenou com a cabeça para Jeff.

– Engraçado – resmungou Sip. – Eu também tive um sr. Chamberlain. Mas ele não era professor, era o diretor Chamberlain, mas a gente sempre chamava ele de Velho Chamberlain. Era um sujeito do Mississippi que não se importava com crianças como eu. – Sip estalou os nós dos dedos. – Um dia, briguei com um garoto chamado Willie Richards porque ele tinha me xingado. Todo mundo no refeitório tinha visto. Willie disse o que disse. E deixei aquilo entrar por um ouvido e sair pelo outro. Ele só estava furioso porque eu era melhor do que ele no futebol americano. Estúpido. Mas aí o imbecil teve a pachorra de cuspir em mim, e bem, não há volta quando alguém cospe em você. Então, eu... bem... vamos apenas dizer que Willie, onde quer que esteja agora, ainda acha que teria sido uma ideia melhor ter mantido aquele cuspe na boca. – Os homens na mesa riram. Ganke e Miles também. – O Velho Chamberlain, porém, não achou isso engraçado ou justificável. Então, me expulsou. Ele estava sempre expulsando crianças negras, então não foi uma grande surpresa.

– Você foi para outra escola? – Perguntou Miles.

– Eu tentei. Mas quando você tinha um histórico como o meu e vivia no Mississippi daquela época, ninguém queria se incomodar com você. Eu ia para a faculdade. Ia tirar minha mãe daquela casa velha. Mas aquilo exigia dinheiro, e eu sentia que... sei lá... não podia continuar perdendo. E adivinha? Quando o mundo tenta te quebrar as costas, fica muito mais fácil quebrar as regras.

– Falou toda a verdade – disse Carlo.

E as histórias dos Chamberlains continuaram. John John, a única pessoa da mesa que nunca se meteu com o crime, também teve problemas com um sr. Chamberlain.

– Quer dizer, eu tive muitos professores difíceis. Mas o pior entre eles, para variar, também se chamava... Chamberlain.

– Sim, eu me lembro – disse o pai de Miles. Aaron e ele estudaram com John John. – Ele sempre pegava no pé de Aaron.

– É verdade. Qual era mesmo o cargo dele? Porque ele não era exatamente um professor.

– Era o supervisor disciplinar. Rondava os corredores e aparecia dentro das salas de aula pegando os estudantes que achava que deviam ser punidos. Acontece que eu, você, Aaron e alguns outros éramos sempre os alvos.

– Sim, assim como Tommy Rice. Você se lembra dele? Chamberlain arrancou ele da aula da... não consigo lembrar o nome da professora, mas ela ensinava Sociologia. Tommy estava dormindo por ter ficado acordado a noite toda cuidando dos irmãos mais novos, já que a mãe mal podia com ela mesma, e mesmo assim estava fazendo as lições de casa. Nós todos sabíamos disso. Acredito que boa parte dos

MILES MORALES: HOMEM-ARANHA

professores também. Mas Chamberlain o suspendeu por dormir. *Dormir.* Ele disse que o menino estava sendo desrespeitoso de uma maneira não verbal.

– Pois é, ele aprontou uma dessas com o Aaron também. Ele o suspendeu três vezes, e na terceira o chutou da escola. Mas eu continuei indo até que Aaron começou a aparecer na frente da escola dirigindo carros caros.

– Carros caros de outras pessoas – esclareceu a mãe de Miles, colocando a tigela de doces em uma mesinha próxima à porta do apartamento.

– Exato. – Os homens ficaram em silêncio por alguns instantes.

– Então, essa é a moral da história: não confie em ninguém que se chame Chamberlain, a menos que a gente esteja falando de Wilt Chamberlain.[19] Entendido? – Resmungou Carlo.

– Ah, parem com isso – pediu a mãe de Miles, colocando os braços ao redor dos ombros de Miles e Ganke. – Não dá para jogar a culpa por todas as coisas ruins que aconteceram com vocês em alguns professores ruins.

– Não mesmo – concordou Sip. – Eu não culpo ninguém por minha vida além de mim mesmo. Mas vou te dizer uma coisa: para alguns de nós, a escola é uma árvore na qual subimos para nos esconder. Lá embaixo estão os cachorros, que são as más decisões. Então, quando alguém chacoalha a árvore para nos tirar de lá sem um bom motivo, fica mais fácil ser mordido.

– E essa é a verdade – concordou John John. – Nem sempre acontece desse jeito, mas definitivamente acontece.

– Também não importa de que família você vem. Há o bastante lá fora para te tirar do caminho de uma boa criação, especialmente quando você tem muito tempo livre e nenhum caminho claro para o sucesso. Cara... esqueça – acrescentou Carlo.

– Muito bem, muito bem, já ouvimos o bastante – a mãe de Miles cortou a conversa. – Meninos, deixem esses velhos lembrando do passado e reclamando enquanto vocês festejam. – Ela deu um abraço em

---

19   Wilt Chamberlain (1936-1999) foi um jogador de basquete estadunidense, considerado um dos maiores esportistas da história. (N. T.)

Ganke. Em seguida, abraçou o filho, sussurrando em seu ouvido: – Jogue a salsa.

– Não é estranho que todos os amigos do meu pai tenham histórias ruins sobre professores chamados Chamberlain? – Miles perguntou a Ganke a caminho da estação de trem. Ele não pôde deixar de pensar que uma das coisas que os levaram ao caminho errado foi o fato de terem sido expulsos da escola. A escola poderia ter sido a fórmula para a criação de um funcionamento contínuo, uma vida traçada sem interrupções. Cálculo. Ou, para o pai de Miles e seus amigos, Aritmética Básica.

Aquela era uma noite estranhamente quente de *Halloween*. Crianças vestidas como bruxas, princesas, animais e super-heróis estavam nas ruas, andando devagarinho pelos quarteirões.

– É estranho, mas não mais estranho do que seria se perguntássemos quantas pessoas tiveram um professor ruim chamado Johnson – disse Ganke. – Provavelmente, um milhão de pessoas. É apenas uma coincidência. Além disso, se tratava de pessoas diferentes. Teria sido chocante se todas elas fossem o mesmo sr. Chamberlain, até a do cara do Mississippi. Como se nosso sr. Chamberlain tivesse passado a vida toda como um imbecil educador *viajante*.

– Concordo – Miles afirmou, mas o pensamento ainda rondava sua cabeça quando entraram no trem. O vagão estava cheio de pessoas, algumas vestidas de maneira extravagante, outras usando máscaras e as demais apenas tentando evitar a loucura do *Halloween*. – Mas e quanto ao guarda?

– Quem?

– O guarda da prisão. Aquele que eu te disse que se chamava Chamberlain.

– Hum. Coincidência?

Miles mordeu o lábio inferior conforme as portas do trem se fechavam.

– Duvido.

MILES MORALES: HOMEM-ARANHA

Ao voltarem para o *campus* da Brooklyn Visions Academy, os garotos correram até o dormitório para largar as mochilas, enxugar o suor do pescoço e reaplicar o desodorante. Bem, nesse caso, somente Miles. Ganke o lembrou de que os coreanos não têm cecê.

– Mas consigo sentir seu cheiro, cara – disse Miles, escavando do armário sua calça jeans do dia a dia. Pegou o poema que havia escrito para Alicia bem de onde o havia deixado. O jeans manchou o papel de azul-índigo. Miles o colocou na calça de moletom e olhou-se no espelho. Era uma pena que seu cabelo recém-cortado ia ficar escondido sob a máscara de zumbi, pensou Miles.

– Esse cheiro é seu, garoto da salsa – insistiu Ganke. – Agora, podemos *por favor* ir para a festa? Tenho uma pose para assumir na pista de dança.

Eles podiam ouvir a música reverberando do lado de fora ao chegarem à festa, e já havia uma multidão de adolescentes passando pelas portas duplas da entrada. O auditório estava abarrotado de estudantes dançando e exibindo fantasias malucas, algumas mais elaboradas, como o C-3PO – o robô dourado de *Star Wars* – e outras mais simples, que consistiam apenas em bigodes de gato no rosto. Nas paredes, alinhavam-se as mesas com comida e bebidas, e no palco estava Judge, fantasiado como um juiz, com um par de *headphones* enormes em sua cabeça e atrás de dois toca-discos.

– Vamos sondar a área primeiro – Ganke gritou no ouvido de Miles. Os dois serpentearam entre a multidão, tentando ver quem estava e quem não estava lá. Reconheceram Winnie à primeira vista porque ela estava vestida com roupas normais – um vestido sem mangas e sapatos de salto alto. Miles perguntou sobre sua fantasia.

– O quê? – Ela gritou de volta.

– Quem é você? – Miles aproximou-se.

– Ah. Michelle Obama! – a garota respondeu, apontando para um pequeno broche com a bandeira dos Estados Unidos em seu peito. As trigêmeas, Sandy, Mandy e Brandy, estavam vestidas como o sol, a luz e as estrelas, que eram basicamente fantasias piegas feitas com feltro e uma pistola de cola quente. Obviamente, Ryan estava lá. Miles imaginou que ele estaria vestindo algo brega, como um terno de três peças, mas era apenas um monstro feito de última hora, o que tecnicamente o tornava um monstro boa-pinta. Mas eis que ele abriu a boca e exibiu suas presas. É claro. Qualquer negócio para tentar chupar o pescoço de alguma garota. Havia professores lá também – alguns com fantasias; outros, não. A sra. Khalil exibia asas cobertas de penas bem elaboradas em seus braços e um bico sobre o nariz. Era uma fantasia que lhe dava um visual bacana e, ao mesmo tempo, lhe possibilitava andar pelo auditório monitorando os estudantes, que constantemente olhavam por sobre os ombros em busca de uma chance para colar seus corpos. A sra. Blaufuss, por sua vez, foi além – estava de Edgar Allan Poe. Exibia o cabelo preto, o rosto pálido, o terno escuro e um corvo empalhado empoleirado em seu braço o tempo todo. Perfeita. A sra. Tripley não estava vestida de Frankenstein, e sim de Mary Shelley, a mulher que *escreveu* Frankenstein. Como se fosse possível identificá-la. O sr. Chamberlain também estava lá e, como era de se esperar, vestia uma fantasia de soldado confederado da Guerra Civil. Andava feito fantasma pela multidão, entrando no meio dos casais e sacudindo os dedos.

Quando Miles e Ganke viram o professor vindo na direção deles, Ganke parou, juntos as mãos e fez sua pose de Chamberlain.

Miles, porém, afastou-se da multidão. Não queria ter nenhuma interação com o professor. Pelo menos, não naquele momento. Ele caminhou até a mesa do ponche para pegar um copo, mas havia uma fila. A… coisa que estava à sua frente tinha uma corcunda e uma cabeleira emaranhada. E cheirava a sândalo.

– Alicia?

O ogro se virou, e Miles confirmou que era ela, a pele marrom pintada de um verde horrível. Ela colocava suco vermelho em um copo também vermelho.

Alicia olhou para Miles, mas não disse nada.

– Ah – ele soltou, se dando conta de que estava usando a máscara e que ela abafava sua voz. – Sou eu. – Ele levantou a máscara do rosto.

– Ah, oi – ela respondeu, o tom de voz carregado de constrangimento enquanto colocava a concha de volta na terrina e dava um passo para o lado. Ela abriu a boca como se fosse dizer algo, mas desistiu.

MILES MORALES: HOMEM-ARANHA

Primeiro, pegue uma bebida. Depois, jogue a salsa, Miles lembrou-se. Mas, antes que pudesse executar seu plano, Alicia voltou à multidão.

– Me dá um copo, cara – Ganke pediu, surgindo ao lado de Miles. Ele pegou o copo cheio do amigo e o secou.

– Ela sequer me notou.

– Ela notou, sim. Ela ficou vermelha!

– A cara dela estava ver...

Antes que Miles pudesse terminar, Ganke gritou:

– *Ele* não *me* notou! Todos os outros sacaram na hora o que eu tava fazendo, mas Chamberlain é tão distraído que nem me viu. Que sujeito esquisito!

Miles olhou por cima do ombro de Ganke, checando a área à procura de Alicia, e a viu se misturando ao bando de fantasiados.

– Vamos falar sobre isso mais tarde – Miles falou, saindo depressa em direção à garota. Ele enfiou-se na multidão, evitando trombar com alguém e derrubar suco por toda parte. Não que isso importasse. No máximo, pareceria apenas sangue falso no chão.

Miles, ainda sem máscara, encontrou Alicia no centro rodeada por outras pessoas que ele reconhecia. Pelo menos aquelas que não usavam máscaras. A maioria fazia parte do Defensores de Sonhos, como Dawn Leary, mas outros eram colegas de classe, como Brad Canby, que estava vestido como um jogador profissional de tênis.

– Alicia! – Miles tentou chamar sua atenção, mas ela não o ouviu. Ele havia esperado por esse momento o dia todo, planejando em sua mente como agir e o que iria dizer. Tirou o poema dobrado do bolso. – Alicia! – Ela afastou-se de Dawn. – Tenho que te contar algo! – Miles deu um passo em sua direção. Assim que o fez, um vulcão entrou em erupção em seu estômago e um terremoto irrompeu em sua cabeça. *Ah, não*. Antes que pudesse dizer outra palavra, o sr. Chamberlain surgiu do nada, colocando-se entre ele e Alicia. Ele encarou Miles, que engoliu em seco.

– Que tal uma distância entre vocês dois, Morales? Se eu te vir tentando algo inapropriado, teremos um problema.

– Ninguém está tentando nada! – Irritou-se Alicia.

170

JASON REYNOLDS

A pele de Miles ficou quente, como se ele estivesse cozinhando por dentro. Ele, porém, segurou a língua e assentiu. O sr. Chamberlain se afastou, abrindo caminho entre o amontado de adolescentes.

– Que imbecil – murmurou Alicia. – Aliás, também preciso te dizer algo. Me desculpe pelo que aconteceu na sala. Eu devia ter dito alguma coisa ou… feito alguma coisa.

– Está, hum… está tudo bem. – Miles estava distraído.

– Ótimo, bem, há outra coisa que preciso falar com você, mas, antes, o que você queria me dizer? – perguntou Alicia. Seu rosto, embora verde, ainda era agradável.

– Hum?

– O que você queria me dizer? – Ela perguntou de novo, ainda mexendo a cabeça ao som da música. A garota deu um leve sorriso, sua língua pousada gentilmente entre os dentes. Mas Miles estava ocupado demais olhando para as costas do sr. Chamberlain enquanto ele perturbava outros alunos. Não sentia mais o zunido na cabeça, que agora tinha certeza que provinha de Chamberlain, embora o zunido no estômago, ocasionado por Alicia, continuasse lá. Pensou no que sua mãe disse quando estavam dançando na sala de estar. *Deixe seu corpo fazer o que quiser. Ele está te contando como quer se mexer.*

– Ah… – Miles levantou o papel e o desdobrou. Ele viu o sr. Chamberlain falar com outro professor, dando tapas em seu relógio como se já estivesse na hora de ir embora. – Eu só… – Miles virou-se de volta para Alicia, vendo o sorriso dela sumir aos poucos, a cabeça se inclinar ligeiramente e os olhos ficarem a ponto de se revirar. Então olhou novamente para o sr. Chamberlain conforme ele seguia em direção à porta lateral e a abria. – Eu queria te dizer… – Agora a atenção de Miles voltara para Alicia, mas apenas por um momento. Ele olhou para Chamberlain. Alicia. Chamberlain. Alicia. – Hum, isso é para você. – Miles enfim entregou-lhe o papel manchado de azul com o *sijo*. Alicia, aturdida, começou a ler. Mas, assim que levantou o olhar de novo, Miles já não estava mais lá.

capítulo dez

Miles colocou novamente a máscara de zumbi antes de sair pela porta lateral, que o levou para fora. Ele olhou para a esquerda e para a direita antes de se camuflar. Em seguida, esgueirou-se por trás do sr. Chamberlain, que andava pela lateral da escola. O garoto podia ouvir as pernas do professor se movendo como dois pistões de máquina e ajustou o andar para que Chamberlain não notasse o barulho atrás dele. O professor parou diante de outra porta no lado oposto do auditório. Então se agachou, puxou as calças para cima e pegou um molho de chaves. Vasculhou-as até encontrar a chave certa, usando-a na fechadura para destrancar a porta. Miles subiu pela parede e entrou pela fresta que se fechava.

O sr. Chamberlain ligou a lanterna e um feixe de luz branca surgiu diante dele como um raio laser. Apontou-a para os lados apenas para ter noção do que estava à sua frente. Miles, ainda grudado na parede, aproximou-se para ter uma visão melhor. Havia escadas que levavam para baixo. O sr. Chamberlain pisava de leve, os sapatos estalando a cada degrau conforme ele descia rumo a uma espécie de porão escuro.

Aquilo, porém, não era um porão, mas, sim, um túnel. Miles sabia que não podia andar, já que a água no chão, que fazia o local se parecer com um esgoto, tornaria sua discrição impossível. Assim, continuou rastejando pela parede pegajosa atrás do sr. Chamberlain, que avançou em um ritmo firme por cerca de vinte minutos. Por fim, ao chegarem na outra extremidade do túnel, depararam-se com mais uma escadaria. Chamberlain subiu e abriu um alçapão de metal acima de sua cabeça, menos cuidadoso do que na primeira vez. Era como se soubesse que ninguém estaria ali.

Miles não tinha ideia de onde estavam, ou por que, mas o alçapão parecia se localizar no meio de um campo. Ele seguiu o professor pela grama até avistarem uma casa enorme, uma mansão com pilares de castelo. Miles virou-se para ver a direção da qual vieram, tentando encontrar um ponto de referência ou qualquer outra coisa que pudesse reconhecer, e, então, o viu diante da casa. O bloco de pedra. Cercado por arame farpado e impenetrável. Na cerca, havia uma placa: DEPARTAMENTO DE CORREÇÕES.

A prisão?

Miles escondeu-se atrás de um arbusto enquanto o sr. Chamberlain seguia em direção à enorme porta de madeira. O professor apertou a campainha. A porta se abriu, e o sr. Chamberlain entrou. Miles subiu até uma das janelas e entrou por uma pequena abertura.

A casa era linda por dentro. Cheia de coisas antigas. Azulejos sofisticados. Cortinas cor de leite, feitas de algum tipo de tecido refinado – linho ou seda. Móveis robustos que pareciam ter sido entalhados em vilarejos antigos por pessoas antigas. Um candelabro extravagante. Um chicote com nove tiras de couro pendurado na parede entre retratos com molduras tão ornamentadas quanto as roupas elegantes das pessoas retratadas.

Miles sentiu que já estivera ali. Tentou afastar-se do *déjà-vu*, mas não conseguiu. Onde ele havia visto aquele lugar? Deparou-se com um velho armário do outro lado da sala, que abrigava prateleiras repletas de adornos de cristal.

Espere aí... não. De jeito nenhum. Não pode ser. Finalmente sua ficha caiu. Ele já havia sido lançado naquele armário antes. Lembrou-se do vidro quebrando e cortando suas costas. Ainda podia sentir o ardor dos cacos pontiagudos, embora aquilo só tenha acontecido em seus sonhos. Seus pesadelos. Aquele em que lutava com o tio Aaron. Aquela era a casa. *Aquela era a casa!*

Miles tentou escutar o mais perto que pôde enquanto homens de todas as idades se reuniam ao redor de um homem muito, muito velho, de rosto pálido e uma longa barba branca. Aquele era o homem em que o tio Aaron e o sr. Chamberlain se transformavam em seus pesadelos. O homem parou no meio da escadaria para receber os convidados, como se aquele fosse o jantar mais requintado e robusto de todos os tempos.

O velho começou a falar, e Miles preparou os ouvidos para ouvir com clareza por entre a fresta que havia entre a janela e o peitoril.

— Boa noite, Chamberlains.

— Boa noite, Guardião — todos disseram em uníssono como zumbis. Zumbis de verdade.

Guardião? Miles não podia acreditar no que ouvia.

— Há alguma notícia a ser reportada? Algum novo prospecto? — Perguntou o Guardião.

Mãos se levantaram na multidão.

Um sujeito pequeno e magro, de cabelo ruivo armado e sardas no rosto, ergueu a mão.

— Sim, sr. Chamberlain?

Sim, sr. Chamberlain. Miles ouviu aquela frase repetidas vezes enquanto os homens na sala anunciavam suas vitórias semanais.

Dante Jones saiu da escola graças à pressão.

E convenci meu diretor de que estava me sentindo ameaçado por Marcus Williams. Ele é barulhento e não tem o direito de estar lá.

Estou mudando as rotas dos ônibus para garantir que não cheguem lá. Isso vai resolver muita coisa sem que a gente precise se esforçar.

Acabei de descobrir que Randolph Duncan está vivendo com uma família adotiva. Ele não é nada. Não tem ninguém.

— Vamos nos certificar de que seja apanhado esta semana — instruiu o Guardião. — Ele já está invisível, o que torna tudo mais fácil.

E assim por diante. Miles ouviu tudo, tentando não vomitar ou destruir o lugar — o que ele sabia ser uma ideia terrível. Alguns minutos mais tarde, o sr. Chamberlain se pronunciou. O *seu* sr. Chamberlain.

– Ah, antes de ouvirmos seu depoimento, sr. Chamberlain, deixe-me primeiro cumprimentá-lo pelo traje desta noite. Você me lembra meu velho amigo, o grande Jefferson Davis. – O Guardião apontou para um dos antigos retratos na parede.

– Obrigado, Guardião. É uma honra. Gostaria de relatar que venho observando o jovem Miles Morales.

– Sim, sim, Miles Morales. – Os olhos de Miles abriram-se quando ouviu o próprio nome. – O *super-herói.* – O sarcasmo permeava a voz do Guardião. *Super-herói? Mas... como eles sabem?* O mero pensamento de que alguém, especialmente o sr. Chamberlain e todos os demais naquela sala, sobre o segredo de Miles fez seu estômago virar. Os homens divertiam-se ruidosamente conforme o Guardião continuava a falar. – Poderes extraordinários se destinam apenas às pessoas extraordinárias. E, me escutem bem, você deve nascer extraordinário, com o sangue puro e uma mente forte. Ele não tem culpa de ser descendente da escória, mas é perigoso para todos que ele pense ser mais do que isso. Sim, sr. Chamberlain, o tenho observado também. Tenho viajado pelos seus pensamentos. Tenho sussurrado em seu sono, do mesmo jeito que fiz com parte dos homens de sua família. Embora ele seja um pouco mais resistente, devemos corrigi-lo. E, para fazer isso, precisamos quebrá-lo.

– Sim, senhor. Tentei enquadrá-lo por roubo... salsichas. Embora ele tenha evitado a expulsão, perdeu o emprego, piorando a situação financeira dos pais. – Outra risada espalhou-se pela sala. – Resumindo, acho que estamos a ponto de quebrá-lo.

O rosto de Miles contorceu-se. Reflexivamente, ele fechou os punhos.

– Ah. Isso é fantástico. Há outra pessoa que esteja observando? – Perguntou o Guardião.

– Não de modo ativo, mas há um garoto chamado Judge.

– Judge? – Zombou o Guardião. – Que *ironia.*[20] Bem, sr. Chamberlain, nos mantenha informados. Bom trabalho.

– Obrigado, Guardião. – O sr. Chamberlain mesclou-se aos demais.

O Guardião levou um copo até os lábios e bebeu.

---

20 *Judge*, em português, significa "juiz". (N. T.)

MILES MORALES: HOMEM-ARANHA

– Lembro-me de alguns séculos atrás, quando a América realmente funcionava. Quando o trabalho não era algo pelo qual precisávamos barganhar, mas algo que estava prontamente disponível por seres sem nenhum outro propósito além da servidão. Precisamos retornar a essa América. Essa é a nossa missão. – O Guardião parou de falar e sorveu outro gole da bebida. Sua deglutição parecia um pequeno animal caindo pela garganta. Ele limpou a boca. – Fico enojado com o que vejo hoje. Por isso, temos um trabalho a fazer. Um trabalho bom e importante. Corrigir. Lembrem-se de nosso lema: *Distraia e derrote*.

O Guardião levantou o copo e fez um brinde.

– Aos Chamberlains.

– Aos Chamberlains! – E assim teve início o coquetel.

Miles afastou-se da janela. Ele continuava camuflado, mas, com tantas pessoas presentes, sempre sentia que alguém poderia vê-lo. Retornou pelo campo da prisão até encontrar o alçapão de metal. Miles o puxou, mas o alçapão não abriu. Em seguida, puxou com mais força, arrebentando as dobradiças. Felizmente, não havia guardas monitorando o campo. Ainda assim, se alguém conseguisse escapar da prisão, pular o muro e, de alguma maneira, passar pelo arame farpado, não teria outro lugar para correr senão a casa do Guardião, onde, claramente, encontraria mais problemas.

Miles voltou ao túnel e correu pelo esgoto até retornar aos degraus sob o auditório. Encostou a orelha na porta para se certificar de que não havia nenhum casal ali dando uns amassos. Ao perceber que o caminho estava livre, chutou a porta para abri-la, correu até a lateral do prédio e voltou à festa, onde encontrou Ganke ainda parado no meio da pista de dança, imóvel como uma vareta e com as mãos unidas como um monge orando.

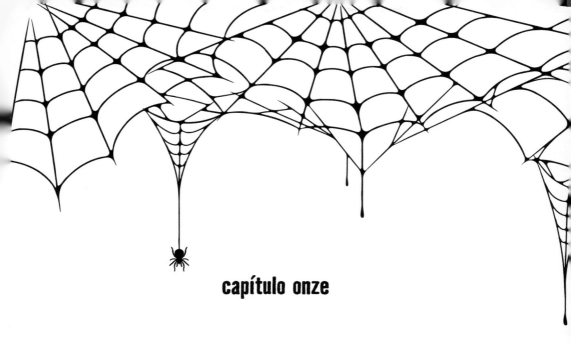

capítulo onze

— Miles, você está estranho — Ganke falou no caminho de volta ao dormitório. — Acabamos de sair da maior festa de todos os tempos, e você está agindo como se fosse apenas outro sábado à noite na casa dos Morales. Melhor ainda, você está agindo como se hoje fosse ontem à noite na casa dos Lee.

— Vou te contar o que aconteceu quando voltarmos para o quarto. Não posso falar sobre isso aqui – Miles soltou entredentes.

— Bem, posso ao menos te falar sobre a pegadinha? Então, a noite toda eles trouxeram aquelas tigelas de ponche, certo? Numa das vezes que encheram o refil, tinha uma garota esperando para pegar uma bebida. Quando ela enfiou a concha, começou a gritar. Cara, ela realmente deu uns berros. Foi louco. E adivinha? – Miles não respondeu. – Ela pensou que havia dedos lá dentro! Mas *não eram* dedos, e sim salsichas! Os veteranos são gênios! – Gargalhou Ganke, mas logo parou de rir, constrangido, ao notar a expressão no rosto do amigo. Miles não estava se divertindo. Como poderia, depois de ter descoberto que o sr. Chamberlain roubara as salsichas como parte de um plano para sabotá-lo? *Talvez os veteranos fossem* gênios, pensou Miles… *ligados ao departamento de História*. Ou talvez não. – Quer saber? Esquece. Você tinha que ter estado lá – finalizou Ganke.

MILES MORALES: HOMEM-ARANHA

Os alunos estavam por toda parte, e muitas das fantasias eram agora apenas um amontoado de maquiagem borrada. Gritavam e brincavam, agitados com o açúcar no sangue. Miles passou rapidamente por eles, embora tenha analisado todos os rostos à procura de Alicia, mas ela não estava lá. E foi melhor que não estivesse. Miles não estava em condições de falar com ela sobre... nada.

Ao chegarem no quarto, Miles tentou explicar tudo a Ganke.

– Então você o seguiu? – Perguntou o amigo, tirando a touca de natação cor-de-rosa da cabeça.

– Sim, cara. Eu o segui por uma porta do outro lado do auditó...

– Espera aí. – Ganke tocou os ombros como se estivesse pedindo tempo em uma partida. – Então... você perdeu a festa toda? Achei que tivesse perdido só o fim. E que estivesse com Alicia ou sei lá.

– Eu estava. Mas a deixei, porque, quando estava falando, ou... tentando falar com ela, Chamberlain apareceu e me provocou. Meu sentido aranha começou a disparar, e eu disse que tinha algo errado com ele. Que ele não é...

– *Espera*. TEMPO. TEM-PO! – Ganke colocou as mãos para cima novamente. – Então você *falou* com a Alicia? E como foi? – As sobrancelhas grossas do garoto pulavam.

– Ganke. Eu não sei, porque precisei ir embora.

– O quê? Por quê?

– É o que estou tentando te dizer! – Miles exclamou, socando as próprias pernas. – Escuta. Segui Chamberlain. Ele entrou por esta porta do outro lado do auditório. Tinha a chave dela. A porta levava a um tipo de esgoto, e, depois de andar pra caramba, chegamos ao outro lado, que dava na prisão.

Miles explicou tudo, as palavras saindo da boca mais rápido do que o cérebro podia processar. Ele contou a Ganke sobre como a casa era igual àquela dos seus sonhos, sobre o Guardião e sobre como eles tinham certos alunos como alvos – especialmente Miles.

– Eles sabem que eu sou o Homem-Aranha – explicou.

Ganke permaneceu quieto.

Miles colocou a máscara de zumbi na cama e abriu a porta do armário. Tirou algumas caixas de tênis do caminho e puxou o uniforme de Homem-Aranha.

– O que você está fazendo, Miles? – Perguntou Ganke, preocupado.

Miles colocou o uniforme na cama.

– Você sabe o que estou fazendo.

– Hoje à noite? – Ganke levantou-se da cama como se estivesse pronto para tentar impedir Miles fisicamente. – Você quer lutar em uma casa cheia de gente? Pensa, Miles. – Ganke batia o dedo em sua têmpora. – Ao que parece, o sr. Chamberlain e todos os demais Chamberlains estão sendo controlados por esse velho. Obviamente, ele é o cara que você precisa pegar.

Miles suspirou e sentou-se na cama ao lado do uniforme vermelho e preto. Observou-o.

– Você está certo. Eu estou tão... tão...

– Eu sei. Mas você está de novo com aquela cara de destruidor de carteiras, parceiro. E a última vez que isso aconteceu, você... bem... quebrou uma carteira.

– Cala a boca, cara. – Miles permitiu-se ficar mais calmo.

– Só estou dizendo: fica frio, pelo menos agora. – Ganke sentou-se em sua cama, tirou os sapatos e bocejou. – Só me promete que você vai dormir mesmo, e não ficar rastejando pelo teto. É noite de *Halloween* e não posso aguentar.

Miles atirou a máscara de zumbi em Ganke.

Miles deitou de barriga para cima, as mãos entrelaçadas por trás da cabeça. Olhava para o teto e deixava todos os pensamentos emaranhados daquela semana inundarem sua mente. Sua vizinhança, o único lugar que considerava seu lar, estava repleto de coisas complicadas que o tornaram quem ele era. Seus vizinhos: a sra. Shine regando suas flores, e Fat Tony contando e recontando seu dinheiro. Neek, que foi "pego" e como costumava espiar pelas cortinas com medo de que um dia pudesse ver um tanque de guerra no bloco. House e os caras da barbearia torcendo por Miles e o enxergando como um dos representantes do bairro. A mãe e o pai de Miles dando o melhor que podiam

MILES MORALES: HOMEM-ARANHA

para dar ao filho uma boa vida, com oportunidades melhores do que as que tiveram.

Miles pensou no tio Aaron; seu lado bom, seu lado ruim, a vida secreta que viveram juntos e a morte secreta que compartilharam. Pensou em Austin, que inconscientemente seguiu os passos do pai em um caminho que jamais soube que estava pavimentado para ele desde o momento em que nasceu. Pensou nos sonhos que o Guardião havia plantado. Os pesadelos que ele e Austin compartilhavam. Os gatos brancos. Os avisos de que eles tinham sangue ruim. De que eram ruins. E que todos estavam atrás deles.

Miles pensou nos três amigos do pai, Sip, Carlo e John John, jogando cartas na mesa e falando bobagens um para o outro sobre os velhos tempos. Sobre como sempre havia um sr. Chamberlain, um adulto na escola que os perseguia e tornava suas vidas mais difíceis. E então, depois de pensar sobre todas essas coisas, Miles pensou nela. Alicia, a linda corcunda do *Halloween*, a quem ele jogou o poema – sua salsa. E, antes que pudesse refletir se ela teria gostado ou não, ou mesmo dado um sorriso, ele caiu no sono.

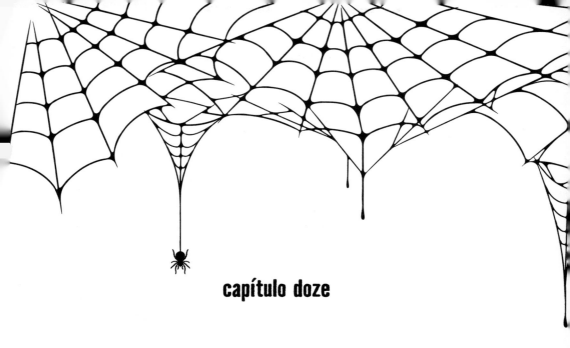

capítulo doze

Miles dormiu. Mais ou menos. Embora tenha praticamente desmaiado de exaustão, foi um sono entrecortado; acordou diversas vezes com o coração batendo forte, a cabeça girando e a náusea o sufocando. Não havia jeito de ter uma boa noite de sono sabendo o que sabia. Tendo visto o que viu. Na quarta vez que acordou, quando o sol enfim começou a esquentar o céu com seu laranja, decidiu se levantar. Ele saiu da cama e do quarto. O corredor estava cheio de papéis de bala e pedaços perdidos de fantasias, que, provavelmente, se tornaram armas improvisadas para adolescentes sob o efeito do açúcar e do ego. Quando Miles entrou no banheiro, vazio, mas ainda encharcado, entrou debaixo de uma das duchas e a ligou. A água gelada enviou um choque pelo seu corpo antes de esquentar-se rapidamente. O vapor o engoliu enquanto estava ali, virando o registro para deixar a água cada vez mais quente e descobrir quanta dor podia suportar.

Depois do banho, foi para a pia escovar os dentes. Apertou a pasta de dente sobre a escova, enfiou-a na boca e ergueu os olhos. Ele era Aaron. Miles fechou os olhos e os abriu de novo. Austin. Cambaleou para trás balançando a cabeça, a espuma branca saindo da boca. Olhou novamente para o espelho e viu a si próprio. Cuspiu na pia. Deixou a água fria sair da torneira, formando uma concha com suas mãos e

MILES MORALES: HOMEM-ARANHA

molhando o rosto para limpar a pasta de dente e se livrar da alucinação que estava sofrendo. Miles secou o rosto do nariz para baixo, encarando-se no espelho. Então secou a boca, o queixo e largou a toalha; mas aquela pele não era mais a sua. O marrom de antes era agora um branco alvo e fino. Sua pele lisa fora preenchida por fios de barba longos e viscosos.

– O quê? – Apavorou-se Miles, o coração afundando até o estômago. Ele fechou os olhos mais uma vez, mantendo-os fechados e repetindo para si:

– Acorda, Miles. Acorda. – Então, colocou a mão no queixo. Não havia mais nada. Apenas pele de novo. A barba se fora.

Ganke ainda dormia quando Miles voltou ao quarto. Ele se vestiu rapidamente – jeans e uma camiseta – e saiu do quarto em direção às escadas. Era manhã de domingo. Uma hora familiar do dia – geralmente, o momento em que Miles ia para a igreja com a mãe.

– O padre Jamie tem algumas palavras para a gente, Miles – diria a mãe, o som de seus sapatos de salto alto batendo na calçada. Mas Miles nunca se empolgava muito com aquilo. Neste domingo, porém, desejava estar sentado perto da mãe no banco da igreja enquanto ela lhe dava alguns doces. Os dois dividindo um hinário e cantando fora do tom. Assim, decidiu ir para onde nunca tinha ido enquanto esteve na Brooklyn Visions Academy – a capela do *campus*.

O tempo não estava tão bonito quanto no começo da semana, mas sem dúvidas estava calmo. A luz da aurora matinal estava sendo ofuscada pelas nuvens. Caía uma chuva leve, que em um dia comum seria um incômodo, mas naquela manhã em particular era refrescante.

A capela ficava do outro lado do *campus*, o que fez Miles caminhar pelas calçadas de pedra cheias de lixo entre os edifícios grandiosos de mármore e tijolos. Ele passou diante da loja e imaginou que Winnie estivesse lá. Pensou em entrar, mas decidiu seguir em frente. Passou pela biblioteca, seu lema EX NIHILO NIHIL FIT21 entalhado na pedra branca sobre as gigantescas portas duplas. A sra. Tripley talvez estivesse lá, dormindo. A imagem dela vestida como Mary Shelley

---

21 Expressão do latim que significa "Nada surge do nada", atribuída ao filósofo grego Parmênides (530 a.C.-460 a.C.). (N. T.)

– que basicamente era ela usando um longo vestido preto de baile – encolhida entre as prateleiras veio à cabeça de Miles e o fez sorrir.

Ele prosseguiu e chegou ao pátio, onde os pingos de chuva caíam e ondulavam a água da fonte. Miles lembrou-se do evento de poesia. Sentiu que os pingos ficaram mais gelados; sua camiseta, que encharcava aos poucos, agora estava mais pesada do que há alguns passos. Seguiu em frente e logo encontrou a capela atrás do pátio.

Era uma construção branca e pequena, com apenas dois degraus e nenhuma ornamentação. Estava distante da suntuosidade do restante do *campus*. As portas estavam fechadas, mas Miles supôs que a igreja estivesse sempre aberta. Talvez ele pudesse entrar para se confessar, desabafar, pedir perdão pelo que queria fazer ao Guardião – o que planejava fazer. Sua mãe ficaria orgulhosa se soubesse onde ele estava. Contudo, quando Miles subiu os degraus e tentou mover o puxador de latão da porta, ela não se moveu. Tentou de novo. Estava trancada. Então decidiu sentar-se nos degraus e esperar.

Não demorou até que pessoas começassem a aparecer. Não eram, porém, outros estudantes à procura de um lugar silencioso para rezar, e sim homens vestidos com macacões verdes e botas sujas que carregavam sacos de lixo e bastões com uma lança na ponta. Os funcionários da manutenção estavam limpando a sujeira da noite anterior – papéis de bala, latas de refrigerante, papéis de bala e mais papéis de bala.

Miles observou-os usando a lança para pegar os pedacinhos de papel e jogá-los nos sacos. Isso o fez se lembrar do que fizera na semana anterior a mando do pai – a limpeza de seu quarteirão. A única diferença é que aqueles caras estavam sendo pagos. Ainda assim, Miles não podia deixar de pensar no pai dizendo que ele era responsável por seu quarteirão e que ser um herói não apenas era uma questão de fazer grandes coisas, mas também coisas pequenas, como coletar o lixo. Miles levantou-se e se aproximou de um dos homens.

– Bom dia – disse para um cara que usava um capuz na cabeça e fones de ouvido. Ele tirou um dos fones para escutá-lo.

– O que disse?

– Eu disse "bom dia" – repetiu Miles.

O homem assentiu.

MILES MORALES: HOMEM-ARANHA

– Bom dia. – Em seguida, começou a recolocar o fone, ao que Miles interrompeu.

– Desculpe, mas posso te perguntar uma coisa? – Começou Miles. O cara assentiu novamente. – Será que posso ajudar vocês?

– Ajudar a gente? – Bufou o homem. – Ei, o garoto aqui quer ajudar a gente – ele disse, virando-se para os homens ao redor dele.

– Ajudar a gente? – Repetiu outro cara com um chapéu laranja. Havia um palito de dentes no canto de sua boca. – Hum... você sabe que a gente está limpando esse lixo todo, certo?

– Sim, eu sei.

Eles entreolharam-se. Deram de ombros. Em seguida, o Fone de Ouvido deu a Miles seu bastão com a lança na ponta.

– Eu seguro o saco – ele orientou, obviamente feliz por se livrar de parte do trabalho. – Já passamos aqui antes e agora voltamos para seguir até os dormitórios.

– Beleza.

Enquanto seguiam de uma parte à outra do *campus*, o pessoal da manutenção trocou algumas palavras com Miles, mas ele passou a maior parte do tempo apenas escutando os demais falando sobre seus fins de semana.

– Alguém aqui já experimentou o bagre do Peaches? – Perguntou o Chapéu Laranja.

– Peaches? – Perguntou um cara de barba curta, parecida com feltro preto.

– Sim, Peaches. Você sabe, o lugar que Benji trabalhava como garçom. Perto da Macdonough – explicou o Chapéu Laranja. Os ouvidos de Miles ficaram atentos ao ouvir aquele nome. *Benji, Benji. Onde eu...?* Ele enxugou a chuva da testa e enfiou a lança do bastão em uma embalagem de Snickers.

– E onde foi parar o Benji? Não era para ele estar aqui? – Perguntou o Palito de Dentes, balançando a cabeça.

– Ninguém tem visto ele desde a segunda-feira, quando apareceu para trabalhar todo estropiado. Depois desse dia, não ligou e nem apareceu – contou o Feltro Preto. Miles olhou para cima e voltou os olhos

184

para baixo em busca de seu próximo lixo. *Benji. Não...* não aquele da quadra de basquete. Não pode ser, pensou Miles.

— Provavelmente está tentando entrar para o Knicks de novo – disse um cara chamado Ricky, um sujeito baixinho com calças grandes amontoadas e amarrotadas nos canos de suas botas.

— Ele nunca tentou entrar para os Knicks – disse o Fone de Ouvido.

— Ele me disse que tentou – rebateu Ricky.

— Ele também te disse que tinha provas de que podia dar o salto vertical mais alto do mundo. – Todo mundo riu. Todo mundo, exceto Miles.

— Talvez ele só tenha largado essa merda de emprego – soltou o Fone de Ouvido, abrindo o saco de lixo para que Miles pudesse despejar o conteúdo na lança. A garoa havia começado a diminuir.

— Sem contar para a gente? – Perguntou o Palito de Dentes. – Liguei pra ele e tudo mais. Duas vezes.

— E ele não retornou? – Perguntou o Feltro Preto.

— Não. E isso foi dias atrás. Até parece que ele desapareceu.

— Como assim *desapareceu*? – Miles agora se intrometia na conversa. Ele não tinha a intenção, mas não pôde evitar. Os quatro homens de verde olharam para ele.

— Você conhece o Benji? – Perguntou Ricky, seu tom ligeiramente mais duro do que há alguns segundos. Sua voz deixava claro que metade dele fazia uma pergunta sincera enquanto a outra metade dizia para Miles cuidar da própria vida.

— Hum... não. Eu só...

E, antes que Miles tentasse tirar as palavras alojadas em sua garganta, o Chapéu Laranja entrou no meio.

— Que seja. A questão é: se vocês nunca ouviram falar sobre o bagre do Peaches, façam um favor a si mesmos. Eles empanam o peixe com fubá e tudo mais. Bom pra caramba. – Ele aproximou-se de Miles e pegou o bastão, o que significava que o trabalho acabara. Eles estavam de volta aos dormitórios.

— Você também, garoto – disse o Chapéu Laranja para Miles. – Tenho certeza de que provavelmente é melhor do que a comida que vocês comem nessa escola sem graça.

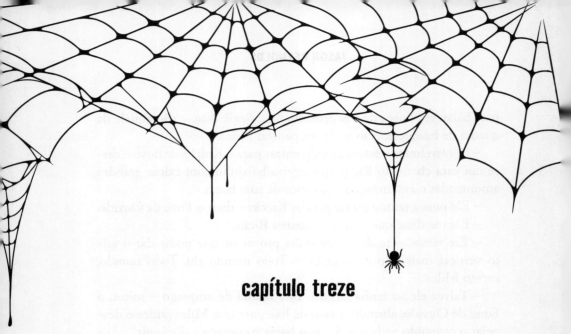

capítulo treze

— Bom dia, hum… eu ia dizer *raio de sol*, mas você está encharcado, então… bom dia, temporal — Ganke cumprimentou Miles quando o amigo voltou para o quarto. Estava sentado na cadeira de sua escrivaninha, comendo uma tigela de cereal e assistindo à TV.

Miles não respondeu. Apenas sentou-se em sua cama e colocou as mãos no rosto. Benji não merecia ter apanhado. Embora não soubesse o que havia acontecido com Benji, no fundo, Miles imaginava qual era o problema.

— Você está legal? — Perguntou Ganke, girando a cadeira na direção do amigo. Miles permaneceu com o rosto escondido.

— Sim — respondeu, a voz abafada pelas mãos. — Fui para a capela. — Miles levantou o rosto.

— A capela do *campus*? — Ganke pareceu surpreso. — O que houve? Sua mãe apareceu nos seus sonhos e te disse para arrastar sua bunda até a igreja? — Miles não riu.

— Ela não estava aberta. Acho que era muito cedo. Mas ainda assim recebi uma mensagem. — De repente, Miles levantou-se da cama, agachou-se e buscou algo sob a beliche. Passou a mão algumas vezes até encontrar seus lançadores de teia. Colocou-os na cama e foi ao armário pegar novamente o uniforme. – E agora estou indo entregar a minha mensagem.

– Miles, o que você está fazendo? – Indagou Ganke. Miles continuou a se vestir. – Miles. – Ganke colocou a tigela na escrivaninha. – Não são nem oito da manhã.

– Olha, esfriei a cabeça. Como você me pediu. – Miles tirou as roupas molhadas, secou-se com uma toalha e colocou o uniforme no corpo, como se fosse uma segunda pele. – E agora preciso ir.

Ele pegou a máscara e caminhou até o espelho.

Ganke se levantou.

Miles colocou lentamente a máscara sobre a testa, e então sobre os olhos. Como sempre, fechou-os por uma fração de segundo até que os buracos ficassem no lugar. Em seguida, abriu os olhos e continuou a puxar a máscara sobre o nariz, a boca e o queixo. Olhou-se no espelho outra vez. Homem-Aranha.

– O que você disse na noite passada estava certo. Se você corta a cabeça, os pés também morrem. Aquele velho é a cabeça. E preciso pará-lo. Ele está machucando muitas pessoas. Pessoas que conhecemos. Pessoas que não conhecemos. Pessoas que nem sequer estão vivas ainda, cara. Ele está machucando minha família, gente da minha vizinhança, eu... eu não vou conseguir fazer mais nada se não resolver isso. Do que adianta ser um herói se não consigo nem me salvar?

– Você tem certeza disso? – Perguntou Ganke. Ele olhou para Miles muito seriamente e sem sarcasmo. Era apenas Ganke, o mais próximo que Miles tinha de um irmão. Alguém que o amava.

– Estou certo. – Miles assentiu. – Não tenho dúvidas. Sei o que está acontecendo. E conhecimento é poder.

– E com grandes poderes...

– Vêm grandes responsabilidades – terminou Miles, colocando a mão para cima para Ganke o cumprimentar. O amigo deu um tapa na palma da mão de Miles e a segurou com força, olho no olho, antes de Miles virar-se para a janela, abri-la e se camuflar no vermelho dos tijolos e no azul do céu para saltar.

Miles rastejou pela lateral do prédio antes de pular no chão e correr pelo *campus* para chegar ao auditório. Ao voltar à mesma porta em que seguiu o sr. Chamberlain na noite anterior, curvou o aço o suficiente para entrar. Saiu do modo camuflagem e desceu pelos degraus até chegar ao túnel, onde a luz era engolida pela escuridão e a água batia nele. Atravessou o túnel como um trem-bala. O seu cérebro não parava de disparar pensamentos – o nome de sua família, a suspensão, seu tio, seu pai, sua vizinhança, Austin, todos os que vieram antes dele e os que viriam depois.

Todos os que viriam depois.

Após alguns minutos de corrida pelo túnel, chegou ao alçapão de portas duplas. Ele escutou. Podia ouvir os grilos pulando pelo campo e um avião que ainda estava a quilômetros dali. Não ouviu, porém, o som da grama se curvando, o que significava que não havia nenhum pé por perto. Miles abriu o alçapão, saiu e olhou para trás. A cerca, mais alta que muitos prédios, bloqueava o acesso ao muro de pedra da prisão.

Miles correu em direção à casa e passou pela janela que havia usado na noite anterior para espiar a reunião. Agachou-se como um soldado esperando a ordem de ataque. O Guardião estava lá, vestindo calças e uma camisa social branca, sentado em uma enorme poltrona e bebericando uma caneca. O sol brilhava pela janela e era filtrado pelos adornos de cristal do armário encostado na parede, criando um caleidoscópio de arco-íris que seria uma bela imagem em circunstâncias diferentes. Uma imagem destinada a uma galeria de arte ou museu.

Um gato branco, da cor da neve fresca, surgiu de trás do sofá, onde pulou e esfregou-se na perna do velho, que acariciou seu pelo gentilmente. Miles podia ouvir o ronronar do gato, um ruído suave e acolhedor, que lambia a própria boca e bocejava, exibindo as presas. Novamente, Miles admirou a cena, espantado pela doçura do momento. Um homem rico aproveitando a manhã de domingo com seu gato. Miles sempre quis ter um animal de estimação. Mas não um gato. Ele preferia cachorros, embora seu pai dissesse que ter um cachorro era como ter outro filho, outra boca para alimentar. *E quem vai andar com ele? E se ele te morder, Miles?*, era o que o pai dizia. E sempre que Miles tentava argumentar que não seria mordido, seu pai respondia: *Se tem dentes, vai morder.*

E aquele gato de aparência doce tinha dentes. Assim como aquele velho aparentemente inofensivo, que exibia um corpo desgastado, parecido com papel machê. Ele tinha dentes também. Dentes que aparentemente caíram na caneca da qual bebericava, pois ele enfiou seu dedo dentro dela e pegou um deles como se fosse uma lasca de gelo. Observou o Guardião posicionar o dente de volta no lugar e o pressionar com o dedão na parte de cima, aparentemente forçando o asqueroso incisivo de volta à gengiva.

Nojento. Miles estremeceu. E então o Guardião olhou para a janela. Miles ainda estava camuflado, mas sentiu a necessidade de se esconder por trás do beiral da janela. Sentiu-se um idiota e se levantou, sabendo que estava mesclado à grama, ao céu, às pedras e ao portão. O Guardião colocou a caneca em uma mesinha e se levantou, fazendo o gato pular de seu colo até o chão. Caminhou até a janela e parou à frente dela, fitando o campo e admirando a prisão, o grande bloco de cimento e a área em construção para expansão. Ele olhava para tudo aquilo como se fosse um carro reluzente ou um filho do qual se orgulhava – seu bebê. Miles ficou na frente dele, inalando a idade da pele do Guardião pelo vidro. Ele cheirava a suor e terra. Mas Miles não estava preocupado; ele voltou sua atenção ao gato, que sabia poder enxergá-lo. *Pega leve, gatinho. Pega leve.* O gato olhava para Miles, e sua cauda balançava para a frente e para trás, do mesmo jeito que havia visto dias antes quando um gato similar, se não o mesmo, estava na entrada da casa de Neek. De repente, o gato ficou no modo de ataque – corpo arqueado, pelos em pé e sibilos. *Calma, gatinho*, Miles disse para si mesmo, colocando o dedo na boca em um gesto de silenciamento. O Guardião deu um passo para trás, atraindo o olhar de Miles. Seu rosto endureceu-se em uma expressão perversa.

Espera. De jeito nenhum… Ele não pode…

Mas ele podia. De algum jeito, também podia ver Miles.

O Guardião saiu correndo enquanto o gato se escondeu atrás do sofá. Miles deu alguns passos para trás e, como um míssil humano, invadiu a casa pela janela. O vidro explodiu pela sala, espalhando estilhaços por toda parte. Em seguida, Miles rolou para a frente e ficou de pé, assumindo uma posição de ataque. Alcançou o Guardião antes que o velho pudesse pegar o chicote na parede. Miles o agarrou pelo ombro – um ombro que mais parecia uma maçaneta sob um tecido – e virou o homem para encará-lo.

O Guardião, em um acesso de pânico, deu um golpe desesperado na direção do rosto de Miles. O garoto recuou, criando um espaço entre ambos. O Guardião levantou as mãos como um lutador de boxe e girou os punhos como se estivesse dançando… salsa.

– Seu tolo. Você achou que eu não podia vê-lo, não é? – Ele disse, ainda com os punhos erguidos. – Mas quando você tem séculos de vida, cria um tipo diferente de visão. Você vê todas as coisas que não parecem estar lá. – Seus lábios curvaram-se em um rosnado, mostrando dentes quebrados como madeira. – Como *oportunidades*. – Em seguida, atacou Miles, os punhos voando muito mais rápidos e fortes do que o garoto esperava.

Esquerda, esquerda, agacha. Em seguida, o Guardião surpreendeu Miles com um gancho de direita em seu queixo. Ele mordeu a língua. Ouviu seus dentes cortarem a carne. O sangue preencheu sua boca, assim como a dor. Antes que Miles pudesse se recuperar, o Guardião lhe desferiu outros dois socos – *jabs* fortes que atingiram o nariz de Miles. Seus ouvidos chiaram e os olhos se encheram de lágrimas enquanto era pego de surpresa pela velocidade e pela força do Guardião. *Este homem não tem centenas de anos? Por que ele não está caindo aos pedaços?* Mas não havia tempo para pensar sobre essas coisas porque o Guardião havia levantado a perna e acertado um chute no peito de Miles, arremessando-o até a grande porta de entrada. Em seguida, o velho correu em sua direção, desferindo uma série de socos que a maioria dos boxeadores seria incapaz de executar. Miles fez o que pôde para bloqueá-los até que, em um ato de desespero, pegou um abajur na mesinha ao lado – a cúpula de vidro vermelho, verde e roxo – e o quebrou na cabeça do Guardião. O vidro se partiu e cacos coloridos caíram como confetes em um *sundae*. Exatamente como no pesadelo de Miles.

Quase exatamente.

O Guardião caiu no chão e Miles atirou sua teia para prendê-lo, mas apenas uma pequena quantidade saiu do lançador. *Ah, não. Não me diga que...* O Guardião, sorrindo novamente, voltou a ficar de pé. O sangue pingava de seu rosto cinzento, mas não era vermelho. Era azul. E grosso. Ele escorreu pela camisa branca e pelo piso de mosaico. Miles tentou lançar sua teia de novo, mas nada aconteceu.

– Ah, que vista esplêndida! – Provocou o Guardião, enxugando o sangue do rosto com o dedo. – O que acontece com a aranha que perde sua teia? Ela ainda tem o direito de se chamar aranha? – Então, antes que Miles pudesse atacar, o Guardião esticou os braços como se fossem asas e agarrou as extremidades da sala. Era como se tudo – a sala, o chão, os sofás, as pinturas, o sangue, o vidro e até o próprio Miles – fosse apenas algum tipo de projeção estranha sendo exibida em um tecido gigantesco. Como se não fosse real. Como se fosse algo palpável e dobrável. E foi exatamente isso que o Guardião fez. Ele agarrou as extremidades da sala, as linhas de junção de tudo o que Miles podia ver, e as puxou para perto de si como se fossem uma cortina, dobrando e redobrando a realidade. Ele fechou o mundo ao seu redor, cada vez mais apertado, até atingir Miles com a sala inteira. Tudo ficou escuro por uma fração de segundo, e, quando Miles conseguiu enxergar de novo, o Guardião abriu as mãos, e o garoto não fez ideia de onde estava. Ou de quem era. Ele colocou as mãos no peito; as teias no uniforme não eram familiares. Miles não conseguia lembrar seu nome. Ou de onde era. Ou o que estava fazendo de uniforme no meio do nada. Era como se tivesse sido apagado. Como se não houvesse Rio, Jefferson, Aaron ou Ganke. Como se não houvesse Homem-Aranha. *Tabula rasa.*[22]

Enquanto Miles cambaleava pela sala, desorientado, o Guardião tirou vantagem da situação e o atacou. Miles não podia vê-lo, mas sentia cada golpe. Nos rins, nas costelas, no esterno e no queixo. A cada golpe, Miles sacudia os braços para o nada, usando os punhos para tentar acertar algo que não estava fisicamente lá.

Felizmente, o transe durou apenas quinze segundos até que Miles voltasse a si. Até que o espaço branco que havia se tornado sua realidade fosse desdobrado, como um leque se abrindo e revelando uma bela

---

22   Expressão do latim que significa "tábua raspada", mas geralmente é utilizada ao sentido de "folha em branco".

MILES MORALES: HOMEM-ARANHA

imagem, cheia de cor e vida – com a exceção de que essa imagem não era tão bela para Miles. Ele estava de volta ao local que nunca havia deixado – a casa do Guardião, com a plena memória de quem era e do que estava fazendo ali. Era assim que havia imaginado a câmera de segurança. Pensou que haveria um lapso de tempo que ninguém notaria. Exceto que, neste caso, ele estava preso em um espaço vazio e ele era o ninguém que não notaria nada.

O que ele notou foi o Guardião, que havia acabado de pegar o chicote na parede.

– Sua vida é um pesadelo! – Berrou o Guardião, segurando o chicote. – E não há nada que possa fazer em relação a isso. – Em vez de tentar açoitar Miles, o Guardião mirou e jogou o chicote na direção do garoto. A coisa mais fácil e óbvia a ser feita por Miles era desviar do caminho. Um simples drible. Mas, antes que pudesse se mover, o chicote tornou-se o corpo de um gato de nove caudas em pleno ar. Aquele não era como os demais gatos que Miles havia visto ultimamente, como o bichano que se escondeu atrás do sofá do Guardião. Aquela era uma criatura enorme, com o dobro do tamanho de um urso, que rangia os dentes. Ele arqueou as costas, os pelos se tornando pontiagudos. Era uma criatura tão grande que, se o telhado não fosse alto na mansão do Guardião, os pelos pontiagudos do gato deixariam buracos. Miles encarou o animal, movendo-se devagar conforme era observado por ele e esperando o momento certo para atacá-lo. Suas nove caudas serpentearam pela sala, os pelos afiados como lâminas e com extremidades afiladas. As caudas erguiam-se por trás do gato-dragão e se moviam violentamente para a frente.

– Aqui, gatinho – provocou Miles, entortando o pescoço para se assegurar de que o Guardião estava à vista. Seus olhos pousaram no gato, em seus dentes e caudas. Em seguida, pousaram no Guardião, que agora atravessava a sala em direção à pintura de Jefferson Davis. O gato sibilou e golpeou Miles, mas não com força. Era como se estivesse testando sua presa. Miles emborrachou rapidamente o corpo, dobrando-se para trás como se não tivesse ossos. Assim, as garras do animal apenas rasparam seu torso, rasgando o uniforme. *Cuidado com o Guardião*, dizia a si mesmo enquanto se dirigia ao canto da sala.

Tocou a área rasgada do uniforme. Sentiu sua carne e procurou pelo sangue. Havia apenas um pouco. As garras quase não machucaram a pele. *Cuidado com o Guardião.* Miles, ainda de olho no gato gigante, viu quando o Guardião empurrou a enorme pintura para o lado, revelando uma alavanca escondida na parede. Ele a puxou para baixo, acionando um alarme sonoro. O zunido era igual ao da prisão. Aquele que lembrava o de uma eletrocussão. Aquele usado quando os guardas eram chamados. Miles engoliu em seco, sabendo que não podia ser um bom sinal e também que, seja lá o que significasse, não iria sumir com o problema que tinha diante de si. – Aqui, gatinho, gatinho, gatinho – repetia Miles para atrair a atenção do animal.

O primeiro instinto de Miles foi acionar o modo camuflagem, mas logo se lembrou de que não adiantaria. O gato ainda seria capaz de vê-lo. Sem contar o próprio Guardião. Miles percebeu que sua única esperança seria tirar vantagem das caudas.

Assim, saltou sobre o gato, movendo-se para que o animal o atacasse. E foi o que ele fez. Foi uma patada forte, que Miles evitou ao jogar-se contra a parede, que ficou com a marca das garras. O garoto correu de um lado para o outro, instigando o gato a acertá-lo como se ele fosse um brinquedo na ponta de uma corda. Cada vez que a criatura o perdia em suas investidas, deixava mais marcas nas paredes. Enfim, o agora frustrado gato usou uma das caudas para atacar, mas Miles se desviou a tempo, fazendo ele abrir um buraco na parede. Seus pelos de navalha ficaram presos na rocha e na argila. O gato tentou atacar novamente com a cauda, errando o alvo outra vez. E assim seguiram suas tentativas. Miles saía em disparada pela sala chamando a atenção do gato, que fazia suas caudas dançarem aqui e acolá, batendo nas paredes e até mesmo no teto, prendendo seus pelos na argamassa. Momentos depois, o gato ficou preso, com suas nove caudas espalhadas ao redor da sala imobilizando seu corpo gigante no lugar. O monstruoso animal, por fim, soltou um urro lancinante e tornou-se novamente um chicote.

– Você não pode me vencer! – Gritou Miles para o Guardião, que correu para pegar o chicote. O garoto saltou da parede e acertou seus dois pés no peito do Guardião, retornando o favor anterior e o lançando contra a pintura de Davis, que se soltou da parede e acertou o velho. A moldura caiu em seu pescoço, a pintura atingiu-lhe o corpo, e a tela curvou-se sobre a cabeça do Guardião. Quando ele conseguiu se livrar do quadro, Miles já havia capturado seu chicote.

– Você não sabe o que fazer com isso. Você não tem isso em você – rosnou o Guardião, mostrando uma fresta entre os dentes. Ele enfiou a língua pela fresta e cuspiu uma gosma azul no chão. – Você nem sabe quem é. – Miles começou a girar o chicote lentamente, tomando cuidado para não se acertar. Concentrou-se no Guardião. – Você nem sabe quem eu sou! – E, como acontece quando se troca de canal na TV, o rosto do Guardião mudou várias vezes. Primeiro, para o rosto do pai de Miles. *Zap.* O rosto de Austin. *Zap.* O rosto de Jefferson Davis. *Zap.* O rosto do tio Aaron. – Você é como eu! – *Zap.* O rosto do Guardião. – Um inseto! Algo a ser esmagado por um polegar. – O velho soltou uma gargalhada e, outra vez, estendeu os braços para agarrar a sala, arrancando-a do mundo como se fosse um adesivo. Desta vez, Miles virou-se para uma das grandes janelas. Seu coração batia forte, acompanhando a mente a mil por hora, tentando convencer-se de que aquilo era real. Que não era um sonho, um pesadelo em que você acorda e percebe que ainda está no pesadelo. *Acorda. Não, você tá acordado. Você tá acordado.* No campo, ele pôde ver os Chamberlains correndo em direção à casa. Um exército pronto para atacar. Miles ajustou os olhos, tirando sua atenção da horda e focando no próprio reflexo. Ele sabia que o Guardião estava manipulando o mundo de novo e que o melhor que podia fazer era se preparar. Assim, Miles permaneceu de olho na sua imagem no vidro, os raios de sol batendo na parte de cima do reflexo da máscara vermelha e preta.

E então… CLAP!

Escuridão. E clarão. Vazio. Parecia que Miles havia sido sugado para um vácuo. Uma câmara de eco. Havia um zunido em seus ouvidos, um som penetrante que se tornou cada vez mais alto até parar abruptamente.

Silêncio.

Você pode me ouvir? Olá? Você pode me ouvir? Você pode ouvir a gente? Escute. Escute com atenção. Nossos nomes são Aaron, Austin, Benny,

Neek, Cyrus, John, Carlo, Sherman. Benji. Nossos nomes são Rio, Frenchie, Winnie, Alicia. Nosso nome é Miles Morales. Nós temos dezesseis anos de idade. Nós somos do Brooklyn. Nós somos o Homem-Aranha.

Escuridão.

Tudo isso está em nossas mentes.

Escuridão.

Tudo isso está em sua mente.

Tudo isso está em sua mente...

E então, luz. Apenas por uma fração de segundo. Um piscar de olhos. E Miles ainda estava na casa. Ainda segurava o chicote. Ainda olhava para a janela, seu reflexo no vidro. Nada havia mudado.

– O quê? – O Guardião cambaleou para trás, balançando a cabeça devido à fracassada tentativa de distorcer a mente de Miles. O garoto sorriu. Mas o sorriso foi logo interrompido pela horda de Chamberlains ao redor da casa, tentando entrar pela janela quebrada, subindo no pórtico e jogando-se contra a porta como zumbis.

Miles sabia que não seria possível acabar com todos, então se virou para o Guardião e seguiu em sua direção. Ele segurava o chicote com firmeza, com suas nove tiras balançando frouxamente. Então, começou a girá-lo devagar como fizera antes.

– Não faça isso – ordenou o Guardião, erguendo a mão. Miles deu um passo à frente, ainda balançando o chicote. – Você não sabe o que está fazendo, garoto. Você não sabe lidar com esse tipo de poder! – Gritou o Guardião enquanto Miles repetia o movimento, com as tiras girando como hélices. Conforme elas cortavam o ar, seu som ficava cada vez mais alto. Sem se mover, Miles apenas largou o chicote. O movimento das tiras o lançou pela sala, e, assim como aconteceu quando o Guardião o jogou, o chicote se transformou em um gato.

Nesse instante, a porta se abriu e os Chamberlains invadiram a casa como tropas se infiltrando em uma base. Alguns conseguiram entrar até mesmo pela janela quebrada. Miles assumiu uma posição de luta, pronto para atacar o primeiro Chamberlain que viesse para cima.

– Me ajudem! – Gritou o Guardião. Mas, antes que pudessem se mover, o gato gigante perfurou o velho com uma de suas caudas.

MILES MORALES: HOMEM-ARANHA

Todos os Chamberlains ficaram paralisados. O gato desferiu um segundo golpe no Guardião com outra cauda. E outra. Cauda após cauda se lançando contra o velho, pregando-o na parede no mesmo ponto onde seu amigo Jefferson Davis ficara pendurado por anos.

Não houve mais barulho. Nem do gato, nem dos Chamberlains e tampouco de Miles. Até mesmo o relógio carrilhão estava em silêncio. Parecia que o mundo se emudecera. E então, barulhento como uma rajada de vento, o Guardião deu seu último suspiro.

Os pelos da fera de nove caudas espalharam-se pela sala como uma nevasca, deixando em seu lugar apenas um gato doméstico. Não havia mais chicote. Os Chamberlains saíram de seu estupor, e, em um movimento rápido de reflexo, Miles se camuflou. Entreolharam-se intrigados, mas não disseram nenhuma palavra. Eles saíram da casa e caminharam pelo campo, deixando Miles na porta de entrada observando-os, a prisão ao longe e um gato branco – dois gatos brancos – esfregando-se carinhosamente em sua perna.

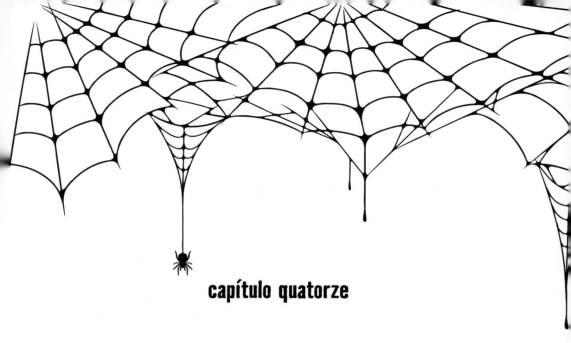

capítulo quatorze

Miles subiu pela parede do dormitório e caiu dentro do quarto. Ganke gritou e pausou o jogo de Nintendo para correr até onde estava o amigo e o ajudá-lo a se levantar.

— Nossa, cara. Parece que você levou uma surra — disse Ganke, erguendo-o.

— Bem, não foi tão intensa quanto a que eu dei. — Miles empurrou as palavras entre caretas e tirou a máscara do rosto. — Foi estranho. Ele podia me ver, cara, mesmo quando eu estava camuflado. Ele olhou para *mim*. Disse que, quando você é velho como ele, pode ver as coisas que as pessoas não acham que estão lá.

— Ah, cara, ele realmente é o chefe do sr. Chamberlain. Nosso sr. Chamberlain. Para falar coisas doidas assim… Tipo, que merda isso significa?

— Ele olhou na minha cara e disse *oportunidade*. — Miles balançou a cabeça. — Como se *eu* fosse a oportunidade.

— Bom, aposto que ele não imaginava que a "oportunidade" ia arrebentá-lo. — Ganke fechou o punho para cumprimentar o amigo, mas Miles recuou, temeroso de que seu antebraço ainda estivesse muito dolorido. — Você bateu nele, certo?

Miles assentiu. Ganke sentou-se novamente em sua cadeira, aliviado. E também um pouquinho orgulhoso.

Miles contou a Ganke o restante da história: o que o Guardião havia dito, a manipulação mental, o gato gigante com nove caudas e o jeito com que o velho tentou atiçar os Chamberlains para cima dele como se fossem cães de guarda zumbis.

– Mas, quando tudo terminou, eles apenas foram embora. Era como se todos tivessem acordado de um sonho. Como se fossem sonâmbulos e tivessem decidido, de repente, voltar para casa. Foi louco. – Miles balançou a cabeça de leve. – Mas o que realmente me espantou, e ainda me espanta, é que eles não disseram nada. Não se perguntaram como ou por que estavam naquela casa atrás da prisão. Eles só saíram do transe que o Guardião tinha criado e foram embora. Então... e se o transe não foi um transe *absoluto*? Quer dizer, se eles sabiam onde estavam e não pareceram surpresos, então é possível que não existisse um controle mental total, não é? Talvez fosse um pouco de controle mental e um pouco de... sei lá, vontade.

– Ou talvez o feitiço ainda não esteja totalmente quebrado. Talvez leve algum tempo para sumir, e amanhã eles acordarão sentindo que são pessoas normais, sem qualquer memória disso tudo – sugeriu Ganke.

– Hum. Talvez. – Miles ponderou por um momento antes de acrescentar: – É louco demais, cara.

– Pois é – concordou Ganke, fazendo caretas para os ferimentos de Miles. – Ei, falando nisso – ele continuou, tirando a cadeira do caminho, com o controle do videogame dependurado, para chegar à sua escrivaninha. – Enquanto você estava lá fazendo... tudo aquilo – Ganke apontou para os machucados –, fiquei aqui jogando videogame para distrair minha cabeça da ideia de você estar morto. E eu estava curtindo a vida, apenas quebrando blocos e descendo por canos de esgoto... Uau... nós estamos em sincronia! De qualquer maneira, eu estava aqui de boa e escutei uma batida na porta. Tomei um susto, cara. Quase saí voando pela janela, que, diga-se de passagem, *você* deixou aberta.

– Quem era? – Miles apertou de leve seu rosto, procurando os pontos doloridos.

– Alicia.

Suas mãos caíram. Miles virou-se para Ganke com os olhos subitamente animados.

– Ela me pediu para te entregar isso – disse Ganke segurando uma folha de papel dobrada.

Miles quase se matou ao tentar atravessar o quarto, tropeçando no fio do controle. Tudo doía, mas nada importava. Ele pegou o papel e o desdobrou, sentindo o cheiro de sândalo subir até seu nariz.

SIM, É SÂNDALO. E...
Você pensa que não o vejo me encarando
Escondido, procurando sentido na poesia
Mas saiba: poesia não é prêmio; é prelúdio.

Miles jogou videogame com Ganke pelo resto do dia, algo que não fez durante toda a semana. E, nos intervalos da maratona de jogos, Miles lia e relia o poema, cheirando o papel como se fosse louco. Quando subiu na sua cama naquela noite e caiu no sono, permaneceu lá, acordando no dia seguinte bem descansado. Sem sonhos ruins. Sem suor. Sem rastejar pelas paredes. Sem parentes assombrados. Apenas o sono.

Ganke já estava de pé. Olhava para o teto com o celular no peito quando Miles rolou na cama.

– Ei – chamou Miles. – Você está bem?

Ganke virou lentamente a cabeça para o lado e assentiu de leve.

– Acabei de mandar uma mensagem para os meus pais.

– Ah, é? – Miles limpou uma crosta do lado da boca. Baba era sempre um grande sinal de uma boa noite de sono.

– Sim. Ao mesmo tempo. No grupo.

Opa, pensou Miles. Conhecendo Ganke, aquela mensagem podia conter alguma piada ou a explosão das emoções que o amigo vinha reprimindo.

– Opa – Miles decidiu dizer em voz alta. – O que você disse?

Ganke deu um sorriso maroto, virou o rosto e olhou novamente o teto.

– Eu disse que os amava.

– Isso é tudo? – Perguntou Miles.

– Sim. – Ganke assentiu. – E ambos responderam dizendo que me amam também. – Os olhos de Ganke encheram-se de lágrimas. Ele piscou, limpando-as antes que caíssem.

Miles sentou-se na cama, o corpo ainda rígido. Sentiu uma coceira na coxa e estendeu a mão para se coçar, percebendo em seguida que se tratava da carta de Alicia presa em sua perna. Miles a desdobrou possivelmente pela vigésima vez e a segurou perto do rosto. Ele sabia que Ganke precisava de uma boa risada. Ganke sempre sabia como suavizar uma situação. Agora Miles ia tentar retribuir o favor.

– E eu te amo, Alicia – disse Miles com uma voz aguda. – Muito, muito mesmo. – Ele começou a beijar, beijar e beijar o papel, gritando: – Eu joguei a salsa! Ganke, eu joguei! Joguei a salsa! Uepa!

Ganke sorriu, e aquilo foi o suficiente para Miles.

Enquanto Miles seguia para a aula da sra. Blaufuss, viu Alicia no meio de uma multidão fora da sala com Winnie, Dawn e... Ganke. O amigo olhou para cima e viu Miles, dando seu sorriso habitual. Maliciosamente, Ganke acenou para que ele se aproximasse, e Miles fez o possível para tentar enviar telepaticamente seu dedo do meio para o melhor amigo. Ao aproximar-se do grupo, Miles respirou fundo para manter a calma.

E aí?, disse para si próprio.

Não. Oi. Ei, ele tentou, mas não gostou. Ele já estava perto.

Qual é a boa? Não. Exagerado. Mas ela é do Harlem. Então... talvez. E então chegou diante deles. Diante dela.

– Ei – murmurou Miles.

– E aí, Miles – Winnie falou primeiro. Então seguiu para a sala acompanhada de Dawn.

– *Olá*, Miles – cumprimentou Ganke. Suas sobrancelhas subiam e desciam. O riso estava contido. Ao notar a expressão no rosto de Miles, Ganke ergueu o polegar e afastou-se fazendo o *moonwalk* de Michael Jackson.

– Qual é a boa? – Perguntou Alicia, os lábios torcidos.

– Eu... hum... recebi sua carta. Seu poema. – Seu estômago roncou como se ele tivesse engolido um motor de carro.

– E eu recebi o seu – ela retrucou. Sua voz estava calorosa, confiante, embora Miles acreditasse que podia ouvir um leve tremor nela.
– Foi muito fofo.

– O seu também. Quer dizer, foi...

– Como você sabia que era sândalo? – Ela foi direto ao ponto, sorrindo.

Antes que Miles pudesse responder, a sra. Blaufuss colocou a cabeça para fora da sala.

– O sinal já está para tocar. Vocês vão entrar?

– Nós temos escolha? – Perguntou Alicia, sarcástica.

– Você sempre tem escolha. – Piscou a sra. Blaufuss.

Depois da aula da sra. Blaufuss, quando Miles estava indo almoçar na cantina, viu o sr. Chamberlain no corredor. Miles sabia que havia uma boa chance do professor estar na escola. Por que não estaria? Mas o que Miles não sabia era se Chamberlain estaria diferente agora que o Guardião fora morto. Se iria parar de tratá-lo injustamente. *Se você corta a cabeça, os pés também morrem.* Aquilo fazia sentido para Miles, ainda mais depois de ter experimentado os jogos mentais do Guardião em primeira mão. Miles imaginou que a melhor maneira de investigar seria verificar se a presença de Chamberlain ainda despertava seu sentido aranha. Ele aproximou-se do professor. Não sentiu nada. Nenhum zunido. Então, decidiu testá-lo de maneira diferente – conversando.

– Hum, com licença, sr. Chamberlain? – Começou Miles, corajoso o suficiente para tocar o professor no ombro. Ele virou-se. Seu rosto não estava diferente do habitual. Fechado, esquisito; certamente, não era o rosto mais agradável que Miles já vira. O garoto deu um passo para trás e se preparou.

– Sim, Miles?

Miles? O sr. Chamberlain nunca havia chamado Miles por outro nome senão Morales o ano todo. Miles encarou os olhos do professor, procurando pelo desconforto que sempre sentia. Mas não o encontrou. Viu apenas um homem de cara estranha e sisuda esperando Miles dizer alguma coisa.

MILES MORALES: HOMEM-ARANHA

— Posso te ajudar?

— Ah... hum... Quer saber, não é nada. Ia apenas perguntar a que horas vamos para a aula.

— Tem certeza?

— É. Sim. Sim, senhor – respondeu Miles, virando-se a caminho da cantina com um sentimento de satisfação.

Ele contou sobre o ocorrido para Ganke durante o almoço.

— Não aconteceu nada?

— Nada. Até o tom de voz dele estava diferente – explicou Miles.

— Bom, isso faz sentido, porque acabei de sair da aula dele, e ele parecia... sei lá, menos esquisito. – Ganke mergulhou uma batata frita no ketchup. – Obrigado, Deus, pelo Homem-Aranha. – Ele enfiou a batata na boca. – Falando nisso, deixa eu te perguntar se, hum, o Homem-Aranha ficou com a mocinha no final?

— Pare de falar como se a gente estivesse em um filme, Ganke. *A mocinha* tem nome. – Miles deixou escapar um sorriso, mas virou o rosto em direção à comida para não ser tão óbvio. – E... eu acho que sim.

— *Acha* que sim? Vocês estão nessa há um ano! E depois de tudo o que fiz hoje de manhã. Contei a ela que você estava beijando o papel e tudo mais.

— O quê? Ganke!

— Tô zoando, cara. Relaxa. – Ganke pegou outra batata e a arrastou pelo ketchup. – O que realmente aconteceu foi que ela veio falar comigo sobre como não conseguia engolir o jeito que Chamberlain estava te tratando e que decidiu organizar um protesto com algumas pessoas. Ela sabia que você não iria se envolver, então, para fazê-lo se sentir melhor, ela também falou com a avó dela para que ela causasse algum estardalhaço no conselho que participa e blá-blá-blá.

— Espera aí, o quê? Ela te disse isso? – Indagou Miles, roubando uma das batatas de Ganke. – Bom, a gente não vai mais precisar fazer isso – ele disse, colocando a batata na boca.

— Certo. Mas deixa eu terminar. *Então*, ela me perguntou se você recebeu a carta. Tipo, ela já foi dizendo: "Ganke, eu sei como você é. Você se lembra de ter dado a carta para o Miles?". Ela tá caidinha, cara.

— E você disse o quê? – Perguntou Miles, observando Ganke pegar outra batata e mordiscá-la aos poucos até que sumisse. Ganke virou-se para o amigo:

— E importa?

Não importava. Não importou quando o sinal tocou e a dupla de amigos deixou a cantina. Não importou quando Miles encontrou Alicia no corredor esperando por ele para que fossem juntos à aula do sr. Chamberlain. Não importou quando ela falou sobre seu plano de protesto – *Essa era a segunda coisa que ia te dizer na festa* – e como tinha combinado com todo mundo de virar as carteiras para a parede, forçando Chamberlain a se sentir ignorado. Não importou quando ela disse que ia pedir à sua avó que tentasse a demissão do sr. Chamberlain. E também não importou quando Miles disse para ela não fazer nada disso, pois já tinha a situação sob controle. Nada disso importou, porque era segunda-feira, um novo dia e uma nova semana na Brooklyn Visions Academy. Miles Morales sentiu-se cheio de propósito e esperança. Esperança para sua mãe, seu pai e sua comunidade. Esperança para seu primo, Austin, que possivelmente estava sendo tratado um pouco melhor na cadeia. Esperança de que algum dia poderia lidar melhor com o que aconteceu ao tio Aaron e que, até lá, seria capaz de vê-lo do mesmo jeito que via a si próprio – como alguém complicado. Um ser humano.

Esperança. A aranha fez isso. Assim como a sra. Tripley havia dito, a aranha ligou o passado ao futuro. Em uma mão, ela criou uma teia nova e forte; na outra, destruiu a teia velha.

Porém, quando Miles e Alicia chegaram à sala do sr. Chamberlain, todos os alunos ainda desviavam os olhos, como na última sexta-feira. Não por causa de Alicia, mas de Miles. Afinal, sua carteira ainda estava no chão.

— Miles. – O sr. Chamberlain virou as costas para a lousa em que escrevia sua frase diária. – O que você precisava me perguntar?

Miles não respondeu. Não conseguia. A magia daquela segunda-feira pareceu extinguir-se imediatamente.

— Bom, se você não vai responder, ao menos sente-se em seu lugar. – Ele apontou para a cadeira vazia próxima à carteira quebrada.

MILES MORALES: HOMEM-ARANHA

Miles soltou a respiração. Pelo menos Chamberlain não apontou para o chão. Miles sentou-se na cadeira, com a carteira no chão diante dele como se fosse um pequeno pedestal. Alicia, ainda cética, sentou-se na cadeira à frente de Miles. Ele olhou para a lousa. Em vez de uma frase estranha de uma figura histórica, lia-se EXAME BIMESTRAL NESTA SEXTA-FEIRA. Ele começou a fazer suas anotações.

– Miles.

Miles olhou para cima.

– O que você está fazendo? – Perguntou Chamberlain.

– Como assim? – Perguntou Miles, confuso.

E, então, aconteceu.

Chamberlain apontou para o chão.

– Nós já falamos sobre isso. Nova semana, mas as velhas regras, filho – explicou o sr. Chamberlain, e, ainda que sua voz não estivesse tão fria como na semana anterior, ele ainda dizia as mesmas coisas. Que Miles devia ficar no chão. – A gente não pode danificar as coisas e agir como se nada tivesse acontecido. A gente tem que conviver com isso. Você tem que conviver com isso.

Alicia virou-se na carteira enquanto o rosto de Miles expressava seu estarrecimento. Ele entendeu o que o sr. Chamberlain estava dizendo – o que estava acontecendo. Embora o controle mental do Guardião tenha se dissipado, Miles ainda era Miles Morales, o menino negro e latino da "outra" parte do Brooklyn. A parte do Brooklyn que a Brooklyn Visions Academy não via. Miles Morales, o garoto que vinha de uma família de criminosos. De uma vizinhança de párias, pelo menos aos olhos dos Chamberlains ao redor do mundo.

Miles empurrou sua cadeira e ficou de joelhos. Alicia estendeu a mão para ele.

– Miles. – Ela balançou a cabeça. – Não faça isso.

Ele fitou-a, de coração.

– Não vou. – Pegou os seus pertences e foi para a frente da sala.

– O que você vai fazer? Ir embora? – perguntou o sr. Chamberlain com um toque de sarcasmo na voz.

Miles ficou na frente dele. Um sorriso malicioso surgiu em seu rosto.

– Não. – Naquele momento, Miles foi até a mesa de Chamberlain, enorme e de madeira maciça, no canto da sala. Ela estava repleta de canetas esferográficas e hidrográficas. Lápis nº 2 e lapiseiras. E, é claro, uma lata de salsichas. Miles foi até a parte de trás da mesa, puxou a cadeira e se sentou.

Uma onda de risadas e incredulidade invadiu a sala. Alicia abriu um largo sorriso.

– Miles. Levante-se – disse o sr. Chamberlain, tentando manter a calma.

– Sr. Chamberlain, por que eu me sentaria no chão, de joelhos, na sua aula, uma aula em que preciso ir bem e manter o foco, quando posso me sentar neste lugar completamente vago? – Questionou Miles descaradamente. Ele logo pensou no quanto Ganke adoraria ver aquela cena.

– Você acha que isso é engraçado, Miles? Você acha que é uma piada?

– Não, senhor. Não acho. Realmente, não. – Miles juntou suas mãos na mesa. – Agora, tenho uma pergunta para você. – Miles encarou o sr. Chamberlain. O professor permanecia com os braços cruzados e a expressão carrancuda. – Você acha que eu sou um animal?

– O quê? Do que você está falando? Saia da minha mesa ou vou pedir sua suspensão!

– Ou talvez um inseto? Uma aranha que mereça ser esmagada sob seu polegar? – Nesse momento, o sr. Chamberlain mostrou uma breve hesitação, como se soubesse de algo e, ao mesmo tempo, não soubesse. Miles assentiu e, antes que Chamberlain pudesse dizer outra coisa ou acionar a polícia do *campus*, proclamou: – Eu sou uma pessoa. – Ele olhou para Alicia, agora se sentindo um pouco envergonhado porque seu *gran finale* estava sendo arruinado por sua incapacidade de lembrar o que ela havia dito naquela outra aula.

Alicia o olhou de lado e entendeu o que estava acontecendo; então, uniu-se a ele.

– Nós somos pessoas – ela afirmou.

– Nós somos pessoas – repetiu Miles, sua memória estimulada. – Todos repitam o que Alicia disser. – Ele mexeu os braços como se convidasse a sala para algo. Para sua causa. A sala, já preparada para o protesto que a Alicia havia planejado, uniu-se a eles.

– Nós não somos coisas.

MILES MORALES: HOMEM-ARANHA

– NÓS NÃO SOMOS COISAS!

– Nós não somos sacos de pancadas.

– Silêncio!

– NÓS NÃO SOMOS SACOS DE PANCADAS!

Brad Canby esmurrava sua carteira.

– Nós não somos fantoches.

– NÓS NÃO SOMOS FANTOCHES!

– Parem com isso!

– Nós não somos bichos de estimação.

– NÓS NÃO SOMOS BICHOS DE ESTIMAÇÃO!

– Nós não somos peões.

– NÓS NÃO SOMOS PEÕES!

– Nós somos pessoas.

– NÓS SOMOS PESSOAS!

– Mais alto! Nós somos pessoas.

– NÓS SOMOS PESSOAS!

– *Mais alto*! Nós somos pessoas!

– NÓS SOMOS PESSOAS! – A sala reverberou.

– Nós somos pessoas – disse Miles, pegando a mochila e saindo da sala, deixando a porta aberta atrás de si.

206

agradecimentos

Muitas pessoas me ajudaram e me encorajaram a escrever este livro. Desde minha agente, Elena Giovinazzo, até a equipe da Disney Hyperion, incluindo Emily Meehan, Hannah Allaman e Tomas Palacios. A equipe da Marvel. Obviamente, o criador de Miles, Brian Michael Bendis. Meus amigos Adrian Matejka, Bonafide Rojas, Melissa Burgos, Jenny Han, Amy Cheney e Lamar Giles. Brian Jacob, do *podcast The Ultimate Spin*. Minha professora de Inglês do Ensino Médio, a sra. Blaufuss. Minha família. O Brooklyn. Washington, D.C. E todos os fãs de Miles Morales que torceram por mim nesse processo. Obrigado a todos por serem vitais nesse momento tão incrível de minha jornada.

IMPRESSÃO *coan*

TIPOGRAFIA *Adobe caslon pro*